Um Eco na Garganta

Um Eco na Garganta

DOIREANN NÍ GHRÍOFA

Tradução
Camila von Holdefer

MORROBRANCO
EDITORA

UM ECO NA GARGANTA

MORRO BRANCO é uma editora do Grupo Editorial Alta Books (Starlin Alta Editora e Consultoria Ltda.)

ISBN: 978-65-6099-030-2

Translated from original A Ghost in the Throat Copyright © 2020 Doireann Ní Ghríofa. ISBN 9781916434264. Published by Tramp Press. PORTUGUESE language edition published by Morro Branco, Copyright © 2024 by STARLIN ALTA EDITORA E CONSULTORIA LTDA.

Impresso no Brasil – 1ª Edição, 2024 – Edição revisada conforme o Acordo Ortográfico da Língua Portuguesa de 2009.

Dados Internacionais de Catalogação na Publicação (CIP)
(BENITEZ Catalogação Ass. Editorial, MS, Brasil)

N48u
1.ed. Ní Ghríofa, Doireann
Um Eco na Garganta / Doireann Ní Ghríofa ; tradução Camila von Holdefer. – 1.ed. – Rio de Janeiro : Morro Branco, 2024.
288 p.; 13,5 x 21 cm.

Título original: A Ghost in the Throat.
ISBN 978-65-6099-030-2

1. Ficção irlandesa. I. Holdefer, Camila von. II. Título.

09-2024/108 CDD Ir823

Índice para catálogo sistemático:
1. Ficção : Literatura irlandesa Ir823
Aline Graziele Benitez - Bibliotecária - CRB-1/3129

Produção Editorial: Grupo Editorial Alta Books
Diretor Editorial: Anderson Vieira
Vendas Governamentais: Cristiane Mutüs
Gerência Comercial: Claudio Lima

Coordenadora Editorial: Illysabelle Trajano
Produtor Editorial: Marlon Souza
Tradução: Camila von Holdefer
Copidesque: Débora Donadel
Revisão: Helena Coutinho
Diagramação: Natalia Curupana

ALTA BOOKS
GRUPO EDITORIAL

Rua Viúva Cláudio, 291 – Bairro Industrial do Jacaré
CEP: 20.970-031 – Rio de Janeiro (RJ)
Tels.: (21) 3278-8069 / 3278-8419
www.altabooks.com.br – altabooks@altabooks.com.br
Ouvidoria: ouvidoria@altabooks.com.br

Editora **afiliada à:**

Para as três Eileens que acenderam a
chama que me ajuda a enxergar:
Eileen Blake, Eileen Forkan e
Eibhlín Dubh Ní Chonaill.

Sumário

Somos um eco que corre, deslizando,
por uma sequência de cômodos.

— Czesław Miłosz

Dá dtéadh mo ghlao chun cinn
Go Doire Fhíonáin mór laistiar

Se meu uivo percorrer tamanha distância
até a grande Derrynane

— Eibhlín Dubh Ní Chonaill

Um Eco na Garganta

I. um texto feminino

thug mo shúil aire duit,
thug mo chroí taitneamh duit,

como meus olhos se encantaram com você,
como meu coração encontrou deleite em você,
— Eibhlín Dubh Ní Chonaill

ESTE É UM TEXTO FEMININO.

Este é um texto feminino, concebido enquanto dobro as roupas de outra pessoa. Minha mente o mantém junto a mim, e ele cresce, de forma terna e lenta, enquanto minhas mãos realizam inúmeras tarefas.

Este é um texto feminino carregado de culpa e desejo, costurado a uma trilha sonora de canções infantis de desenhos animados.

Este é um texto feminino e é um pequeno milagre que sequer exista, como existe neste momento, elevado a uma consciência outra pela maravilha corriqueira da digitação.

Corriqueiro também é o ricochete do pensamento que agora dispara do meu corpo para o seu.

Este é um texto feminino, escrito no século XXI. Como é tardio. Como as coisas mudaram. Como mudaram pouco.

Este é um texto feminino, que também é um *caoineadh*: uma marcha fúnebre e de luto, um hino de louvor, uma canção e um lamento, um gemido e um eco, um coro e um cântico. Venha também.

Todas as minhas manhãs são praticamente iguais. Beijo meu marido, sentindo uma pontada ao fazer isso — não importa quantas vezes nossa despedida matinal se repita, sempre sinto falta dele quando parte. Mesmo enquanto a moto dele estrondeia ao longe, já estou disparando de encontro ao meu próprio dia. Primeiro, alimento nossos filhos, depois encho a lava-louças, guardo brinquedos, limpo respingos, espio o relógio, levo o mais velho para a escola, volto para casa com o pequenininho e o bebê, suspiro e fico tensa, rio e beijo, desabo no sofá para amamentar o mais novo, volto a espiar o relógio, leio várias vezes *A lagarta muito comilona*, tento lavar o vômito do bebê do meu rabo de cavalo na pia do banheiro, fracasso, faço uma torre de blocos para ser derrubada, faço uma tentativa de limpar o chão, desisto quando o bebê começa a chorar, beijo os joelhos do pequenininho que escorrega no chão meio lavado, volto a espiar o relógio, limpo mais suco derramado, acomodo o pequenininho à mesa com um quebra-cabeça e carrego o mais novo para cima para a soneca dele.

O bebê dorme num berço de terceira mão, consertado com fita adesiva preta, e as paredes do nosso quarto alugado não são decoradas com murais em tons pastéis, mas com uma constelação de mofo preto. Nunca consigo pensar numa canção de ninar, então recorro a músicas gravadas em fitas cassetes na época da adolescência. Costumava rebobinar "Karma Police" com tamanha obsessão que me perguntava se o rolo marrom poderia se partir, mas toda a vez que apertava o *play* o aparelho reproduzia a música mais uma vez. Agora, exausta, volto a essa melodia, cantarolando-a baixinho enquanto o bebê suga o peito. Depois que a mandíbula dele relaxa e os olhos reviram, eu me afasto devagar, impressionada mais uma vez com a frequência com que os momentos do meu dia são vivenciados por inúmeras outras mulheres em inúmeros outros quartos, através do texto compartilhado dos nossos dias. Eu me pergunto se amam o trabalho maçante como eu, se sentem a mesma alegria em eliminar aos pouquinhos uma lista como a minha, repleta de simplicidades como:

~~Levar p/ escola~~
Limpar chão
Aspirar andar de cima
Bombear leite
Esvaziar lixeiras
Lavar a louça
Lavar a roupa
Limpar banheiros
Leite/Espinafre/Frango/Mingau
Buscar na escola
Banco + Parquinho
Jantar
Banhos
Hora de dormir

Mantenho a minha lista tão perto quanto mantenho o celular e sinto uma profunda sensação de satisfação cada vez que executo uma das tarefas ali listadas. Nessa eliminação reside a alegria. Não importa o quanto me dedique às tarefas domésticas, cada um dos cômodos sob meu controle se desfaz depressa outra vez depois que passo por ali, como se a sombra de uma mão já estivesse começando as listas não escritas dos meus amanhãs: mais arrumação, mais aspiração, mais espanação, limpar e esfregar e polir mais. Quando meu marido está em casa, a gente divide as tarefas, mas quando estou sozinha eu trabalho sozinha. Não lhe digo isso, mas prefiro assim. Gosto de estar no controle. Apesar de todas as tarefas da minha lista, e apesar da minha dedicação à execução delas, a casa parece tão alegremente desarrumada como qualquer outra casa com crianças pequenas, nem mais limpa, nem mais suja.

Hoje de manhã, até agora, só risquei o item ~~levar p/ escola~~, tarefa que incluía acordar as crianças, vesti-las, lavá-las e alimentá-las, limpar a mesa do café da manhã, localizar os casacos e chapéus e sapatos, escovar dentes, gritar a palavra "sapatos" várias vezes, encher uma lancheira, checar uma mochila, gritar pelos sapatos outra vez e, por fim, caminhar até a escola e retornar. Desde que voltei para casa, só enchi a lava-louças até a metade, ajudei meu filho com o quebra-cabeça e limpei o chão pela metade — nada digno de ser excluído da lista. Me apego à minha lista porque é ela que me guia pelos meus dias, dividindo as horas numa série de tarefas pequenas e realizáveis. No final de uma boa lista, quando estou outra vez segura nos braços do meu marido adormecido, este texto se torna uma sequência de rabiscos, uma rasura que observo com alegria e satisfação, porque a eliminação gradual deste documento manuscrito me dá a sensação de ter realizado algo de valor nas minhas horas. A lista é tanto meu mapa quanto minha bússola.

Agora dá para sentir que começo a ficar para trás, então dou uma olhada no texto das tarefas de hoje a fim de me orientar, depois ponho a lava-louças para funcionar e risco uma linha sobre essa palavra. Sorrio enquanto ajudo meu pequenininho a encontrar a peça que falta no quebra-cabeça, bato palmas quando ele termina e por fim recorro ao controle remoto. Não o abraço enquanto ele assiste *Os Octonautas*. Não me sento no sofá com ele e fecho os olhos cansados por dez minutos. Em vez disso, corro para a cozinha, termino de esfregar o chão, esvazio as lixeiras e em seguida risco essas tarefas da lista com um floreio.

Na pia, esfrego as mãos, as unhas e os pulsos, depois os esfrego de novo. Retiro partes de funis e filtros do esterilizador a vapor para montar a bomba de tirar leite. Esses aparelhos não são baratos, e não tenho mais um emprego remunerado, então comprei o meu de segunda mão. Na tela, o anúncio parecia quase tão doloroso quanto o relato dos sapatinhos de bebê quase sempre atribuído a Ernest Hemingway…

> Comprado por R$ 1.200, vendo por R$ 250 ou oferta mais próxima.
> Usado uma vez.

Todas as manhãs, durante meses, esse aparelho e eu seguimos o mesmo pequeno ritual com o propósito de coletar leite para bebês de estranhos. Solto o sutiã e encaixo o seio no funil. É sempre o seio direito, porque o seio esquerdo é um sacana preguiçoso: um mês após o parto, ele praticamente desistiu, então tanto o bebê quanto a máquina têm de ser plenamente servidos pelo direito. Aperto o botão, estremeço quando aquilo sacode o mamilo de forma desajeitada, me ajusto e depois giro o botão que controla a intensidade com que a máquina puxa a pele. No início, o mecanismo puxa rápido e firme, imitando o padrão de sucção rápida do bebê, até o ponto de a engenhoca acreditar que o leite já deve ter começado a sair. Depois de um tempinho, a bomba entra numa cadência constante: puxão longo, então solta e repete. A sensação na altura do mamilo é a de uma série de pequenos choques de eletricidade estática ou a de alguma estranha barreira de alfinetes e agulhas. Diferente de alimentar o bebê, esse processo sempre dói, nunca é agradável, e, ainda assim, o desconforto é suportável. Por fim, o leite se agita de acordo com as exigências do aparelho, se soltando de algum lugar da minha axila. Uma gota cai do bico para ser sugada com rapidez para dentro da máquina, depois outra, e mais outra, até que uma pequena curva crescente se acumule no fundo da mamadeira. Desvio o olhar.

Há manhãs, quando me encontro particularmente cansada, em que às vezes sonho acordada por um tempinho, folheio um livro da biblioteca por dez minutos, porém, hoje, como em tantos outros dias, pego minha cópia muito manuseada do *Caoineadh Airt Uí Laoghaire,* convidando a voz de outra mulher para assombrar minha garganta por um tempo. É assim que preencho o único pequeno silêncio do meu dia, aumentando o volume da voz dela e a harmonizando com o zumbido da bomba, até não ouvir nada além disso. Na margem, meu lápis dialoga com muitas versões anteriores de mim mesma, registros mutáveis de pensamentos em que cada ponto de interrogação pergunta a respeito da vida da poeta que compôs o *Caoineadh,* mas nunca questiona a minha. Minutos depois, me assusto e encontro a bomba cheia de um líquido esbranquiçado e morno.

Quando fomos apresentadas, eu era uma criança e ela já estava morta há séculos.

Olhe: tenho onze anos, sou uma menina que é péssima em cálculos e em esportes, uma menina dada a olhar pela janela, uma menina cujo único dom verdadeiro é sonhar acordada. A professora grita o meu nome, me trazendo de volta, aos sobressaltos, ao frágil prédio pré-fabricado. A voz dela faz com que seja um lindo dia de 1773 e coloca soldados ingleses agachados numa emboscada. Acrescento uma água parada para ensopar os joelhos deles. Seus mosquetes apontam para um jovem que agora está caindo da sela em câmera lenta, bem lenta. Uma mulher se aproxima a cavalo e se ajoelha sobre ele, a voz se elevando numa fórmula antiga de sopro e sílabas que a professora chama de "caoineadh", um lamento para prantear os mortos. A voz dela gera um eco forte o suficiente para alcançar uma menina ao longe, com cabelos escuros e unhas roídas. Eu.

Na sala de aula, somos apresentados a uma imagem dessa mulher sozinha, uma brisa conveniente a transformando em uma garotinha de bochechas rosadas varrida pelo vento. Essa, somos informados, é Eibhlín Dubh Ní Chonaill, uma das últimas nobres da antiga ordem irlandesa. A história dela parece triste, sim, mas também um pouco maçante. Lição de casa. Chatice. Meu olhar já voou junto com os corvos, enquanto a mente retorna para minha música pop mais odiada, "e você se entrega..."[1]. Não importa o quanto tente expulsá-la, a letra dessa música não me deixa em paz.

Quando esbarro com ela de novo, só me lembro em parte do nosso primeiro encontro. Quando adolescente, desenvolvi uma paixão de estudante por esse *caoineadh*, colocando em um pedestal o romance trágico embutido em seus versos. Quando Eibhlín Dubh descreve como se apaixonou à primeira vista e abandonou a família para se casar com um estranho, eu a amo por isso, assim como toda adolescente ama a história de fugir para sempre. Quando ela encontra o amante assassinado e enche as mãos para beber do sangue dele, rabisco corações trespassados na margem. Embora ainda não compreenda, algo ricocheteia em mim sempre que

1. Trecho da canção "With or without you", da banda irlandesa U2. [N.E.]

volto a essa imagem de uma mulher ajoelhada para beber do corpo de um amante, algo que me lembra a faísca interior que sinto sempre que um namorado comprime os quadris adolescentes contra os meus e pressiona os lábios na minha garganta.

A lição de casa me é devolvida com um grande x vermelho e, pior, com os rabiscos da professora advertindo: "Não deixe sua imaginação fugir com você!". Senti aqueles versos de forma tão profunda que sei que minha resposta deve estar correta, e então, em justificada exasperação, folheio página após página com força enquanto volto ao poema, carrancuda. Em resposta à solicitação "Descreva o primeiro encontro da poeta com Art ó Laoghaire", eu tinha escrito: "Ela monta no cavalo dele e foge com ele para sempre", mas, ao reler, fico perplexa ao descobrir que a professora está correta: essa descrição não existe no texto. Se não foi do poema, então de onde ela veio? Consigo visualizar tudo de forma muito clara: os braços de Eibhlín Dubh envolvendo a cintura do amante, os dedos entrelaçados sobre a barriga quente dele, o barulho dos cascos e a longa fita de cabelo esvoaçando atrás dela. Pode não ser real para minha professora, mas é real para mim.

Se minha compreensão de infância desse poema foi, bom, infantil, e minha interpretação adolescente pouco mais que um devaneio, na idade adulta, minhas leituras deram outra guinada.

Não tinha mais aulas para assistir, nem livros ou poemas para estudar, mas tinha definido um novo currículo para dominar. Ao tentar criar nossa família com um único salário, estava aprendendo a viver segundo os rigores da frugalidade.

Examinava anúncios classificados e ofertas de supermercados com cuidado. Encontrava-me com estranhos da internet e lhes entregava moedas em troca de pacotes de roupas dos seus bebês. Vendia pacotes de roupas dos nossos próprios bebês. Percorria os locais onde as pessoas estacionavam os carros para vender coisas, pechinchando brinquedos infantis e grades de segurança para escadas. Só comprei cadeirinhas de carro em promoção. Havia uma certa obstinação a ser aprendida com essa economia, e logo a adotei.

Meus primeiros anos de maternidade, com todo o cansaço e temor e irritabilidade, transcorreram em vários quartos alugados no centro da cidade. Embora tivesse sido criada no campo, descobri que realmente gostava de lá: os terraços dos vizinhos sorridentes com todos os gatinhos tigrados e terriers, todas as nossas latas de lixo alinhadas lado a lado, os gritos de raiva ou luxúria ouvidos no escuro, e as festas de fim de semana com os refrões alegres e bêbados. Nossas torneiras sempre pingavam, havia ratos no quintal minúsculo e o brilho noturno da cidade tornava as estrelas invisíveis, mas, quando acordava para alimentar meu primeiro filho, e depois o segundo, podia abrir as cortinas e enxergar a lua por entre as torres. Naqueles quartos da cidade, escrevi um poema. Escrevi outro. Escrevi um livro. Se os poemas que me chegavam naquelas noites pudessem ser considerados poemas de amor, então estavam apaixonados pela chuva e pelas flores alpinas, pelos estranhos vocabulários de um corpo grávido, pelas nuvens e pelas avós. Nenhum poema chegou em louvor ao homem que dormia ao meu lado enquanto escrevia, o homem cuja pele iluminada pela luz da lua sempre atraía meus lábios para si. O amor que tinha por ele parecia vasto demais para verter no recipiente elegante de um poema. Não conseguia colocar aquilo em palavras. Ainda não consigo. Enquanto ele sonhava, eu observava poemas correndo até mim no escuro. A cidade acendeu algo em mim, algo que pulsava, vulnerável como uma moleira, que estremecia, como eu, entre a felicidade e a exaustão.

Já havíamos mudado de casa duas vezes em três anos e, ainda assim, as manchetes informavam que os aluguéis estavam aumentando. Os proprietários sempre viam oportunidades nesses boletins, e quem poderia culpá-los? Eu. Eu os culpava toda vez que éramos despejados com um dar de ombros. Por mais magníficas que fossem as cartas de referência, sempre me ressentia ao ser forçada a deixar mais uma casa. Agora estávamos prestes a nos mudar outra vez. Procurei durante semanas, até que, por fim, encontrei uma cidade próxima com aluguéis mais baixos. Assinamos outro contrato, acomodamos nossas coisas no carro e saímos da cidade. Não queria ir. Dirigi devagar, o cotovelo se esforçando para mudar de marcha, preso entre nossa velha TV e um saco de lixo cheio de ursinhos, minha voz liderando um refrão de "cinco patinhos foram passear". Encontrei o caminho por estradas desconhecidas, "além das montanhas", examinando placas para Bishopstown e Bandon, para Macroom e Blarney, enquanto cantava "a Mamãe Patinho fez Quá, Quá, Quá, Quá...", até que meu olho esbarrou numa placa para Kilcrea.

Kilcrea... Kilcrea... a palavra se repetia na minha cabeça enquanto destrancava uma nova porta, se repetia e repetia enquanto esfregava a sujeira dos azulejos e fazia uma careta ao ver a biografia de manchas de sangue velho e de sêmen nos colchões. *Kilcrea*, *Kilcrea*, a palavra me aborreceu por dias, enquanto desempacotava livros, casacos, babás eletrônicas, colheres, toalhas e carregadores de celular emaranhados, até que finalmente lembrei — *Sim!* — naquele antigo poema da escola, Kilcrea não era o nome do cemitério onde a poeta enterrou seu amante? Eu me encolhi ao lembrar a minha paixão por aquele poema, assim como me encolhi ao lembrar todas as imagens de estrelas do rock magricelas rasgadas de revistas e coladas nas minhas paredes de adolescente, sendo elas o vocabulário que me permitiu expressar o início do desejo. Estremeci, de modo geral, diante do meu eu adolescente. Ela me deixava desconfortável, aquela garota, que com intensidade e ousadia exibia seus desejos, aquela garota que revelava suas aspirações com corretivo Errorex na mochila da escola, que rabiscava com o próprio marcador sobre camadas de pichações nas vielas, que olhava de forma obscena para estranhos das janelas do ônibus, que encontrava os olhos deles e os encarava até que via a própria luxúria se agitar ali. A garota flagrada em atitudes proibidas atrás da escola e ameaçada de expulsão. A garota chamada de *vagabunda* e de *vadia* e de *piranha frígida*. A garota condenada ao "tratamento de silêncio". A garota repreendida e repreendida e mais uma vez repreendida. A garota que não estava nem aí. Eu estava aqui, cantando para uma criança enquanto limpava a merda ressecada do banheiro de um estranho. Onde é que ela estava?

No estacionamento da escola, descobri que estava um pouco adiantada para pegar meu filho mais velho, então procurei abrigo da chuva debaixo de uma árvore. Meu filho ainda sonhava sob a capa de plástico do carrinho, e não pude deixar de admirar as bochechas cor de rubi e os braços rechonchudos com covinhas que enfiei debaixo do cobertor. *Pronto.* Abelhões se alimentavam na grama rala que beirava o concreto — se tivesse um jardim próprio, pensei, o encheria com um matagal não muito alto de trevos e todas as ervas daninhas feias que os abelhões adoram, me atiraria no chão de joelhos a serviço das abelhas. Olhei além delas em direção às colinas ao longe e, pensando de novo naquela placa de trânsito, vasculhei os bolsos em busca do celular. Havia muito mais versos no *Caoineadh* do que lembrava, trinta ou mais. A paisagem do poema ganhou vida enquanto lia, estava viva ao meu redor, viva e exuberante com a chuva, e me senti viva nela. Debaixo daquela árvore encharcada, descobri os filhos dela, "Conchubhar beag an cheana is Fear ó Laoghaire, an leanbh" — que traduzi para mim mesma como "nosso pequeno e adorável Conchubhar/ e Fear ó Laoghaire, o irmãozinho". Fiquei surpresa ao descobrir que Eibhlín Dubh estava grávida do terceiro filho, assim como eu. Nunca a imaginei como mãe nas minhas leituras anteriores, ou talvez tivesse apenas ignorado essa parte da identidade dela, já que o embate entre ser mãe e o desejo não teria se adequado à forma como meu eu adolescente queria enxergá-la. Enquanto a cicatriz na ponta do meu dedo navegava pelo texto, contudo, quase conseguia imaginar sua cantiga de ninar cantarolada no escuro. Rolei o texto do começo ao fim e deslizei de volta para ler tudo de novo. Mais devagar, dessa vez.

O poema começava dentro do olhar de Eibhlín Dubh enquanto ela observava um homem passeando por um mercado. Seu nome era Art e, enquanto caminhava, ela o desejava. Depois que fugiram, eles levaram uma vida que só poderia ser descrita como opulenta: ah, os aposentos suntuosos, ah, as refeições aprazíveis, ah, a alta costura, ah, as longas, longas manhãs de sono em suntuosas plumas de pato. Como esposa de Art, ela não tinha necessidade de nada. Invejava sua casa e me perguntava quantos servos eram necessários para manter tudo funcionando, qual a quantidade de mulheres-sombra fazendo seu trabalho de sombra, daquele gênero de mulher-sombra ao qual pertenço. Eibhlín dedica versos inteiros ao seu amante em descrições tão vívidas que as palavras estremecem com um amor profundo e um desejo que ainda parece elétrico, mas o fato de esse poema ter sido composto após o assassinato dele significa que o luto lança sua sombra indistinta sobre cada linha de exaltação. Que sensação poderosa deve ter dado essa catalogação após o assassinato, quando cada detalhe pronunciado o evocava de volta, vivo e impecavelmente vestido com um alfinete brilhante reluzindo no chapéu, e "o traje de alta-costura/ fiado e costurado no exterior para você". Ela nos mostra Art sendo desejado, não apenas por ela mesma, mas também por outras pessoas. Por mulheres elegantes da cidade que...

> sempre
> fizeram profundas reverências para você.
> Quão bem podiam ver
> que companheiro de cama generoso você podia ser,
> que homem com quem compartilhar uma sela,
> que homem com quem gerar uma criança.

Embora o casal vivesse sob o regime de medo e crueldade infligido pelas Leis Penais, seu marido era desafiador. Apesar dos muitos inimigos, Art parecia de alguma forma indestrutível para Eibhlín, até o dia em que "ela veio até mim, sua potranca,/ com as rédeas arrastando as pedras,/ e o sangue do seu coração manchado da cara à sela". Nesse momento aterrorizante, Eibhlín não hesitou nem procurou ajuda. Em vez disso, saltou para a sela encharcada e deixou que a égua do marido a levasse até o corpo dele. Angustiada e sofrendo, ela caiu sobre ele, soluçando e bebendo bocados do seu sangue. Mesmo naquele momento de puro horror, o desejo se manteve — ela rugiu sobre o cadáver dele, ordenando-lhe que se levantasse dos mortos para que pudessem ter "uma cama vestida/ com mantas brilhantes/ e colchas adornadas/ para ver seu suor brilhando e vertendo". Mas Art estava morto, e o texto que ela compôs se tornou um registro meticuloso de louvor, tristeza, luxúria e lembranças.

Através das trevas da dor, essa fúria é luciferiana, ferida e inflamada. Ela amaldiçoa o homem que ordenou o assassinato de Art: "Morris, seu covarde; a você, desejo angústia! —/ Que sangue ruim jorre de seu coração e fígado!/ Que seus olhos desenvolvam glaucoma!/ Que os ossos de seus joelhos se estilhacem!". Tamanhas fúrias ardem e se dissipam e voltam a arder, pois esse é um poema alimentado pelos fogos gêmeos do ódio e do desejo. Eibhlín insulta todos os envolvidos na traição de Art, incluindo o próprio cunhado, "aquele palhaço que fala merda". Ódio. Ódio e angústia. Ódio e angústia e amor. Ela se desespera pelos dois filhos pequenos, "e o terceiro, ainda dentro de mim,/ temo que nunca irá respirar". Que perdas essa mulher sofreu. Que perdas ainda estão por vir. Ela é pura dor, assim como o próprio poema; o texto é um texto de pura dor. O texto dói. Quando o sinal da escola tocou, meu filho me encontrou na chuva, o rosto voltado para as colinas onde Eibhlín Dubh viveu.

Naquela noite, o bebê se contorceu dentro de mim até que abandonei o sono e tateei à procura do celular. Instintivamente, meu marido enroscou o corpo adormecido no meu; apesar dos roncos, o senti endurecer na cavidade das minhas costas. Franzi o cenho, ficando imóvel até ter certeza de que ele estava dormindo, depois me afastei aos poucos para sussurrar o poema para mim mesma, conjurando uma voz através de centenas de anos, do corpo grávido dela ao meu. Enquanto todos os outros sonhavam, meus olhos estavam abertos no escuro.

Quando por fim adormeci, outra mãe estava acordando. Sentindo uma boca agarrada ao seu leite, ela se ergueu com garras e firmeza, se espreguiçou e depois abriu as asas, elegantes como uma capa. Um recém-nascido se agarrava ao seu pelo enquanto ela se contorcia, preparando-se para fugir das estruturas de pedra que foram sonhadas, desenhadas e construídas por mãos humanas muito antes. Logo estava em movimento, mergulhando e subindo, dando rasantes e caindo, devorando todas as nuvens de insetos que encontrava sobre o lago Lough, enquanto o bebê a segurava com força, imóvel e mamando, os olhos fechados para os movimentos da mãe. Vislumbrar um morcego em voo é como pressentir um lampejo na periferia da visão, aspas fantasmas em diagonal através da escuridão. Um complexo sistema de ecolocalização lhe permite navegar pela noite, guiada pelos ecos que respondem à sua voz.

Os meses se passaram do jeito que os meses passam, em um rodopiar de listas de compras, vômitos, ovos de Páscoa, limpezas e contas de luz. Fiquei maior e maior ainda, até que, num dia brilhante e soporífero de julho, meu terceiro filho percorreu lentamente o caminho da minha barriga até meu peito e, mais uma vez, me vi na exaustão das mamadas noturnas. Durante aquelas semanas de fraldas amarelas, quando tudo girava de forma descontrolada na órbita errática das necessidades dos outros, só as linhas do *Caoineadh* se mantiveram firmes.

Ao cair no redemoinho daqueles dias, eu roubara de mim algo tão precioso e tão nebuloso que não era eu mesma sem ele. O desejo. Depois de dar à luz, cada centelha de desejo fora apagada de mim, com uma totalidade tão absoluta que me senti totalmente vazia. Para satisfazer toda a necessidade que sentia de intimidade, meu corpo serviu e foi servido pelo pequenino corpo de outro. Ainda sentia impulsos físicos poderosos, mas nunca eram sexuais. Era governada pelo leite agora, um oceano que subia e irrompia de acordo com as leis da própria maré.

Sexo era um problema. Doía e doía. Durante meses após o nascimento, parecia que alguma porta interna havia se fechado. Tudo o que buscava da vida era arrastar a mim mesma e a minha exaustão animal através das horas do dia, até que a escuridão finalmente me levasse para a cama e para outra noite de sono fraturado. Com que rapidez o desejo havia me abandonado, sua evaporação uma invisibilidade célere, feito uma poça voltando a se entregar ao céu. Já não era eu mesma. Era um pulôver folgado e esfarrapado, com as costuras todas desfiadas e desgastadas, e, ainda assim, essa roupa era tão confortável, tão macia e tão leve, que não queria nada mais do que imergir naquele volume suave para sempre. Estava cansada até os ossos, sim, mas também estava contente na maior parte do tempo. No entanto, achei essa abstinência um horror grande demais para infligir ao homem que tanto amava. Embora meu marido insistisse que estava tudo bem e que esperaria alegremente que a exaustão passasse e eu o desejasse novamente, achei que não podia aceitar essa oferta gentil. Então menti. Fiz do desejo mais uma tarefa a suportar, um item não escrito que pairava de forma invisível no fim das minhas listas. Sempre que me pressionava a fazer aqueles movimentos, estava escolhendo tanto uma pressão literal, porque me doía muito abrir aos trancos aquela porta fechada, quanto uma pressão emocional, porque ele é um bom homem, e eu o estava enganando de forma intencional. Quanto ao sexo, doía e doía até que a dor me fez morder a pele triste entre o indicador e o polegar. Dias depois que as marcas dos dentes sumiram, um padrão de hematomas ainda pontuava a pele. Eu me convenci de que tinha de ser bom suportar tamanha dor se aquilo facilitasse o prazer de outra pessoa. Só agora vejo que estava fazendo do corpo dele mais um item da minha lista de responsabilidades, e que estava fazendo isso sem o consentimento dele. Sentia tanta vergonha das minhas deficiências — tanto de honestidade quanto do corpo — que tentei esconder essa calamidade. Em vez disso, dizia boa-noite mais cedo. Inventava desculpas. Dormia na beira da cama. Deixava o *Caoineadh* debaixo do travesseiro e, sempre que me mexia para alimentar o bebê, as palavras de Eibhlín Dubh rompiam aquela névoa de desorientação e exaustão. A vida e os desejos dela estavam tão distantes dos meus e, ainda assim, a sentia tão próxima. Em pouco tempo, o poema começou a se infiltrar nos meus dias. Minha curiosidade cresceu até o interesse me levar para fora de casa em direção aos únicos cômodos que poderiam ajudar.

Veja bem: é manhã de terça-feira e um guarda de segurança de uniforme azul vincado está destrancando uma porta e se afastando para o lado com uma leve reverência, porque lá vou eu com o cabelo preso num coque malfeito, uma blusa manchada de leite, um bebê acomodado num *sling*, uma criança pequenininha no carrinho, uma bolsa de bebê vertendo livros e o que só poderia ser descrito como uma cintilação perigosa nos olhos. Sei que tenho um intervalo de seis minutos, no máximo, antes que os gritos comecem, então estou desafivelando o carrinho, depressa, mais depressa agora, e apresso o pequenininho escada acima. "Não é para parar." Dou uma espiadela no *sling*, onde as pálpebras minúsculas se movem durante o sono, empurro o pequenininho para perto dos meus pés e — olhando ao redor em busca do bibliotecário que uma vez me repreendeu — enfio uma banana proibida na mão dele. "Por favor", sussurro, "por favor, fique aqui sentado quietinho enquanto a mamãe só... só...?" Puxo uma lista amassada da bolsa de bebê, as pontas dos dedos percorrendo as lombadas. *Só dois minutos*, penso, *só dois*. O *sling* se contorce e o bebê solta uma rajada exuberante na fralda. Sorrio (como não ia sorrir?) e puxo os dois últimos livros da estante. Estou sorrindo enquanto beijo o cabelo do pequenininho, sorrindo enquanto ergo a carga de lado, descendo devagar as escadas degrau por degrau, com uma mão pegajosa de banana na minha e um cheiro muito familiar subindo do *sling*.

É assim que uma mulher na minha situação procura cada uma das traduções das palavras de Eibhlín Dubh, que são muitas, necessitando de múltiplas visitas iguais a essa à biblioteca. Tão grande é o número de indivíduos que optaram por traduzir esse poema que parece quase um rito de passagem, ou uma série de regravações de uma canção antiga e querida. Muitas das traduções eu considero medíocres — textos mortos que tentam, mas não conseguem, encontrar a pulsação da presença de Eibhlín Dubh —, mas algumas são tão poderosas que são memoráveis. Poucos se aproximam o suficiente da voz dela para me saciar, e as páginas que acompanham essas traduções e que oferecem um contexto mais amplo são muitas vezes tão esparsas que me deixam com fome. Não apenas com fome. Estou faminta. Anseio por conhecer mais da vida dela, antes e depois do momento da composição. Quero saber quem era, de onde veio e o que aconteceu depois. Quero saber o que aconteceu com seus filhos e netos. Quero ler detalhes a respeito do local onde foi enterrada para poder colocar flores no seu túmulo. Quero conhecê-la e saber mais a respeito da vida dela, mas sou preguiçosa, então quero encontrar todas essas respostas dispostas diante de mim de uma forma descomplicada, de preferência em um único livro da biblioteca. A literatura disponível para mim, contudo, não tem muito interesse em responder a essas curiosidades periféricas. Mesmo assim, pesquiso, porque estou convencida de que deve existir um texto, em algum lugar, que compartilhe da minha admiração.

Depois de esgotar todo o conteúdo das bibliotecas públicas, comecei a pedir favores a amigas universitárias, entrando sorrateira nas bibliotecas com identidades falsas para fazer cópias sorrateiras de várias histórias, edições sobre tradução e artigos de periódicos, cada fonte acrescentando uma pincelada ou duas ao retrato de Eibhlín Dubh que vem crescendo na minha cabeça. Utilizo esses textos para acrescentar novas palavras aos meus estoques de informações, guardando cópias debaixo da cama, no carro, ao lado da bombinha de tirar leite. Minhas semanas são consumidas entre as forças gêmeas do leite e do texto, semanas que logo se transformam em meses e depois em anos. Construo para mim uma vida na qual, sempre que me permito sentar, é para exprimir sílabas pálidas de leite, enquanto sorvo meu próprio alimento sombrio da tinta.

II. um eco líquido

go ngeobhainn é im'thaobh dheas
nó i mbinn mo léine,
is go léigfinn cead slé' leat

teria agarrado aqui do lado direito,
ou aqui, nas pregas da blusa, qualquer coisa,
qualquer coisa para deixá-lo galopar livre

— Eibhlín Dubh Ní Chonaill

Eu me movo com rapidez através de manhãs caóticas de ~~lavar a roupa~~ e ~~lancheiras~~ e ~~vacinas~~, sempre esperando a próxima sessão de extração de leite porque isso é o mais perto que chego de um descanso. Sentar e ler enquanto estou presa ao aparelho insaciável é deixar minhas listas para trás e, em vez disso, caminhar pelas portas que Eibhlín Dubh abriu. Ler equilibra a estranha equação desses momentos — é sempre agradável sentar e dar um pouco mais de mim mesma, sobretudo se conseguir ao mesmo tempo absorver um pouco mais da vida dela. Quando o recipiente se enche de líquido até a borda, desligo a bomba, marco a página, então suspiro e começo a trabalhar de novo. Ergo a bomba até a bancada, coloco até as últimas gotas em uma mamadeira esterilizada, fecho bem a tampa e escrevo o rótulo à mão: DOIREANN NÍ GHRÍOFA — 10/03/2012 — 250 ml.

Foi através de um grupo de mamães e bebês que ouvi falar pela primeira vez de um banco de leite. Quando pesquisei no Google, li que o estômago dos bebês prematuros é pequenino e delicado e que a exposição à fórmula pode resultar em problemas intestinais como a enterocolite necrosante ou o colapso cardiovascular. Li que, às vezes, o trauma de um parto prematuro pode diminuir a produção da mãe, deixando-a com pouco ou nenhum leite para alimentar o bebê. Era impossível ler sobre esses horrores sem entrar diretamente em contato com o banco. A meticulosidade necessária da rotina passou a assumir uma importância agradável nos meus dias: a esterilização, a água com sabão e o vapor, a pele esfregada, o mecanismo impecável. Sabia que meu leite seria absorvido bem depressa por bebês prematuros e doentes, por isso tinha sempre um cuidado especial para manter as condições ideais, refrigerando cada mamadeira na geladeira antes de a congelar.

Agora verifico o leitor de temperatura do congelador e anoto os dígitos com cuidado, rubrico a tabelinha e, então, ponho a mamadeira recém-resfriada ao lado de oito blocos idênticos no freezer, o rendimento de uma boa semana. Todas as manhãs, a uma determinada hora, a minha cozinha parece um laboratório — aqui está a tabela da temperatura, aqui o esterilizador expelindo vapor, aqui os componentes desmontados do aparelho, aqui a mulher cansada e aqui a fila de recipientes esterilizados. Aqui todos os dias são idênticos.

Quando o congelador está tão cheio que tenho que lutar com um saco de ervilhas para encaixar a mamadeira, ligo para o banco de leite em Irvinestown e eles enviam uma caixa de poliestireno tão grande que enche os braços do carteiro. Encaixo ali o máximo de mamadeiras que posso, assino o formulário e fecho a caixa com fita adesiva, passando uma fita marrom grossa em torno da tampa. Uma vez. Duas vezes. Agora o bebê deve ser vestido com um casaquinho grosso com capuz, beijado, colocado no carrinho e apaziguado com um ursinho. O irmão dele deve ser persuadido a se afastar de um brinquedo de montar, colocado em um agasalho e subornado com um pirulito para ser convencido a ir até o centro da cidade. A caixa é volumosa e pesada, então a única maneira de transportá-la é apoiando-a sobre a alça do carrinho e equilibrando-a de forma desajeitada entre o queixo e o cotovelo, enquanto me esforço para segurar também a mão do pequenininho. Leva vinte minutos para negociar o que de outra forma seria uma caminhada de dez minutos até o correio. A atribulação me deixa exasperada na fila, prometendo a mim mesma que vou pedir ao meu marido para postar a caixa na próxima vez.

No balcão, encontro meu carteiro favorito atrás do vidro. Aprendi a gostar dos cabelos grisalhos e desgrenhados dele, dos óculos tortos, do sorriso de nicotina e de como sempre me chama de *amor*. Ele vem até a porta lateral e o observo rotular a embalagem — *Correio Expresso, Entrega no Dia Seguinte*. Ele me passa um recibo de reembolso dos custos de postagem, a única troca de dinheiro envolvida nessas transações.

Nunca vou amamentar esse bebê distante que será o próximo a ingerir meu leite e jamais vou aninhar seus pés e mãos quentinhos, mas sei o caminho que meu leite vai seguir para chegar até ele. Pesquisei Irvinestown, condado de Fermanagh, no Google para ver o vilarejo com o lindo parque, três escolas, um pub chamado *The Necarne Arms* e um pequeno restaurante que serve peixe com batatas fritas chamado *Joe 90s*. Num terraço elegante, entre lojas chiques e um salão de cabeleireiro, uma placa discreta indica o Banco de Leite Humano Western Trust do Sistema Nacional de Saúde. Aqui, minha caixa contendo as mamadeiras dará sua pequena contribuição para os muitos litros de leite humano esterilizados, pasteurizados e despachados todos os anos para as Unidades de Cuidados Intensivos Neonatais de toda a ilha: um eco líquido.

Ao doar meu leite, quero ajudar famílias em dificuldades, sim, um desejo despertado pela empatia, mas suspeito que algo mais está envolvido: uma ideia imatura e ocidentalizada de carma. Em algum nível, acredito que, quanto mais útil puder ser para os outros, mais proteção vou ser capaz de conquistar para a minha jovem família. Além dessa noção rudimentar de carma e da minha simpatia pelos bebês imaginários e pelas famílias imaginárias deles, há também algo mais à espreita: uma ilusão de controle. Há tanta coisa na minha vida que não sou capaz de controlar. Não sou capaz de controlar todas as minhas noites de sono interrompido. Não sou capaz de controlar os terrores que a minha cabeça escolhe rever no instante em que fecho os olhos — o carrossel repetitivo de meningites, comas, carros arrastados para os oceanos, incêndios domésticos e pedófilos. Não sou capaz de controlar os caprichos do nosso senhorio se — ou quando — sua voracidade nos levar a mudar de casa mais uma vez. Não sou capaz de controlar as chances dos meus filhos de conseguirem um lugar na escola primária local, cuja política de matrícula (como a maioria das escolas irlandesas) se baseia na adesão à Igreja Católica. Posso, no entanto, controlar o ritual da produção de leite: a esterilização das mamadeiras, os componentes da bomba encaixados na ordem correta, a necessidade enfadonha de manter os registros, cada procedimento que decido realizar com cuidado e de forma correta.

Cumpro minha parte do acordo todos os dias e, uma vez por mês, chega uma nota, uma folha de papel A4 dobrada e decorada com Clip-Art, na qual encontro detalhes manuscritos dos bebês sem-nome que receberam meu último lote: gêmeos cuja mãe sofreu complicações pós-parto, talvez, uma bebezinha com enterocolite necrosante ou um bebê em Crumlin se recuperando de uma cirurgia cardíaca. Dentro da carta há uma série de moedas coladas com fita adesiva transparente no valor exato dos meus custos de postagem. Quando as ponho na bolsa, o resíduo do adesivo faz com que grudem em tudo, de modo que, toda vez que entrego uma no caixa do supermercado Aldi, ou na barraca do peixeiro, lembro que, em algum lugar, um bebezinho doente está com o meu leite na boca. Eu me transformei numa ama de leite, minha conexão com bebês de estranhos mediada por equipamentos, mecanismos e distância.

Meus meses são preenchidos com leite, com roupas e louças por lavar, com canções infantis e histórias para dormir, com sacolas de supermercado rasgadas, latas amassadas, festas de aniversário, ressacas e contas. Extraio inúmeras pequenas alegrias do meu mundo: lençóis limpos balançando no varal, rindo até perder o fôlego nos braços do meu marido, um escorregador de jardim comprado por uma ninharia nos classificados, um piquenique na praia, três pequenas cabeleiras lavadas até brilharem, listas de compras após listas de compras completadas — *tica, tica, tica* —, todas as minhas minúsculas vitórias.

Todos os dias luto contra a entropia, recolhendo brinquedos abandonados e moletons imundos na parte do cotovelo, varrendo cada espiral de macarrão caído no chão e cada casca de pão arremessada, esfregando manchas e pratos até que não reste nenhum vestígio das energias que se moviam por essas salas. Cada hora traz consigo uma nova alteração da mesma velha bagunça. Varro. Lavo. Arrumo. Sou uma das Muitas cuja jornada de trabalho não tem limite de horário. Qualquer pessoa cujos dias giram em torno do trabalho doméstico conhece a satisfação que pode ser encontrada nessa ocupação, na definição e listagem dos numerosos componentes de uma bagunça, sendo cada um deles facilmente resolvido por uma série de manobras bem definidas. Há uma satisfação especial em se anular dessa forma, sendo submissa em relação às necessidades dos outros: nesse apagamento, para mim, reside a alegria. Eu me mantenho tão ocupada, sempre no encalço das tarefas nas listas, que nunca preciso dirigir o olhar para além das salas pelas quais disparo. O sorriso de *me desculpa* de uma criança enquanto uma gosma de baunilha se infiltra no tapete me faz correr em busca do pano de limpeza. Febres noturnas me tiram do sono aos chacoalhões para correr até o termômetro e os remédios. Assim que meus filhos vão brincar em outro lugar, corro para recolher os blocos de montar. Não examino o rosto refletido nos espelhos que poli às pressas. À medida que limpo, meu trabalho faz de si mesmo uma invisibilidade. Se cada dia equivale a uma página desordenada, então gasto as horas esfregando suas letras. Nisso, meu trabalho é um apagamento de uma presença.

Meu terceiro filho começa a andar, começa a falar, e continuo correndo contra as horas, cantando para ele por cima do ombro enquanto me distraio cuidando de outra carga de roupa suja, digitando novos poemas, limpando armários ou beijando a cabeça do irmão que levou uma pancadinha. O banco de leite prefere doações de mães de bebês mais novos, então, aos poucos, vou reduzindo meu tempo na bomba até que pude postar nos correios minha última caixa de isopor. *Tica.*

Assim que o fardo sobre os seios diminui, meu relógio interno volta à configuração normal, trazendo consigo uma mudança hormonal que eu não esperava. O desejo retorna, escancarando a porta. O desejo me arremessa de joelhos, me faz tremer e implorar, me faz rastejar e ofegar no escuro. O desejo me deixa esparramada sobre camas e sobre mesas, animal, latejante e molhada. Toda vez que gozo, choro. Senti falta disso, do desejo, comum e alegre. Não consigo me lembrar de uma época em que me senti mais aliviada ou mais feliz.

Não demora muito e o senhorio avisa que um familiar precisa de um lugar para morar e nos manda embora com mais uma referência excepcional. Ponho mãos à obra na mesma hora, encontrando o que se tornaria a nossa quinta casa em poucos anos. Semanas depois de nos mudarmos, um amigo vê nossa antiga casa anunciada na internet por um aluguel muito mais alto. Não me incomodo. Dou por mim grávida de novo, alegre e tirando o pó, pintando e organizando. Não consigo imaginar como, com quatro crianças com menos de seis anos, vou encontrar tempo para escovar os dentes, ler poemas antigos ou tomar o café da manhã, muito menos doar leite aos bebês de estranhos. Por duas vezes pego a sacola com a parafernália para bombear leite e considero doá-la.

Por duas vezes volto a guardá-la.

Só por precaução.

Ao optar por engravidar, a mulher doa o corpo com uma abnegação tão normal que isso passa despercebido, até por ela mesma. O corpo dela fica ligado ao altruísmo tão instintivamente quanto à fome. Se não conseguir consumir cálcio o suficiente, por exemplo, esse mineral vai surgir das profundezas dos ossos dela e vai ser doado ao bebê em seu nome, deixando seu próprio sistema com uma deficiência. Às vezes, um corpo feminino serve a outro, efetuando um roubo de si mesmo.

III. respirar em outra parte

chuiris parlús á ghealadh dhom,

pois você preparou uma sala resplandecente para mim,

— Eibhlín Dubh Ní Chonaill

Um corpo contém tanta coisa além do visível. Antes de ser transcrito ou traduzido, *Caoineadh Airt Uí Laoghaire* foi preservado no folclore oral, reverberando através de uma sucessão de corpos femininos, da boca feminina ao ouvido feminino, ao longo de anos e anos e anos. Décadas depois de sua composição, ele voltou a se deslocar por meio de corpos de novo, dessa vez da voz para a mão para o papel e, por fim, para o cânone literário. No discurso de posse de Peter Levi como professor de poesia em Oxford, ele o chamou de "o maior poema escrito nessas ilhas em todo o século XVIII". O que há nesse poema que evoca declarações tão apaixonadas e tamanha devoção?

Sei que deveria ser grata aos diversos tradutores e acadêmicos que dedicaram seu tempo ao trabalho sobre Eibhlín Dubh — não fossem esses feitos de atenção, suas palavras poderiam nunca ter chegado até mim —, mas uma parte egoísta de mim anseia por desprezar e amaldiçoar suas traduções frágeis. Depois de ouvir todas essas versões *cover*, não só tenho certeza de que ninguém jamais poderia ser tão devotada a ela quanto eu, como também me pego querendo cantar. Sei que não tenho qualificação para tentar minha própria tradução — não tenho doutorado, nem cátedra, nem nenhum tipo de autoridade —, sou apenas uma mulher que ama esse poema. A tarefa de tradução em si, no entanto, não me parece estranha, não apenas por traduzir meus próprios poemas, mas porque o processo parece muito próximo do trabalho doméstico. Em italiano, a palavra *stanza* (verso, em inglês), significa "sala". Se há momentos em que me sinto mal preparada e intimidada pela experiência dos que se moveram por esses ambientes antes de mim, me tranquilizo dizendo que sou apenas uma dona de casa, e esse pensamento me acalma, porque cuidar de uma sala é um trabalho que sei que posso fazer tão bem quanto qualquer um.

No curto intervalo entre o jantar e a hora de dormir das crianças, meu marido tira a mesa enquanto corro escada acima, subindo os degraus de dois em dois, deixando minha própria casa para trás para me içar até a de uma estranha. Abro o notebook num arranque, dou um clique no documento no qual as palavras de Eibhlín Dubh aguardam e atravesso correndo a porta de uma nova *stanza*, avaliando os móveis e os tapetes, sentindo a textura dos tecidos entre o polegar e o indicador e verificando seu peso. Então começo a replicar. Se quiser evocar sua presença, devo primeiro construir um lar adequado para ela, erguendo e mobiliando minuciosamente cômodo após cômodo, no qual cada espelho vai captar seu reflexo.

Assim que termino o primeiro verso, dou um passo para trás para admirar a sala que conjurei. Apesar dos meus melhores esforços, a porta não fecha direito e as tábuas do piso são tão irregulares que o leitor pode sentir uma farpa se entrar descalço. Seja como for, o primeiro verso está completo. Restam outros trinta e cinco. Minha tradução começa do mesmo jeito como vai continuar: está longe de ser perfeita, mas é minha. Eu me sinto tão confiante ao avaliar esse primeiro verso imperfeito que não vou me arrepender de ter assumido esse trabalho. Na noite seguinte, passo para o segundo verso, e considero um bom presságio quando encontro a frase de abertura "Is domhsa nárbh aithreach", ou "E nunca me arrependi". Esse verso constitui uma lista que detalha de que modo Art preparou um lar conjugal para Eibhlín Dubh:

> pois você preparou uma sala resplandecente para mim,
> quartos iluminados para mim,
> um forno aquecendo para mim,
> pães roliços crescendo para mim,
> carnes girando no espeto para mim,
> carne abatida para mim,
> e cochilos com uma colcha de penas de pato para mim
> até a ordenha do meio-dia, ou depois
> se eu quiser.

Em cada linha traduzida desse verso, sinto que estou imitando as ações domésticas de séculos atrás, recheando edredons com penas de pato, pintando paredes e sovando massa. Durante meses, trabalho de forma metódica, ponderando entre sinônimos, costurando e recosturando as emendas das cortinas até que o caimento esteja exato, deixando os olhos se moverem para frente e para trás entre os verbos, alinhando os tapetes e polindo cada ornamento linguístico. Assim como o trabalho doméstico, os resultados da minha tradução são muitas vezes imperfeitos, apesar da devoção.

Esqueço de passar o aspirador embaixo da cadeira ou passo horas lavando janelas e ainda deixo manchas. Ignoro muitas vezes as teias de aranha. Muitas vezes tropeço. Mesmo assim, sigo em frente. Esse trabalho me dá um senso de propósito que conduz a muitos versos lindos e muitos meses fascinantes. À medida que me aproximo do final do poema, porém, sinto algo próximo do pavor. Não quero que acabe.

Ao prestar tamanha atenção às palavras de Eibhlín Dubh, passei a conhecer a linguagem dela de maneiras que não seriam acessíveis de outra forma. Essa tarefa metódica exige muita ponderação, uma leitura desacelerada e uma espécie de ciclo repetitivo: voltar, e voltar, e voltar mais uma vez. Passei horas franzindo o cenho diante da tela, lutando contra mim mesma enquanto tento capturar uma frase dela a fim de recriá-la dentro das restrições de outro idioma. Tamanha dedicação, na pior das hipóteses, fez com que, pouco a pouco, eu ficasse mais íntima da própria poetisa, descobrisse certos desvios de seus pensamentos e a pulsação de sua linguagem. Fico triste por deixar os aposentos de Eibhlín para trás e triste por omitir o nome dela das minhas listas. Mesmo quando tenho certeza de que minha tradução está concluída, volto com frequência para visitá-la — endireitando o ângulo de um espelho aqui, polindo uma fechadura vazia de latão ali —, mas, apesar do esforço em cada sílaba e verso, apesar da minha penosa diligência na busca de fidelidade, o texto final me parece insignificante, tão desequilibrado e imperfeito quanto eu. Passei a gostar da minha tradução, mas sei que essa afeição está enraizada nas intimidades gêmeas da familiaridade e da proximidade, e não na satisfação artística. Fecho o notebook com força e desço correndo para soluçar junto ao meu marido, dizendo que minha tentativa foi um fracasso como as outras traduções das quais venho me queixando. A minha, assim como a deles, não chegou nem perto do timbre da voz dela — ou pelo menos não tão perto quanto esperava. Ele me envolve com os braços.

Meu documento não contém a voz dela e, como tal, o considero um fracasso — um fracasso inevitável, porém, ainda assim, um fracasso. Tento aceitar esse fato enquanto me ofereço um pouco de compaixão. Ganhei tanto com meu trabalho. Por um lado, aprendi que o elemento que mais prezo no trabalho de Eibhlín Dubh não reside em nenhuma das salas sobre as quais passei horas deliberando. Não, meu elemento favorito paira além do texto, no espaço intraduzível e indistinto entre os versos, onde sinto uma respiração feminina remanescente nas escadas, ainda presente, de alguma forma, muito depois de o corpo ter corrido para respirar em outro lugar. Se deixei algo de mim nessa tradução, é simplesmente o suspiro cansado que sai dos meus pulmões quando, por fim, me obrigo a fechar o documento e seguir em frente.

IV. na sala de ordenha

Do bhuaileas go luath mo bhasa
is do bhaineas as na reathaibh

Depressa, bati palmas,
e depressa, depressa, galopei,

— Eibhlín Dubh Ní Chonaill

Uma agenda familiar rabiscada com sinais de esferográfica e lápis, cada um deles com a mesma caligrafia — esse é um texto feminino. Mês após mês após mês de consultas, aulas de natação, meios períodos, vendas de bolos, arrecadação de fundos, devoluções de biblioteca, datas previstas do nascimento de um bebê, festas de aniversário e férias escolares. *Tica. Tica. Tica.* Todo mês de novembro escolho uma nova agenda no supermercado. Em janeiro, a antiga será acrescentada à pilha: esses são meus anos mais doces, arquivados em papel e tinta, em preto e branco.

2012.
2013.
2014.

Às 7h46 de uma terça-feira de junho, o transdutor do ultrassom desliza pela minha barriga. Ele se move devagar e depois, muito lentamente, volta em sentido contrário. Quanto mais lento o transdutor, mais rápido meu pulso; ele acelera do trote ao galope enquanto levanto a cabeça para observar o transdutor se mover de forma ainda mais lenta. Mais devagar. Mais devagar. Ele para.

A técnica está ligando para a maternidade enquanto ainda retiro o gel do umbigo, vendo em quanto tempo consegue arranjar uma cesariana. Ainda que apenas um lado da conversa seja audível, uma sensação muscular de pavor logo começa a preencher as lacunas. Desligando o telefone, explica que viu uma série de calcificações na minha placenta, manchas brancas que indicam a ocorrência de infartos ou derrames. Nessas áreas o tecido placentário morreu e é incapaz de nutrir um bebê que é agora muito, muito menor do que o previsto e que luta para sobreviver com a diminuição do líquido amniótico. Um bebê. Meu bebê.

Logo em seguida, estou no hospital. Devo ter dirigido sozinha, mas não lembro da viagem. Uma enfermeira puxa minha legging para baixo e aplica injeções de esteroides na minha nádega, na esperança de acelerar os pulmões do bebê. Recebo uma ficha de entrada para uma cesariana no dia seguinte. Se notar qualquer mudança nos movimentos do bebê, dizem, qualquer mudança mesmo, devo sair correndo de na mesma hora — sem sala de espera, sem verificação na recepção, "Basta passar pela segurança e ir direto para o posto das parteiras". "Mas vão me deter", digo, rindo. Ninguém ri de volta.

"Não, não vão, vão saber."

"Devo mostrar o prontuário?"

"Não, vão saber pela sua expressão."

Meu polegar treme quando mando uma mensagem para o meu marido contando o que aconteceu, querendo tranquilizá-lo, enquanto me tranquilizo, como tento tranquilizar você agora à distância. Escrevo "está tudo bem. o bebê chega amanhã talvez. vou na rua comprar umas coisas". Então envio uma mensagem para minha mãe, "Você consegue vir tomar conta dos meninos? A dra acha que o bebê pode nascer logo. bjs". Cada mensagem que envio carrega a informação que recebi e transmite uma sensação que me permite passear com segurança pela Penneys durante dez minutos, porque não pode haver um problema de verdade se eu estiver vagando por prateleiras de chinelos e moletons de desenhos animados, os dedos acariciando preguiçosos camadas de lã e renda e pijamas de algodão penteado. Meu celular apita com uma resposta sem palavras, só pontos, traços e reticências de carinhas-texto sorridentes. O bebê está quieto enquanto ando pelos corredores, e o imagino cochilando, embalado pelo meu movimento.

Em casa, digo ao meu marido que tudo pode ser simplesmente uma tempestade em copo d'água, sorrio e o empurro porta afora e de volta para uma fábrica onde celulares são proibidos. Ele acredita em mim; eu acredito em mim mesma. Volto para as minhas tarefas. Se estou lavando louça, então deve estar tudo bem. Se estou esfregando restos de ovos mexidos de uma panela, então deve estar tudo bem. Minha amiga Amy liga e tento convencê-la de que "sim, definitivamente estou bem". Se estou pendurando roupas molhadas ao sol, significa que está tudo bem, não é? Passo o aspirador na sala de estar e a repetição corporal daquele vaivém banal é a mesma de sempre — é claro que nada pode dar errado na vida de uma pessoa se ela está passando o aspirador. Minha prima Saoirse manda a mensagem: "Bebê se mexendo?"

Eu respondo: "Agora não, mas está tudo bem". Carinha sorridente. Apago a carinha sorridente. Excluo as letras uma por uma. Tomo banho e então tento secar o cabelo, mas minha atenção vacila quando o celular vibra no meu bolso. Saoirse de novo.

Bebê já está se mexendo?
Agora não mas estamos bem! Acabei de tomar banho. Bjs
Tô ficando preocupada. Quando vai dar entrada?
Tá tudo bem :-)
Liga pra dra! Pfvr!!

Não importa o quanto tento soar alegre, ela resiste à minha narrativa, ela enxerga através de mim e a leitura que faz da situação está começando a me afetar. Eu me deito no sofá e me obrigo a comer um Cornetto, querendo que o bebê se contorça por causa do sorvete frio, que dê chutes de protesto, como sempre fez. Nada. Espero, olhando para o teto manchado. Nada ainda. Tudo explode em cima de mim como um trovão e de repente não consigo respirar.

O bebê não está mais se mexendo.

O bebê parou de se mexer.

Que porra que eu estou fazendo?

Os meus pais ainda não chegaram, então empurro os três meninos para dentro do carro — vou deixá-los com a Amy. Pegando a bolsa do hospital, jogo também a cópia muito manuseada do *Caoineadh* ali e acelero pelo terreno aos prantos, tentando esconder o rosto das crianças.

Um cachorrinho está perambulando pela estrada. Freio e peço a alguns adolescentes que passam que o segurem por um minuto. Eles agarram a coleira e acariciam a cabeça macia dele. *Pronto.* Está tudo bem, tudo sob controle. Acelero e, em cada uma das minhas vértebras, sinto as rodas do carro passarem por cima do cachorrinho. Pelo espelho, vejo os adolescentes correrem em direção ao corpo contorcido dele, mas sigo dirigindo. Não parei. Por que não parei? Meus filhos perguntam: "Que barulho foi esse?" "Nada", minto. O mais velho olha pelo vidro de trás e o mais novo pergunta: "Você também vai levar o cachorrinho para o hospital?" "Volto mais tarde para pegar ele", digo. "Por que você está chorando?" "Não, não estou chorando. Estou bem." Imagino sangue de cachorro nos pneus. Imagino miolos. Mingau. Meu bebê não está se mexendo. Minha respiração fica pesada e irregular, a garganta dói. Ergo as crianças do carro até Amy, tiro as cadeirinhas e aponto o carro para a maternidade. Sozinha, uivo.

O bebê ainda não se mexe. O que posso consertar? Volto para o nosso bairro residencial e dirijo até encontrar os adolescentes. Eles me apontam a casa da dona dele. Estou em farrapos. O bebê ainda não se mexe, mas "o cachorrinho está bem", ela diz, apontando um cesto cujo ocupante me estica uma pata com olhos tristonhos. Choro. A mulher me empurra para o hospital.

A viagem pela autoestrada corre depressa, tão depressa que até os arbustos espinhosos se tornam indistintos e imprudentes. Estaciono o carro num ângulo torto e disparo, ofegando pelos corredores. Cada segurança, cada enfermeira e paciente que encontro saem do caminho. Logo estou conectada a máquinas, observando um longo rolo de papel se desenrolar sob o indicador da máquina, contando uma história de luta e queda. A cortina puxada em volta da minha cama é uma barreira frágil e, embora não consiga entender as palavras, suponho que as enfermeiras estejam falando de mim, porque o ritmo das vozes femininas revela preocupação. Sinto saudade do meu marido. Quero vê-lo mais do que a qualquer outra pessoa. Meu dedo treme quando mando uma mensagem para ele: "Não entre em pânico, mas estou no hospital. Venha rápido".

As horas passam.

Nenhum movimento.

Então, um chute fraquinho. Meu marido chega com calça de motociclista e capacete debaixo do cotovelo. Sinto um alívio indescritível por vê-lo. "Está tudo bem", digo, "tenho tudo sob controle."

As enfermeiras me preparam para a primeira cesariana de um novo dia. Muitas pessoas entram na sala de uniforme, conversando entre si com urgência. O anestesista verifica se minhas pernas estão dormentes. Minha médica entra, calorosa e tranquilizadora, os olhos sorrindo por cima da máscara. Um lençol é erguido entre nós. Imagino o bisturi sobre meu corpo durante um momento tenso. Então, ela o abaixa. Faz uma incisão. Meu marido pressiona os lábios na minha mão e sustenta meu olhar. Do outro lado do lençol há muitos puxões e empuxos, uma súbita sensação de pressão, de elevação, seguida por uma estranha leveza. O lençol é baixado. Observo o bebê emergir do meu corpo.

Eu a vejo, uma menina. Uma pequenina menina.

Estou tão confusa com a morfina espinhal, com a alegria, a emoção e a adrenalina que a pequenez extrema dela não parece nada assustadora. Ela parece perfeita para mim.

Num instante, é levada para uma incubadora no outro extremo da sala, onde um grupo de médicos começa a trabalhar nela. O cheiro de churrasco, de queimado, percebo aos poucos, sou eu: vem do meu corpo. A técnica sorri enquanto trabalha, diz que está muito contente por ter tirado minha filha de lá nesse instante, porque as coisas estavam muito piores lá dentro do que ela poderia ter imaginado no exame. Minha bebê não crescia há semanas, e tanto a placenta quanto o cordão umbilical falharam a tal ponto que a bebê teria nascido morta se tivesse esperado mais. Não consigo pensar em nada para dizer em resposta. Tento sorrir. Minha filha está aqui e está viva — ouço o chorinho vindo do canto.

Na sala de recuperação, os olhos da bebê se abrem quando pega meu seio e suga com força. Um novo médico se apresenta e insiste que ela receba uma mamadeira de leite em pó. Sorrio com os lábios apertados. Recuso. "Nunca foi dado leite artificial a nenhum dos meus filhos", digo, "e, de qualquer forma, ela vai ficar bem, está tudo bem agora." O médico se torna frio e intenso: isso não é uma sugestão, é uma necessidade. Minha placenta calcificada não conseguiu fornecer nutrição suficiente à bebê; é por isso que os movimentos dela diminuíram. Os médicos agora suspeitam que os níveis de açúcar no sangue dela possam estar preocupantemente baixos; um teste antes e depois do consumo de uma quantidade específica de leite permitiria confirmar se o corpo dela é capaz de processar açúcares com eficiência. A saída de leite dos meus seios não pode ser calibrada, então ela precisa ser alimentada com a mamadeira sem demora. Assinto e vejo minha filha se alimentando nos braços de um estranho; meu bebê segurando um mamilo de plástico entre os lábios pequeninos. Rio do quanto é fácil, e do quanto é inquietante. Meu mundo parece um pouco desorientado, surreal e, ainda assim, estranhamente normal — como uma daquelas comédias antigas em que as personagens apagam as luzes na hora de dormir e, de repente, tudo fica azul. Estamos na mesma sala de recuperação em que me deitei com todos os meus recém-nascidos, mas dessa vez tudo se materializou sob uma luz diferente.

Os resultados dos exames nos permitem ir juntas para a mesma ala, uma pequena vitória. O horário de visitas terminou, então meu marido nos beija e vai para casa colocar nossos filhos na cama. A bebê dorme e dorme. Ela nem abre os olhos, muito menos mama. Tento todos os truques de que me lembro por causa dos outros bebês: acariciar a bochecha com algodão úmido, soprar na barriguinha, fazer cócegas. Começo a cantarolar a mesma melodia que cantarolava para os meus filhos: "*Dei tudo o que podia, não é suficiente, dei tudo o que podia*"[2]. Mesmo assim, ela não acorda.

Começo a entrar em pânico, embora esteja determinada a esconder meu medo dos médicos que querem tirá-la de mim. Eles ficam exasperados com a minha insistência de que, eventualmente, as coisas vão se ajeitar com a amamentação. Querem que ela fique em um ambiente onde é possível monitorar seu sangue o tempo inteiro. Se conseguir extrair uma determinada quantidade de leite manualmente e alimentá-la através de uma seringa, nos darão mais algumas horas juntas para ver uma melhora nos exames de sangue. Se isso acontecer, vão deixá-la ficar comigo. Se não, bem... A ameaça paira no ar. *Então*, penso, *o teste pelo qual devo passar para mantê-la comigo é extrair leite materno? Moleza.* Peço papel, caneta e algumas mamadeiras. Começo a extrair o leite manualmente, extraindo o colostro amarelo brilhante dos meus seios, gota a gota, com calma. Tento me lembrar de anotar as mamadas noturnas para poder provar aos médicos o quanto ela se alimentou bem — esforços que me deixam

2. Trecho da música "Karma Police", da banda inglesa Radiohead. [N. E.]

com a seguinte criação, um texto triste, quase ilegível, obscurecido pelos resíduos de morfina em meu sangue.

Extraí 5 ml. Ela está dormindo.

Extraí um pouco mais. Tentei a mamadeira, mas ela não acorda. Espremi algumas gotas do seio direto para a boca, mas simplesmente escorreu de volta. Troquei o macacãozinho da bebê. A fralda um pouco úmida

Ainda extraindo colostro — há bastante bombeado, mas as gengivas continuam cerradas. Como posso alimentá-la se ela não permite?

Acho que adormeci. De qualquer forma, foram só alguns minutos. Mais uma vez espremi gotas na boca dela, mas acho que escorreu tudo. Nada

Ela se mexeu durante o sono e babou. Troquei o macacãozinho. Fralda seca

Por que ela não acorda??? Mais uma vez tentei a mamadeira. Não consigo.

Chorando agora, ainda não consegui fazer com que tomasse a mamadeira. Qual é o problema, ela ou eu?

Pedi ajuda à nova enfermeira. Ela deu o leite todo para ela num instante. Agora está dormindo. Tão cansada

A bebê acabou de vomitar. tudo se foi. tentei alimentá-la mas gengivas cerradas. terrível. troquei macacãozinho e cobertores. fralda ainda seca.

tão preocupada. a enfermeira disse para tentar acordá-la mais uma vez logo, logo.

extraí mais um pouco. espremi gotas nos lábios, mas na verdade não acho que tenha engolido muito. ela não acorda. assustada agora

fiz ela arrotar e tentei a mamadeira mais uma vez. não consegui. liguei para a parteira mas não atendeu

não consigo parar de chorar — está dormindo, a fralda totalmente seca — mt medo, não sei o que fazer

a enfermeira disse que vai discutir com o méd especialista. bebê ainda dormindo

nada nada

Não mostro essas páginas para ninguém. Por volta das 3h15, minha garganta dói de novo de tanto chorar de frustração. Extraí manualmente uma mamadeira cheia de colostro e a observei escorrer, gota a gota, da mandíbula cerrada do bebê. Não consigo fazer com que engula. Estou nervosa agora, nervosa e em pânico. A médica especialista faz uma punção no pezinho da minha filha, aproxima-o do monitor eletrônico que mede os níveis sanguíneos e ergue as sobrancelhas. A voz dela é calma, mas em cinco minutos dois jovens médicos estão levando minha bebê embora. Não vou poder segui-la enquanto não estiver livre do soro e do cateter.

A porta se fecha.

Fracassei. Minha bebê foi tirada de mim e levada às pressas para respirar em outra parte. Eu me deito virada para a parede. Meu leite escoa de mim, invisível: um texto pálido em lençóis pálidos.

Meu quarto está localizado em uma ala vários andares acima da unidade da minha bebê, mas as enfermeiras do hospital levam até ela todo o leite que consigo extrair manualmente. Um cartaz no meu quarto aconselha, LEITE MATERNO É MELHOR, mas ainda assim a enfermeira não me deixa usar as bombas de tirar leite. "Só extração manual", diz, com voz gentil. Exijo uma segunda opinião, mas a médica especialista concorda com a enfermeira: é política do hospital que nenhuma mulher seja autorizada a utilizar uma bomba antes do terceiro dia após o parto. Quando pergunto a razão, a resposta é sempre "política do hospital". Ergo a voz. Praguejo. Digo que se não usar a bomba *agora*, minha produção vai diminuir e não terei leite para alimentar minha bebê quando sairmos do hospital. Digo que, se se recusarem, simplesmente vou mandar o meu marido para casa para buscar minha própria bomba. Cerro os punhos e bato nas pernas, tremo e rosno, e com isso eles cedem.

O aparelho, quando chega, é diferente de qualquer bomba que já vi. É um modelo de última geração, não é de carregar na mão, é transportado sobre rodas para dentro do quarto e, mesmo assim, quando aperto o botão, a música é a mesma, o velho refrão de chupar/assobiar, chupar/assobiar. Basta um sussurro daquele barulho e meus seios começam a vazar. Gostaria de poder dizer que essa rotina é uma espécie de conforto. Mas não é. Me sinto enganada e cansada; me sinto derrotada. Tantas manhãs passadas bombeando leite para bebês em UTIS neonatais, sentindo pena das mães, e agora aqui estou eu, sem a minha bebê, derramando líquido inutilmente: leite na bomba de tirar leite, urina no cateter, enquanto choro e fungo em lencinhos de papel. "Podia ser pior", as enfermeiras dizem — "você é a mãe do bebê que quase nasceu morto? Vão cuidar muito bem dela, lá embaixo. Não se preocupe. Relaxe. Descanse. Boa garota." Depois que todos saem, a porta é fechada com suavidade. Só existe uma voz que nunca sai do meu lado; Eibhlín Dubh está comigo, tão próxima quanto a tinta no papel e firme feito uma pulsação.

Meu marido me envia mensagens de texto com fotos da nossa filha na incubadora, sem roupa a não ser por uma fraldinha e coberta de fios e tubos. Essa bebê não se parece com nenhum dos meus filhos, se parece com um dos bebês dos folhetos do banco de leite. Fico olhando para as fotos, aterrorizada.

Nunca lembro de adormecer no meu quarto triste, mas, sempre que adormeço, sou acordada pelos choros de bebês que não são meus. Urram a noite inteira, os bebês desses estranhos, a noite toda choramingam e choramingam na escuridão estéril. Cada vez que me assusto com o choro de outro bebê, sinto que estive sonhando com a mesma coisa, só não consigo lembrar o que era. Algo — escuro — algo — entreaberto. Sempre que acordo, pego a máquina e bombeio como se tivesse algo a provar. Enfermeiras percorrem os corredores para chegar à minha cabeceira com pranchetas e minúsculos copinhos de papel, cada um cheio de analgésicos. *Ah*, digo, me apoiando nos cotovelos. *Ah*.

Tão logo o soro e o cateter são removidos, preciso demonstrar que consigo urinar com competência num balde de papelão. A enfermeira olha as minhas ondulações de urina e assente. Estou exultante. Logo chega um enfermeiro com uma cadeira de rodas, e vou baixando meu corpo dolorido até encaixar naquela estrutura. Ele me leva para baixo, para baixo, para baixo, até a unidade de terapia intensiva neonatal.

Só quando estou enfim sentada junto à incubadora da minha filha é que começo a aceitar o desvio que tomamos.

Não me permitem pegá-la sem autorização. Em vez disso, passo horas olhando pelo vidro, chorando de tempos em tempos por causa da penugem da coluna, dos cílios, das mãozinhas, de como é cinzenta a bochecha que repousa no braço. É vertiginoso deixar o corpo expressar medos íntimos em um lugar tão público, mas faço isso, deixo o choro ecoar o dos outros que também estão presos nessa sala, chorando também. É um coral. Eu me junto a ele.

A unidade de terapia intensiva neonatal é uma câmara grande, longa e movimentada, onde se desenrolam múltiplas cenas ao mesmo tempo. Permitir que um olhar cansado vague por ali, ainda que por um momento, é se tornar testemunha de uma série de catástrofes humanas privadas, cada uma numa implosão lenta. Sempre que ergo os olhos da incubadora, fico tonta com a sua simultaneidade: aqui um grupo de médicos especialistas balançando a cabeça sobre um prontuário, ali uma mulher chorando baixinho; aqui uma enfermeira aquece uma mamadeira, ali outra ergue um bebê enquanto tubos se enroscam atrás dele; aqui um pai e uma mãe sorriem, cada um segurando um pequeno gêmeo contra a pele quente do peito, ali três médicos entram pela porta principal; aqui um homem com os cotovelos apoiados nos joelhos, a cabeça entre as mãos, os ombros fortes se sacudindo. Ele soluça. Ela soluça. Porra, todos nós soluçamos. Além da cadeira do homem, mais três casais estão sentados junto às incubadoras com os celulares nas mãos, rolando e teclando, enquanto outra mãe passa mancando, esfregando gel desinfetante nas mãos. A todo instante estamos nós todos persistindo e desmoronando, lutando e chorando, rindo e cochilando, observando e sendo observados. Real ou imaginário, meu senso de vigilância aqui é forte. Sinto que devo passar por algum teste sem nome com cada novo profissional que encontramos. Tenho certeza de que meu acesso de raiva por causa da bomba de tirar leite foi anotado no meu prontuário, de modo que agora tento me forçar a sorrir educadamente, imaginando que poderia haver alguma correlação entre o nível de normalidade que consigo fingir e a forma como nossa filha pode ser tratada. Tudo o que quero é cair de joelhos e implorar aos médicos que me deixem segurar a minha filha, mas não posso fazer isso. Se quisermos levá-la para casa, preciso tanto me controlar quanto ceder o controle a eles.

Dentro da minha ala, sou conduzida a uma sala menor e mais estreita, com sofás de couro frio, uma pia, uma geladeira, uma TV e uma fileira de extratores de leite. A enfermeira a chama de sala de ordenha. Cruzando a porta, encontro as outras mães: a adolescente loira de camisola do Snoopy, a professora com pérolas nos lóbulos das orelhas, a agricultora, a fumante e todas as outras. A cada duas horas, saímos da nossa vigília nas incubadoras e nos conectamos às máquinas, assistindo reprises vespertinas de *EastEnders* e *Room to improve* e discutindo os méritos das substâncias que induzem a lactação: aveia, feno-grego e chá de dente-de-leão. Transmitimos as histórias de cada novo horror em sussurros apressados, a boca colada ao ouvido à boca colada ao ouvido. As histórias que contamos são inoculações, repetidas na esperança inconsciente de que possam proteger nossos próprios bebês de partilharem o mesmo destino. Não há lógica nesse impulso, assim como parece haver pouca lógica nas crueldades que vêm sendo infligidas aos nossos bebês. Nessa sala rimos mais do que choramos, mas todas nós estamos exaustas e aterrorizadas. Uma mulher usa um *niqab*, o restante de nós está de pijamas e chinelos, e estamos todas juntas no inferno.

A unidade está organizada segundo a gravidade do quadro de cada bebê. Minha filha foi designada para a Divisão

C, onde os bebês às vezes recebem alta poucas horas após a chegada. Passo todo o tempo na Divisão C desejando levá-la comigo de volta para a ala da maternidade, pensando que a qualquer momento nos autorizariam a tanto. Quando ela é transferida para a Divisão A, sonho acordada em trazê-la de volta para a Divisão C. Nas rondas, os médicos discutem os resultados mais recentes dos exames de sangue e mexem no soro de glicose. Seguro a mão do meu marido com força. Nossa bebê está tão fraca que não chora, não importa quantas vezes as enfermeiras espetem o calcanhar dela com uma pequena lâmina. Vivo para os momentos em que posso aninhá-la no meu peito com uma felicidade cansada. Pressiono os lábios nos calcanhares dela quando os exames a fazem sangrar, a boca limpando gotas de sangue até que a pele esteja limpa.

Embora ela seja mantida na Divisão A, me acho sortuda. Seus problemas endócrinos podem ser complexos, mas o plano de tratamento do médico parece simples em comparação com as histórias que ouço na sala de ordenha. Alguns dias são sombrios, os relatórios dos médicos são entregues com um balançar de cabeça. Em outros, temos a certeza de que, algum dia, de algum jeito, sairemos da UTI neonatal. Quando está forte, ela mama no peito, mas, quando está fraca, meu leite lhe chega por sonda, por seringa ou por mamadeira. Vou à sala de ordenha de duas em duas horas, não apenas para manter um suprimento do meu leite, mas também porque é a única coisa que posso fazer que me parece útil. Sempre que meus seios formigam, enfio algumas palavras entre o cotovelo e as costelas e volto arrastando os chinelos para aquela sala estreita mais uma vez. Ali, bombeio o leite e leio como sempre fazia em casa, e às vezes parece quase normal. Ponho as mamadeiras na geladeira junto com aquelas enviadas pelo banco de leite, cada uma com os rótulos cuidadosamente escritos à mão, cada uma com nomes de estranhas.

O tempo passa de um jeito um tanto esquisito na UTI neonatal. A ordem dos acontecimentos parece se confundir e se retorcer de maneira inesperada. Durmo tão pouco. Eu me machuco. Caio contra uma parede, batendo a cabeça em uma quina, ou tropeço em uma porta, que bate no meu ombro. Meu corpo desenvolve o próprio relato dessas semanas, um vocabulário de hematomas, seios doloridos, curativos, pontos e um mancar lento e suave. Certa tarde, meus pais se aproximam da porta de vidro da saída de emergência ao lado da nossa incubadora e, um por um, erguem meus filhos. Sinto tanta saudade deles. Enquanto os meninos mandam beijos para a irmãzinha adormecida, viro o rosto molhado para o outro lado. Através dessa mesma porta de vidro, vi um pássaro voando pela estrada de acesso e pousando no galho de uma árvore jovem. Vi uma ambulância se deslocar em silêncio em direção à garagem. Duas vezes vi ali um carro funerário, as rodas girando devagar sobre a própria sombra.

Me afeiçoei às faxineiras com os aventais imaculados, à coreografia de suas rotinas que me são familiares: o giro rápido de um esfregão industrial, o sorriso, uma esfregadela com o pano, o aceno de cabeça. Fico sabendo dos nomes e das idiossincrasias delas — quem limpa o interruptor de luz diante do arquivo, quem faz contato visual, quem conta uma piada, o olhar de quem se fixa respeitosamente no chão quando me pegam choramingando mais uma vez. Sinto saudades de casa quando vejo a dança da limpeza delas; sinto falta da minha máquina de lavar roupa, da vassoura, do tique-taque do relógio de cozinha, do *tica-tica* das minhas listas. Nenhum dia aqui é previsível, nenhum dia é igual. Eu me preocupo com o que vai acontecer em seguida. Eu me preocupo e me preocupo e tento me forçar a relaxar diante do pavor, mas nada aqui faz sentido. Tudo o que vejo parece ocorrer às pressas, está ao mesmo tempo perto demais e a uma grande distância de mim. Certa tarde, a caminho do banheiro, vejo um adolescente seguindo a cadeira de rodas da companheira até a unidade. Ela está muito pálida sob as sardas. Uma enfermeira a abraça. Atrás deles, o bebê é levado num bercinho hospitalar por um grupo de médicos, seguidos de perto por um padre. A sala fica silenciosa à volta deles — ou talvez eu esteja imaginando isso. Quanto retorno, todos já se foram e a UTI neonatal está movimentada como sempre.

Fico irritada sempre que as enfermeiras me pedem para sair. Pouco antes de qualquer procedimento, elas chegam, apontando para o corredor. Quando fico irritada, respirando ruidosamente, elas insistem, e, se aprendi alguma coisa a respeito de mim mesma aqui, é que sou fraca. Cedo sempre. Eu me sento num sofá de couro no corredor e fico lançando olhares como uma criancinha até que por fim elas me convidam a voltar para encontrar um novo curativo cobrindo uma nova ferida. Eu as odeio por fazerem minha filha e eu sofrermos sozinhas, quando sei que deveria estar ao lado dela.

Certa tarde, presenciei essa mesma coreografia encenada com a família que fica sentada ao lado da incubadora localizada diante da nossa, os pais balançando a cabeça para os dedos abertos da enfermeira, a cabeça dela inclinada, persuadindo, persuadindo com gentileza, e, por fim, a partida ressentida deles. Reconheço os punhos cerrados do pai atrás das costas. Depois que saem, fico olhando um biombo montado em torno do bebê, um limite que visa gerar uma ilusão de privacidade. O biombo, entretanto, não consegue silenciar os gritos do bebê, tampouco consegue conter a canção das enfermeiras que acariciam a testa dele e arrulham enquanto o seguram imóvel para sejam quais forem as agonias da seringa ou do bisturi frio que se seguem. Aquele pequeno uivo é um som que nunca mais vou apagar da minha lembrança. Choro enquanto ouço — choro de impotência, sim, mas também choro de gratidão diante da convicção daquelas enfermeiras de que os pais devem ser poupados de testemunhar as agonias de um filho. A enfermeira insiste. A enfermeira se coloca no lugar deles.

Na sala de ordenha, a conversa dá voltas e voltas e voltas. É uma sala que se mantém unida devido aos segredos que circulam e ao medo, uma sala que existe numa espiral das próprias repetições: mamilos sangrando, rumores, feridas infeccionadas, operações cardíacas, rendimentos cada vez menores, cirurgias, dores inexplicáveis, encaminhamentos, perguntas sobre coágulos, a lista continua e continua e continua. Esperança. Casa. Meningite. O subúrbio de Crumlin. Casa. Inconsciência prolongada. Casa. Casa. Casa.

Sempre que um bebê vai para casa, observo a mãe com atenção. Ao entrar na sala de ordenha para se despedir, o rosto dela revela uma mistura de alívio e pena de todas nós que temos de ficar. Fico feliz por elas, mas esses momentos sempre parecem uma traição. Uma parte infantil de mim quer manter tudo na mesma. Quando novas mães chegam, nós lhes mostramos como usar as bombas extratoras e onde armazenar o leite. Ouvimos as histórias delas. Passamos os lenços de papel. Pronunciamos as palavrinhas mágicas, dizemos que *vai dar tudo certo*. Damos tapinhas nas mãos delas. Sorrimos. Sabemos, sem qualquer sombra de dúvida, que nem tudo vai dar certo, pelo menos não até que consigam escapar daqui, mas esse é o roteiro da sala e nós nos mantemos fiéis a ele. Essas semanas me ensinaram essa performance, assim como me ensinaram a dormir em uma cadeira com a cabeça oscilando e caindo, o olhar oscilando entre a fluorescência ofuscante e a escuridão cálida de outras paragens.

Certa manhã, um médico especialista segura o prontuário da minha filha e anuncia que hoje é o nosso dia. Ele pronuncia a palavra que eu ansiava por ouvir. *Casa*. Estou tão contente que não consigo falar. Aperto as duas mãos dele nas minhas e assinto e assinto, seguro-as com firmeza até que o olhar dele despenque até o chão e o maxilar endureça, e mesmo assim agradeço a ele, mesmo assim aperto e aperto, com muito medo de soltá-lo. Se soltar, ele pode mudar de ideia. Eu o aperto porque uma parte estranha de mim tem medo de ir embora, e essa parte de mim quer ficar. Aqui minha filha está segura, monitorada por máquinas e por profissionais, mas em casa haverá apenas eu. Apenas eu. Posso estar aliviada por voltar para casa, mas também estou com medo de deixar essa familiaridade medonha. Até o horror pode ser familiar. O médico especialista observa tudo isso no meu rosto em silêncio, depois afasta as mãos e me dá um tapinha firme no ombro. "Vai dar tudo certo", ele diz.

Minhas mãos tremem um pouco enquanto limpo dos armários nossas fraldas, macacãozinhos e cobertores, os copinhos de café amassados, meu exemplar do *Caoineadh* e minha pilha de livros da biblioteca com a data de entrega bastante atrasada. Balanço a mão da minha filha num aceno de despedida. Finalmente vou sair daqui com ela.

No último minuto, eu lembro da minha prateleira na sala de ordenha e volto correndo para pegar um saco plástico e jogar lá dentro todo o meu leite frio. Tantas garrafas espreitam daquela escuridão — entre elas, as do banco de leite — tão prontas quanto fantasmas, pálidas e preparadas. Fecho a porta. Vou embora.

V. uma mistura não científica

mar a bhfásaid caora
is cnó buí ar ghéagaibh
is úlla 'na slaodaibh
na n-am féinig.

onde as ovelhas crescem gordas e os galhos
ficam pesados com amontoados de nozes,
onde as maçãs se derramam exuberantes
quando a doce estação do ano lhes dá vida.

— Eibhlín Dubh Ní Chonaill

Nas semanas que se seguem à alta da bebê do hospital, todas as minhas antigas rotinas retornam, me impedindo de pensar muito nas estranhas semanas após o nascimento. Estou mais feliz do que nunca com as minhas listas e com as tarefas diárias com que as preencho: aspirar, fazer as compras, os banhos e a lavagem das roupas. É uma ancoragem, a alegria simples de ticar uma linha numa tarefa. Sempre que minha filha se acomoda no meu cotovelo para mamar, pego um livro. Através de edições acadêmicas, através de histórias da Irlanda do século XVIII, através de traduções e de mapas antigos, continuo encontrando toda a informação que consigo obter sobre a vida de Eibhlín Dubh, por mais obscura ou superficial que seja. Quanto mais eu leio, mais minha pasta de apontamentos cresce.

Nos meses que se seguem ao nascimento da minha filha, o ato de recitar o *Caoineadh* chega a parecer uma viagem no tempo — carrego essa bebê no mesmo *sling* e sussurro os mesmos versos, assim como fiz com o irmão dela. Quando seu ouvidinho adormecido repousa no meu peito, as palavras de Eibhlín Dubh reverberam nele. Quais sonhos ela poderia tecer com esses sussurros? Quais cascos galopantes? Quais uivos?

A enfermeira do sistema público de saúde agenda uma visita domiciliar e me perco em esfregações, a mente dando voltas em torno do medo de que ela aponte uma teia de aranha perdida ou suco derramado como evidência para levar meus filhos. As palmas das minhas mãos estão escorregadias enquanto a observo colocar a balança na mesa da cozinha. Ela pede chá e me amaldiçoo em silêncio por não ter um bule pronto. Quando volto com nossas melhores xícaras lascadas, ela está folheando minha pasta. Quero mergulhar na mesa, rosnando *Não! Meu!*. Em vez disso, sirvo o chá e tento sorrir. Ela ri de si mesma, dando batidinhas na página. "Art O'Leary! Provavelmente o mais próximo que a gente chegou de boy bands na minha época." Tento disfarçar a careta.

Enquanto ela recorda os tempos de escola, deixo que meu olhar cansado se desloque para a minha xícara de chá, para a forma como se curva como uma orelha, embelezada por pinceladas de azul. Penso nos gestos que uma xícara exige, a inclinação em direção a uma boca, o fluxo. Meu olho traduz a imagem na xícara e estremeço. Como não percebi isso? Há anos que bebo de uma xícara com estorninhos. Penso no canto deles, na destreza com que regurgitam cadeias de som verdadeiro e recordado, entrelaçando-as nas próprias associações melódicas: uma fusão de verdade e invenção, de passado e presente. O silêncio expectante que sempre se segue a uma pergunta me arrasta de volta para a enfermeira, que parou o dedo nos meus rabiscos invadidos e está olhando para mim. Ela repete a pergunta. "Estamos fazendo um curso noturno, é isso?" Balanço a cabeça. "Então para que serve tudo isso?" Meus ombros respondem por mim, todo o meu corpo ficando vermelho. Ela logo passa a me repreender por causa da bebê: não há horários programados para a alimentação, não há uma rotina de sono definida, seria de esperar que com um quarto filho uma mãe fosse ser um pouco mais, bem... Ela ergue as sobrancelhas e as palmas das mãos.

Depois que ela vai embora, eu choro, mais de raiva que de vergonha, mas suas palavras ficam no ar: *Então para que serve tudo isso?*

Não sei para que serve tudo isso, mas continuo mesmo assim, na esperança equivocada de que, se conseguir simplesmente esgotar minha obsessão, ela pode acabar me entediando. É uma abordagem boba que só piora as coisas, porque, quanto mais leio, mais intensa fica a minha raiva. Esse sentimento se cola ao parágrafo introdutório que muitas vezes precede as traduções, esboços frágeis da vida de Eibhlín Dubh que são quase sempre uma variação preguiçosa dos mesmos dois fatos: *Esposa de Art O'Leary. Tia de Daniel O'Connell.* Com que rapidez o olhar acadêmico a coloca à sombra masculina, como se só pudesse ser interessante como satélite da vida de homens.

Na minha indignação, começo a dar forma a algum projeto que possa responder à pergunta da enfermeira. Talvez eu soubesse desde sempre para que servia tudo aquilo. Talvez tenha tropeçado no meu verdadeiro trabalho. Talvez os anos que passei separando e escolhendo as peças dispersas desse quebra-cabeça não tenham sido em vão; talvez tenham sido uma preparação. Talvez fosse capaz de honrar a vida de Eibhlín Dubh construindo uma imagem mais verdadeira dos dias dela, reunindo todos os fatos que temos a fim de criar um caleidoscópio, um derramamento de momentos distintos, fragmentados, mas vívidos. Assim que esse pensamento me ocorre, meu coração se acelera. *Podia dedicar meus dias para encontrar os dela, digo a mim mesma, podia fazer isso, e vou fazer.*

Começo com uma mistura não científica de devaneios e fatos, inventada enquanto estou colocando restos de mingau numa lixeira, reunindo mochilas e casacos, coagindo as crianças a entrarem no carro, reprimindo palavrões nos semáforos, dando beijos de despedida nos três garotinhos e então dirigindo de volta para casa. Durante todo esse tempo, mantenho um olho em Eibhlín Dubh e outro na minha filha na cadeirinha do carro. Ela cresce naquele espelho retrovisor. Logo, logo, quando manobro o carro em direção à nossa casa, os olhos dela estão abertos. Logo, logo os gorgolejos podem ser traduzidos em palavras. Logo, logo está puxando as tiras com as quais a prendi. Logo, logo está sorrindo de volta para mim. É assim que os anos passam naquele espelho: depressa, depressa demais.

Certa manhã, às 9h23, paro no portão da escola. Em vez de virar à esquerda em direção à nossa casa e ao cesto cheio de roupas por passar, viro à direita, os dedos percorrendo as estações de rádio enquanto dirijo. Um ex-primeiro-ministro irlandês morreu e as conquistas dele são repetidas com a nostalgia apaixonada e caramelada dos homens: *Um grande homem. Ah, um grande homem.* Pressiono o botão para silenciar o volume. Agora apenas três vozes são ouvidas ao longo do caminho de betume e asfalto, e todas as três são femininas: a minha, a da minha filha e a do GPS que nos guia em direção a Kilcrea num tom claramente autoritário. [Vire à esquerda], ela orienta, a voz desprovida de expectativas sociais.

Estamos acima do rio, numa ponte tão estreita que as vibrações não são tanto de motores quanto de cascos de cavalos. Abro os vidros e desligo o motor. O canto dos pássaros chega até nós. Pode ser final de outubro, mas as árvores aqui ainda estão carregadas de folhas, vibrando de forma magnífica na brisa, exatamente como as árvores vibravam quando Eibhlín Dubh se aproximou desse lugar. Arrepios pontuam a minha pele. Ela esteve aqui. Um cavalo a levou por esta ponte, sobre o rio Bride. *Betrothed. Bríd. Noiva.* Em breve ela encontrará o rio Lee, seu nome irá mudar e ela se tornará outra coisa, mas, por enquanto, esse pequeno rio permanece debaixo das árvores, cantarolando as próprias melodias líquidas.

Além da ponte a abadia surge de uma colcha de retalhos de campos, quentinha e cheia de minhoquinhas sob um céu excepcionalmente sem nuvens. Minha filha sorri. Ela está usando um cardigã rosa-choque tricotado pela avó, um texto feminino em que cada pontinho é uma sílaba. Eu a ergo, junto com a bolsa, o celular, o caderno, caneta e câmera, e me movo de lado. Essa é a vida que construí para mim mesma, sempre lutando por algo além do meu alcance, enquanto carrego braçadas de coisas inacreditavelmente complexas.

Percorrendo a elegante avenida em direção à abadia, lembro que Eibhlín Dubh, ao percorrer esse mesmo caminho, o teria encontrado margeado por ossos. Em 1774, Charles Smith documentou suas viagens a esse lugar em *The Ancient and Present State of the County and City of Cork* [O antigo e o atual estado do condado e da cidade de Cork]. Ao chegar ao acesso a essa abadia, ele descreve: "depósitos altos de ambos os lados, formados inteiramente por crânios e ossos humanos, cimentados por musgos; e além dos muitos deles que estão espalhados, há vários milhares empilhados nos arcos, janelas etc.". Nesse meio-tempo, todos esses ossos foram cuidadosamente enterrados no chão; os únicos crânios acima do solo agora são os nossos e os dos corvos.

"Kilcrea" significa "a igreja de Créidh" em homenagem à primeira abadessa que aqui estabeleceu um santuário. Mais tarde, os monges construíram um célebre mosteiro neste mesmo local, paredes de pedras robustas contra as quais sua devoção ricochetearia e, mais tarde ainda, noutro tempo, com outro tom, Eibhlín Dubh expressou sua dor nas suas ruínas. Agora o outono chega e me traz com ele, atraída por alguma razão que não consigo explicar, nem para mim mesma. Talvez essa peregrinação seja meu primeiro passo rumo a ela. Caminho e, ao caminhar, meus calcanhares ficam gravados na terra, acrescentando mais uma linha ao velho registro de pegadas. Lá dentro, posiciono o corpo como imagino que outras pessoas sustentaram o delas — olho para cima.

Na parte de cima está o *scriptorium* onde os monges se debruçavam sobre uma mesa, enchendo o ar com o raspar constante da pena no pergaminho. Réplicas cuidadosas, muito cuidadosas: ah, os trabalhos sérios do homem.

Naquela época, os poemas eram tradicionalmente encomendados pelos *taoisigh* — líderes da antiga ordem gaélica — que contratavam um (homem) bardo para homenagear uma pessoa ou festejar um acontecimento em verso. Esses poemas eram copiados em *duanairí*, antologias manuscritas que muitas vezes também continham genealogias e textos sagrados. Em contrapartida, a literatura composta por mulheres não era armazenada em livros, mas nos corpos femininos, repositórios vivos de poesia e canto. Eu me deparei com uma argumentação em minhas leituras que postula que, devido à falibilidade inerente à memória e aos receptáculos humanos imperfeitos que a contêm, o *Caoineadh* não pode ser considerado uma obra de autoria única. Em vez disso, diz a teoria, deve ser considerada uma colagem, ou, talvez, uma reformulação folclórica dos *keenings*, lamentos fúnebres mais antigos. Isso, para mim — na audácia descarada de quem se posiciona longe dos muros altos da universidade —, parece uma afirmação masculina enfiada num texto feminino. Afinal, a etimologia da palavra "texto" reside no verbo latino "texere": tecer, fundir, trançar. Enquanto forma, o *Caoineadh* pertence a um gênero literário trabalhado e tecido por mulheres, entrelaçando fios de vozes femininas que foram transportadas em corpos femininos, um fenômeno que me parece motivo de espanto e admiração, e não de suspeita de autoria.

Em Kilcrea o céu está escurecendo, e nos meus braços minha filha treme e começa a cantar: "Bá bá oveia peta, ocê tem lã?". Envolvo nós duas com meu casaco e paramos onde Eibhlín Dubh esteve. Pronuncio alguns versos do *Caoineadh*, a voz brotando das paredes de pedra que outrora também testemunharam a voz dela. Quando digo "Mo chara go daingean tú", minha filha olha para mim, divertida, e depois inclina a cabeça de forma brusca, imitando a cadência das minhas palavras. Repito a frase que poderia começar a ser traduzida como "Ó, minha companheira constante". Sinto-o com tamanha intensidade aqui, o eco dela. Esse é o nosso começo.

Ao sair de Kilcrea, até as pontas dos meus dedos sentem um formigamento elétrico. Eu me pergunto o que poderia aprender a respeito dos dias de Eibhlín Dubh se me afastasse do academicismo que simplesmente aceitei até agora. Penso de novo em todos aqueles esboços breves e sem rodeios que apresentam essa mulher nos papéis mirrados de tia e esposa, ocultada pela sombra dos homens. Como ela emergiria se fosse delineada à luz das mulheres que conhecera?

Quando saio do carro, já elaborei um plano e escolhi minhas ferramentas. Posso não ser uma acadêmica, mas acredito que posso esboçar seus anos à minha maneira. Começo, claro, com uma lista. Além de revisitar minhas leituras anteriores, planejar viagens de pesquisa às casas dela e rastrear arquivos que serviram de fontes, voltarei a uma publicação de 1892, *The Last Colonel of the Irish Brigade* [O último coronel da brigada irlandesa]. Em dois volumes de páginas farelentas e amareladas, uma autora que se autodenomina sra. Morgan John O'Connell descreve em pormenores um esconderijo de cartas de família, encontrado "na escrivaninha do velho Maurice O'Connell, que tem puxadores de latão e muitas gavetas". Maurice era o irmão mais velho de Eibhlín Dubh, herdeiro da casa onde cresceram e distribuidor da riqueza da família. Como seria de esperar, as cartas entre esses irmãos pendem para as preocupações dos homens: política militar, acordos comerciais, finanças e assim por diante, mas também há referências ocasionais à vida das mulheres.

Decido voltar a esses textos e cometer um ato de apagamento intencional, retalhando cada documento e cada carta até restar somente a vida das mulheres. Ao realizar essa leitura oblíqua, vou me dedicar a chamar de volta as vidas femininas que se encontram nos textos masculinos. Essa experiência reversa vai revelar, espero, as vidas ocultas das mulheres, presentes, sempre, mas codificadas em tinta invisível.

Ao optar por algumas mulheres para delinear Eibhlín Dubh, descobro que não preciso procurar muito. Sou atraída para a mulher a quem a sra. O'Connell se refere como "[a mãe de Maurice e Daniel] com muitos filhos, com o estranho dom de improvisação irlandesa, a perspicácia prática e boa dona de casa", e quando descubro que Eibhlín Dubh tinha uma irmã gêmea, sinto que outro caminho se abre para mim. Começo a esboçá-la à luz dessas duas mulheres, aos poucos entrelaçando minha pesquisa e meu devaneio com os itálicos do livro da sra. O'Connell, e se uma vozinha na minha cabeça ainda pergunta "Por quê?", ela é discreta o suficiente para ser ignorada.

INSTRUÇÕES PARA MONTAR UMA MARIONETE

1. Dobre uma página juntando ponta com ponta e alise bem.
2. Repita. Repita mais uma vez até que as pregas do papel se assemelhem a uma espécie de sanfona.
3. Esboce uma silhueta feminina.
4. Utilize uma tesoura de costura para recortar uma mulher.
5. Ao levantar o contorno feminino recortado, você a está parindo da página. Ela não está sozinha. Observe como todas elas se erguem: de mãos dadas.
6. Lembre-se desta lição: em cada página há mulheres não desenhadas, cada uma esperando no seu silêncio particular.

éirigh suas anois,

levante-se agora,

— Eibhlín Dubh Ní Chonaill

Quando Eibhlín Dubh flutuou pela primeira vez na escuridão quente, ela não estava sozinha. Mesmo antes de as pontinhas dos dedos da mãe dela discernirem a contorção borbulhante dos membros embrionários, sua irmã gêmea foi a primeira a senti-la se mexer contra ela.

Diante do nascer do sol, um oceano se agita, vasto e vívido com inúmeras ondulações individuais, cada uma com o próprio impulso. Na meia-luz além da praia, um curral se torna frenético, com cavalos farejando aveia, ovos encontrando punhos e leite caindo dos úberes, jorro quente após jorro quente. Dentro da casa, uma garota entra na sala e se ajoelha diante das brasas apagadas do dia anterior. As cinzas dançam com a respiração dela e, embaixo, três brasas começam a brilhar. Da cozinha sobe o cheiro de pão, pãezinhos brancos macios falando num inglês cuidadoso com a família, pães marrons rindo em irlandês para todos os outros. Em cada sala há um murmúrio animado, pois hoje a dona da casa, Máire Ní Dhonnabháin Dhubh, está em trabalho de parto.

Essa não é a primeira vez que o seu corpo se lança em trabalho de parto; dos vinte e dois filhos que dará à luz durante a vida, Máire enterrará dez. Uma dama generosa, sua única sovinice reside no controle meticuloso dos ovos da família. Tal é o contraste entre sua grande generosidade e essa parcimônia que ela é carinhosamente apelidada de *Pianta Ubha* — "Castigo do Ovo" — uma escolha pungente, levando-se em conta o quanto seu corpo imponente está ligado à gravidez. Durante décadas, os seios de Máire nunca estiveram longe do leite, nem o ventre da nova vida. Agora, seu corpo se abre e os rugidos são acompanhados por urros de bebês — primeiro uma vozinha feminina. E então outra. Gêmeas. Meninas. Máire cai para trás, as coxas molhadas e tremendo. Chama as filhas mais novas de Eibhlín e Máire, mas por todos serão conhecidas como Nelly e Mary. A mãe não descansa muito, pois administrar a Derrynane House não é uma tarefa fácil e uma lucrativa operação de contrabando também está sob sua supervisão. Esse "comércio" não era incomum na época, mas a abrangência dessa prática trouxe uma riqueza incomum para a família. Junto com o marido, Dónal Mór, Máire realiza despachos frequentes de peles, peixe salgado, manteiga e lã, além de importações de chá e vinho, açúcar e conhaque, tabaco, sedas exuberantes e veludos.

As duas meninas serão alimentadas por amas de leite até que estejam fortes o suficiente para se juntarem à família em Derrynane House. Quando retornarem, será ao lado de um filho de suas cuidadoras, um quase-irmão que irá se tornar um servo-companheiro de confiança. A língua que as gêmeas aprendem nos seios das mães adotivas é o irlandês, mas a língua materna é o inglês, uma dicotomia linguística que está no centro dessa família. A sra. O'Connell escreve:

> Elas falavam inglês, vestiam roupas da moda inglesa e se adaptavam mais ou menos aos costumes ingleses na vida cotidiana; mas, no coração, ansiavam pelas terras perdidas, pelos antigos direitos e privilégios tribais e, em momentos de empolgação, usavam a língua irlandesa que tinham aprendido primeiro.

Quando Nelly e Mary nasceram, as Leis Penais impostas pelos colonizadores ingleses tinham causado tamanha brutalidade que a ordem social original tinha sido, em sua maior parte, demolida. Essas leis tinham sido concebidas com muito cuidado para subjugar a população nativa e anular qualquer perigo que pudesse representar para a ascendência protestante, que agora ocupava as terras roubadas. Os católicos irlandeses não podiam estudar, não lhes era permitido ter um cavalo com valor superior a cinco libras, nem lhes era permitido votar ou pegar em armas. Os padres não registrados tinham de ser castrados; eram oferecidas recompensas pela cabeça decapitada de um padre. Havia, porém, meios pelos quais uma matriarca ambiciosa podia tranquilamente contrariar esse sistema. A baía de Derrynane era remota e raramente era visitada pelas autoridades, de modo que Máire e sua família podiam manter uma certa discrição. Lisonjas em forma de conhaque e tabaco fino eram suficientes para comprar o silêncio.

Além de administrar a casa e o comércio, Máire era também poeta. Muitos dos versos que sobreviveram envolvem conversas dela com serviçais de Derrynane. Traduzo um dos versos existentes, registrado pela sra. O'Connell da seguinte forma: "Depressa, senhoras! Teçam esse fio rapidamente, pois suas rodas de fiar são robustas e suas barrigas nunca passam fome". Encontro mais fósseis da voz dela nos arquivos da University College Dublin, o que me permite imaginar essa mulher tal como as filhas a teriam visto, caminhando do pátio para o estábulo, com o longo cabelo loiro trançado e bem preso, vestida com os melhores tecidos importados, feitos sob medida para se adaptar ao gosto dela por "sedas de cores vivas que se abrem sobre uma anágua de cetim, e finos gorros de renda e babados para o vestido, e o algodão e o brocado". Comecei a traduzir uma dessas trocas de palavras em que Máire se vangloria de sua casa: "Há uma margem baixa do rio e uma margem alta do rio, Sombra para o calor e aconchego para o frio, a face é virada para o sol e a parte dos fundos para a geada". Ao ouvir essa explosão sentimental, um homem próximo disse a fim de contrapor —

> O rio tem uma margem baixa e uma margem alta,
> A face é virada para a geada e a parte dos fundos
> para o sol,
> O meio é achatado e a praia é rochosa,
> E isso é tudo que você tem, Máire Ní Dhuibh.

Essa troca de gracejos é tão inteligente, na habilidade com que o ritmo da afirmação inicial é habilmente invertido pelas réplicas dos criados, que quase podemos imaginar as gargalhadas que se seguiriam. Quando Máire zomba de um criado no café da manhã, "Mais do que nossa casa e Ballinaboula,/ Prefiro um apetite tão saudável quanto o do meu rapaz aqui", a réplica do criado inverte novamente a própria rima e métrica, criando com astúcia uma réplica —

> Ah, mas se você acordar cedo para caçar nessas
> terras,
> e continuar daqui até Ballinaboula,
> depois subir a colina íngreme para colher braçadas
> de trigo,
> e prosseguir para a debulha no celeiro,
> então, assim como eu, você também estaria com
> fome e pressa.

Na jocosidade dessas trocas de palavras entre a dona da casa e os empregados, sentimos algo da atmosfera que Máire Ní Dhuibh criou em torno de si e dos filhos. Como patroa e como mãe, prezava a rapidez de raciocínio e uma certa audácia nas conversas, a que os outros respondiam, recordavam e recontavam.

Uma vez desmamada dos seios emprestados da mãe adotiva, a pequena Nelly regressou a Derrynane, rindo com a irmã gêmea desde os estábulos até a praia e a floresta. No alto, os galhos cantarolavam o sussurro dos antigos carvalhos que deram ao local o nome de "Derrynane', uma anglicização de "a grande floresta de carvalhos de São Fionán". Quero ouvir a canção que a floresta cantava a Eibhlín Dubh quando era menina, mas não posso segui-la enquanto estiver confortavelmente fechada nos meus pequenos cômodos. Começo a consultar mapas. Assinalo datas no calendário. Preparo as chaves do carro.

Já é primavera quando chego a Derrynane e descubro que, mesmo nas profundezas da floresta, o puxão auditivo da maré faz girar a cabeça feito um ímã, permitindo que me oriente, tal como fez a pequena Nelly.

Estou sozinha na praia, onde a areia se estende diante de mim, incontáveis fragmentos de conchas, pedras e quartzo esmagados numa nova totalidade, uma costa matinal ainda intocada pela presença humana. Uma página vazia. Naquela época, a areia retinha novas pegadas todos os dias e a brisa trazia breves fragmentos de português, francês e espanhol. Durante a maré baixa, as gêmeas podiam ir a pé até a ilha Abbey, como faço agora.

Macio era o chão que encontrou os dedinhos dos pés agitados de Nelly, as saias compridas da sra. O'Connell e, agora, meus próprios saltos altos. Eu me viro, querendo fotografar a visão das minhas pegadas na areia que há tanto tempo desejava ver, mas, ao olhar para a tela do celular, tropeço em alguma coisa. Eu me recomponho e ergo o obstáculo: uma pedra azul-esverdeada, do tamanho de um punho, dividida por três faixas de quartzo que se cruzam. Escolho interpretar isso como um presságio, uma metáfora para existências que se cruzam, um sinal de que as três mulheres que sigo também já passaram por aqui. Quando me viro para a ilha, a pedra fica quente junto à minha pele.

Subindo a encosta da ilha, imagino as gêmeas saltando por entre os arbustos hirsutos de zimbro, passando pelas flores silvestres e pelos verdes denteados das urtigas. Tenho certeza de que, se Eibhlín Dubh estivesse agora ao meu lado, reconheceria na mesma hora esse lugar, tão pouco ele mudou, além das rochas ocasionais derrubadas pelas tempestades do mar, do número cada vez maior de lápides e da nova carga armazenada abaixo. Num canto da igreja em ruínas, encontro a cripta de Máire:

Foi viúva por 22 anos
e foi um modelo para esposas e mães
admirarem e imitarem.

Passando o dedo sobre as volutas e a torção dessas letras, me pego dizendo o nome dela repetidas vezes. Estou invocando ou pranteando a mãe de Eibhlín? "Máire", digo, "Máire." Fico um momento em silêncio e percebo que estou à espera de uma resposta. Nenhuma voz responde, mas o vento se ergue e açoita meu cabelo contra a minha bochecha, forte como uma bofetada.

O caminho da praia até a casa fazia as meninas atravessarem a floresta. Agora, sigo pelo mesmo caminho, através de uma luz filtrada pelas folhas que parece ao mesmo tempo presente e antiga. Eu me movo de um modo que nunca me movi antes: ando devagar, depois mais devagar ainda, na esperança de poder ver algo que possa aprofundar a minha noção dos primeiros tempos de Eibhlín Dubh aqui. Um pouco a oeste da casa, paro debaixo de carvalhos retorcidos e faias, o coração vibrando feito um pássaro. Uma árvore tombou, devastada pela tempestade. Em meio ao emaranhado de raízes e terra estão os restos de um velho muro, e dentro desse emaranhado há uma porta. Deve ter sido engolida por décadas de crescimento da árvore, só para ser exposta de novo pela sua queda. Para atravessá-la, teria que apertar o corpo contra aquela terra úmida. E é o que faço. Quando saio, meus joelhos estão molhados e me sinto diferente, embora não saiba dizer de que modo. Meu peito direito já está formigando. Sigo caminhando.

À frente, pressinto uma construção de pedra antes de enxergá-la e, apesar de temê-la, caminho em direção a ela. Sei que muitos zombam das velhas histórias que cercam esses antigos fortes circulares, mas me recuso a abandonar minha reverência por lugares tão sombrios e sagrados. Um pouco além da casa em que cresci, uma construção de pedra cortava o horizonte. Era o centro que convulsionava todos os meus medos herdados, escuro e sombrio e repleto de segredos, e embora o visse com muita frequência, nunca me atrevi a me aproximar dele. Durante toda a minha infância, me falaram dos perigos que esses lugares encerravam: os Outros moravam lá, os Outros que o nosso povo descobriu serem muito velhos e muito astutos, e esses Outros eram conhecidos por roubarem meninas como eu. Na escola, me ensinaram outra forma de traduzir o texto dessa paisagem:

os fortes circulares eram recintos de defesa que outrora protegiam as fazendas dos lobos e dos ladrões, nos disseram, e as histórias que estavam associadas a eles eram apenas *piseógs*, ou seja, folclore supersticioso. No meu livro de história, um forte circular, desenhado de cima, se assemelhava a um "o" que me lembrava a boca de uma caverna num penhasco, ou uma espécie de portal. Não queria saber onde é que esses buracos podiam dar. O tecido do medo encobria a imagem de tal forma que me mantinha à distância. Hoje, porém, é diferente. Hoje, sinto que estou sendo conduzida até uma construção de pedra por outra pessoa. Não consigo resistir.

Me aproximo, acreditando ver uma sombra sob a parede — ou *na* parede? Há qualquer coisa ali. Algo — escuro — algo — entreaberto. Descubro que o que pensava ser o muro que cobria o perímetro do forte circular é, de fato, um anel dentro de um anel, e no meio há uma câmara oca, como um corredor interno ou uma sequência de salas estreitas, ainda parcialmente cobertas com pedras. Nunca vi nada assim. Enfio o braço no escuro, tateando as superfícies internas e geladas das pedras, dando tapinhas às cegas, como se procurasse um interruptor de luz numa sala escura. Depois, desisto e subo bem alto. Do alto, vejo que esse forte é um elegante *souterrain*.

A palavra *souterrain* tem raiz francesa, derivando de *sous* (que significa "abaixo") e *terre* (que significa "terra"). Subjacente. Submundo. Subsolo. Subcutâneo. A noção de uma forma antiga construída sobre uma arquitetura oculta e profunda — até isso lembra o *Caoineadh*. Me pergunto que outras coisas poderia encontrar se esperasse aqui mais um pouco. Embora esteja cada vez mais ansiosa para voltar para casa e ver meus filhos, me sento por um momento na extremidade da construção e deixo as mãos percorrerem as superfícies, envoltas na rica capa verde de ervas e arbustos.

A posição dessa estrutura parece bem resguardada, quase aconchegante, aninhada entre as árvores.

Enquanto estou sentada, uma coreografia distante de nuvens e luz do sol se desenha no meu corpo. As pontas dos meus dedos passeiam pelas pedras. Durante o que parece ser um longo tempo, me sento e espero que esse lugar deixe escapar alguma coisa, que liberte algum segredo que faça com que me sinta mais próxima da menina cuja cabeça um dia girou ao som de duas sílabas nessa floresta: *Nel-ly, Nel--ly*. Penso nos inícios de crescimento que ela já provocou em mim. Uma sensação de cócegas no meu punho faz com que abra os olhos e veja uma pequena folha que se agita contra ele. Afasto-a irritada e tento voltar ao devaneio, mas meu olhar já está distraído, perseguindo o caule. Em cada recanto minúsculo, meus dedos encontram os arbustos tenazes dos morangos silvestres. Eu as vejo nesse momento, então, meninas gêmeas, uma morena, a outra loira, os lábios corados com suco de morango.

Quando era adolescente, Nelly se tornou selvagem, tão selvagem que, aos catorze anos, a mãe a casou com um velho registrado apenas como "sr. Connor", que vivia a cinco horas de distância. Olhe: agora Nelly está jogando o pente dentro de um baú com um pouco de violência, seguido por duas camisolas, meias bordadas e um medalhão. Bate a tampa e então a tranca. Abraça a irmã gêmea com força, mas, se estão sussurrando, estamos longe demais para ouvir as palavras. Quando Nelly deixa Derrynane, mil ondulações agudas cintilam na despedida.

Li que um dote na forma de ovelhas, cavalos e gado era muitas vezes conduzido à frente da carruagem da noiva, por isso, mando vacas pretas trotando numa estrada estreita e imagino Nelly fazendo beicinho na carruagem que as acompanha. Um tradicional "transporte para casa" exigiria que o veículo da noiva fosse acompanhado ao longo do último trecho pelo som de um coral barulhento de "Óró, Sé Do Bheatha Abhaile", assim, à medida que se aproximam do destino, observe os cavalos soltos enquanto uma multidão alegre agarra a carruagem. Nelly entra na casa conjugal sob aplausos e gritos, que essa bela esposa traga um herdeiro ao velho O'Connor, é o que todo mundo espera. Dentro dessa casa, uma harpa está à espera. Assim que Nelly entra, cada uma das cordas dela se rompe. *Tica. Tica. Tica.* Essa estranheza é lida por todos os presentes como *Um Péssimo Presságio*, fato comunicado pela transmissão de um suspiro comum que ondula pela multidão e por uma onda de cotovelos que cutucam costelas. É incomum testemunhar um presságio no seu nascimento, quando a maioria dos presságios só pode ser lida em retrospecto. Quando as cordas se rompem, todos os olhos se voltam para Nelly.

Se o presságio não tivesse tido consequências claras, essa história nunca teria sido contada e recontada até seu eco se tornar suficientemente forte para chegar até nós. No entanto, no espaço de seis meses, seu marido morre e a morte dele dá um tom de desgraça a essas cordas, transformando uma ocorrência vulgar (ainda que estranha) em uma história que vale a pena repetir. Nelly tem de pôr seu vestido mais escuro e ficar de pé sobre o cadáver dele para interpretar o papel que se espera dela, diante dos olhos da mesma plateia que testemunhou o arrebentar das cordas. Alguns dizem que ela o pranteou, outros dizem que ficou sentada alegremente quebrando nozes, mas, de qualquer modo, Nelly ficou viúva aos quinze anos. Quando regressa a Derrynane, não regressa grávida.

Aqui: silêncio.

Como gostaria que alguém tivesse pensado que mais palavras de mulheres mereciam um lugar naquela velha escrivaninha. Todos os diários, cartas e registros que imagino com caligrafia feminina devem ter existido um dia, até que alguém os meteu numa lixeira, depositando-os ali bem direitinho para serem esquecidos. Nos resta apenas o julgamento da sra. O'Connell (sua própria escrita atravessando tanto as distâncias quanto as décadas) para se ter uma ideia das consequências do casamento de Nelly. Embora Nelly "não nutrisse nem professasse qualquer devoção especial pelo marido, lamentou, ao voltar para casa, a perda da liberdade e da influência como dona de casa".

Fico triste por essa garota. Me habituei tanto a ouvir os ecos da vida dela na vida que conheço que ela parece tão real quanto qualquer outra presença invisível — tão real quanto as vozes desencarnadas no rádio, tão real quanto o coro humano da internet, tão real quanto as raízes que se estendem sem serem vistas por baixo das ervas daninhas, tão real quanto o cachorro que uiva além da nossa sebe. Ela é real para mim, enquanto acompanho sua luta desde Derrynane até o casamento fracassado e de volta a Derrynane; ela é tão real quanto eu.

Reconheço o quanto a vida de Eibhlín Dubh é profundamente diferente da minha e, no entanto, não consigo evitar estabelecer ligações entre nós. Quando era adolescente, eu também me vi olhando para um cadáver, e eu também me considerei um fracasso. Fui atraída para aquele momento por uma sala.

VI. a sala de dissecação

Is aisling trí néallaibh
do deineadh aréir dom

Ontem à noite, tantos devaneios nebulosos
apareceram para mim…

— Eibhlín Dubh Ní Chonaill

A PRIMEIRA VEZ que entrei na sala foi em um sonho.

No sonho, a luz brilhava através de janelas altas, e uma série de formas indistintas pairavam na altura dos quadris como cadeias de montanhas sob mantos de neve. A sala parecia ter ficado vazia há pouco tempo, como se uma multidão de pessoas desconhecidas tivesse acabado de sair; e, nesse breve momento de vazio da sala, eu de repente estava presente, uma assombração.

Quando acordei, me apoiei nos cotovelos, tremendo, desorientada e espantada; estremeci como se estivesse saindo de um rio. Os dígitos vermelhos do meu aparelho de som marcavam 08h52. Era uma manhã ensolarada de sábado e eu tinha dormido três horas a mais, o que significava que tinha arruinado os primeiros seis dos quinze ciclos de estudo que planejara para a manhã. A época das provas se aproximava. Enquanto meus amigos da escola escolhiam entre estágios ou cursos de enfermagem ou direito, eu tinha decidido que havia um caminho acima de todos os outros que iria impor uma estrutura estável ao meu futuro.

Ao longo de vários anos, observara discretamente o trabalho do dentista da nossa família. Era um homem amável, calmo e simpático, e me parecia que seu dia de trabalho envolvia um número finito de problemas, cada um solucionado facilmente por meio de uma série de manobras bem definidas. Nem mesmo a visão de um dente quebrado na palma da minha própria mãozinha esticada e ensanguentada representava qualquer dificuldade para ele. Quando me apresentei para fazer estágio nas suas salas iluminadas pelo sol, meu instinto se confirmou: essa era uma boa vida. Se conseguisse tirar notas suficientemente altas para estudar odontologia na universidade, essa também poderia vir a ser minha vida: dias seguros e estáveis, e um rendimento seguro e estável.

Meu problema era que ninguém no mundo dos adultos estava de acordo. O professor de orientação profissional tinha falado com meus pais, franzindo a testa diante dos resultados dos meus testes de aptidão e descrevendo duas opções: lecionar ou lecionar, fosse a crianças ou a adolescentes. Mas, quanto mais adultos me avisavam que estava cometendo um erro ao sonhar acordada com a odontologia, mais determinada me tornava. Além de fumar e beber e do carrossel de namorados duvidosos, tinha feito da odontologia o campo de batalha da minha rebeldia adolescente. Ia provar para eles. Ia provar para todos eles. Tinha apenas que decorar um volume fixo de informações e depois fazer uso delas numa prova. Moleza.

Comecei a estudar em todas as horas que podia: em casa, antes mesmo de as vacas começarem a ruminação, nos períodos livres na escola, no ônibus e quando tornava a percorrer a estrada rural estreita a caminho de casa. Mesmo quando me esgueirava para a parte de trás da escola para fumar um cigarrinho, me atrapalhava procurando a lista de verbos franceses no bolso. Precisava decorar a conjugação que me parecia mais difícil, o pretérito imperfeito, no qual o passado era ativamente contínuo. *Je désirais*: eu estava desejando, eu estava querendo, eu estava ansiando; a condição era interminável. Transformava cada momento disponível da minha vida numa oportunidade de aprendizado mecânico. Havia equações químicas para decorar, assim como versos dos poemas de Yeats, definições de plasmólise celular e crenação, um ensaio completo sobre o Império Otomano entre 1453 e 1571. Havia tanta coisa que precisava fazer. Precisava decorar as leis da genética, a diferença entre os processos de transcrição e de tradução na reprodução do DNA. Precisava praticar equações quadráticas. Precisava descobrir x e y. Não podia me dar ao luxo de perder tempo, mas agora estava acordando muito tarde, o corpo ainda vibrando de alegria com a visão sonhada.

Quando abri a porta do quarto dos meus pais, os encontrei mastigando torradas com manteiga e sorrindo à luz do sol, enquanto as manchetes do rádio zumbiam ao fundo. Contei a eles que tinha sonhado com uma espécie de igreja e que aquilo parecia tão real que sabia que devia ser um presságio de que tudo ia correr bem, que conseguia enxergar tudo com tamanha clareza agora. Meu pai estava recolhendo as xícaras. “Você tem que dormir mais”, ele sorriu. A essa altura, a dinâmica das nossas conversas a respeito do meu futuro estava bem estabelecida. “Se você escolhesse artes, poderia estudar quatro disciplinas diferentes”, dizia a minha mãe, “você ama história, podia fazer isso, e inglês, se quisesse, e filosofia, e qualquer outra coisa que quisesse!” Do jeito como falavam, o curso de artes parecia o Natal, mas tinha certeza de que isso não ia levar a nenhum emprego, nenhuma segurança e a nenhum tipo de controle. Sabia que estavam preocupados comigo: que estava estudando em vez de dormir, que não comia, que estava magra e tensa e que fumava demais. Sabia que pensavam que se escolhesse um caminho que exigisse menos de mim, seria mais feliz; também sabia que estavam errados. Em breve faria dezessete anos. Tinha um plano. Podia colocá-lo em prática.

No chuveiro, me concentrei no diagrama do intestino delgado que tinha colado na parte externa do vidro e repeti as legendas para mim mesma até parecerem uma oração: *células epiteliais, microvilosidades, linfático lácteo, lúmen*. Fechei os olhos e repeti aquilo enquanto a imagem se reconstruía na minha cabeça: *lúmen, lúmen, lúmen*. A água escaldante se elevou dos meus braços feito névoa, dissipando-se da pele para o ar.

Na segunda vez que entrei na sala, um cadáver me esperava.

Naquela manhã, abri os olhos num quarto estranho e ouvi o som de um rio. Havia ganhado uma pequena bolsa de estudos que me permitia ter um quarto num apartamento que dividia com outras pessoas no campus e, na minha primeira noite, e em todas as noites seguintes, dormi com a janela aberta, deixando o som do rio Lee me acalmar até adormecer. Eu me vesti, prendi o cabelo, bebi um copo de leite, fumei quatro cigarros, verifiquei três vezes a mala, pus os fones de ouvido acolchoados e dei o play no walkman. Os Pixies rugiam nos meus ouvidos enquanto subia a colina, verificando duas vezes o mapa do campus à medida que avançava.

Na fila de matrícula dos alunos do primeiro ano de pré-medicina, todos os outros falavam com as vogais melosas das escolas particulares. Fazia a leitura dos meus colegas de classe com avidez: o bronzeado, os gestos, o ângulo do colarinho. Cada um de nós trazia consigo estojos de dissecação novinhos em folha, comprados na loja da universidade, junto com uma pilha de livros didáticos. Quando ouvi algumas piadas sobre jalecos herdados, traduzi o subtexto para mim mesma. O meu era novo em folha e muito engomado, uma pele abrasiva dentro da qual me abotoei e da qual agora não conseguia me livrar. Enquanto estava sentada no auditório, meu pescoço comichava muito, mas mantive a coluna firme e me contive para não coçar.

Um docente entrou e a sala ficou em silêncio. O técnico pôs um vídeo no videocassete. A TV piscou, então exibiu a imagem de um corpo nu. Morto, pensei. *Morto?* Morto. Uma voz cordial começou a narrar os procedimentos:

> *TÓRAX. Observe a incisão perfeita do bisturi, que começa entre as clavículas, desce pelo esterno até o umbigo. As bordas da incisão se mantêm firmes. Nesta circunstância, é preferível utilizar um bisturi menor, a fim de explorar além das camadas superficiais de gordura e fáscia. Após a remoção da pele, observe as costelas e sua musculatura intercostal. Retirar os músculos peitorais da caixa torácica com cuidado. Uma serra de mão é…*

Quando o vídeo tremeu e por fim falhou, o técnico deu uma pancada cansada no aparelho. Quando nada aconteceu, o professor nos conduziu ao laboratório, entregando a cada um de nós um par de luvas de látex ao entrarmos. Com um sobressalto, me vi diante da paisagem com que tinha sonhado meses antes. O mesmo teto alto, as mesmas janelas resplandecentes: era tudo exata e assustadoramente igual. Até aquelas estranhas paisagens montanhosas — mais ou menos dez delas — eram as mesmas, mas agora, em vez de pairarem, cada uma estava acomodada num carrinho com rodas e coberta por um lençol. Ao contrário do meu eu adormecido, conseguia adivinhar o que tinha ali embaixo. Como é que meu sonho tinha me revelado essa sala, com toda a nitidez? O choque do reconhecimento foi tal que forçou uma resposta corporal: um suor frio começou a se formar no meu couro cabeludo e de repente as luvas pareceram apertadas demais. Permaneci em suspenso e imóvel durante um longo tempo, na mais completa perplexidade. Depois, uma garota alta passou por mim e minhas pernas me levaram a segui-la.

Éramos seis à mesa, e estávamos todos em silêncio. Quando enfiei a mão no bolso do jaleco para imitar a naturalidade deles, um bisturi deslizou pelo estojo e cortou a ponta do meu dedo. (Tica.) Corri para o banheiro, tirei a luva, chupei o sangue da ferida, depois a enrolei num lenço de papel amassado e pus uma luva nova, esperando que ninguém risse da minha mão estranhamente acolchoada. Eu me olhei no espelho. Quem é que se corta numa sala de dissecação? Só eu, só eu.

Quando voltei, os colegas acenavam uns para os outros feito velhotas em volta de um bule de chá fresco, "Você primeiro". "Não, por favor, depois de você" etc. etc. O professor, segundo percebi, tinha dado as instruções na minha ausência; agora estava na hora de começar a dissecação. Por fim, um rapaz profusamente sardento inspirou, escolheu um bisturi e dobrou o lençol branco da garganta do cadáver até a cintura. Todos nos inclinamos por sobre a extensão fria de pele humana.

Sempre imaginei que o corpo que dissecasse seria muito parecido com meu próprio corpo nu, mas essa era uma pessoa muito idosa; também morta; também embalsamada.

Acima de uma barriguinha redonda, os seios pequenos caíam suavemente, salpicados de manchas de idade. Havia um cheiro, claro que havia, não o cheiro que tinha imaginado, mas um cheiro reconhecível de corpo, de natureza simultaneamente carnuda e química, qualquer coisa como um cachorro num dia quente, se alguém tivesse tropeçado e vertido em cima dele um balde cheio de líquido desinfetante. O rapaz segurou a lâmina sobre o corpo da velha durante um momento trêmulo. Depois baixou. E a cortou. A sala foi dominada pelo silêncio, enquanto todos os outros alunos de todos os outros carrinhos se curvavam sobre os corpos, todos com a boca entreaberta, encantados. E depois, como que por um acordo silencioso, começamos a cortar. Vi a pele ser retirada da caixa torácica da idosa em dois retalhos escuros, como as asas de uma mariposa. Mão após mão pressionava o bisturi contra a pele, cortando gordura e cutucando músculos. Por que ela tinha escolhido isso, me perguntei — o que é que poderia levar uma pessoa a infligir um fim tão brutal ao próprio corpo? Tentei me juntar a eles, cutucando em vão a carne que se parecia estranhamente com atum enlatado, cinzento e em camadas, mas minha mente ainda estava pensando na estranheza de estar na sala com a qual havia sonhado.

Durante as semanas seguintes, passei as noites folheando livros didáticos para me preparar para as aulas de dissecação, memorizando a nomenclatura anatômica. Desenvolvi uma camaradagem gentil com meus colegas de turma, que partilhavam um vocabulário de gestos jocosos que eu não compreendia de todo — uma súbita cutucada nas costelas, por exemplo, enquanto riam: "Hah! Você pulou!". O jogo consistia em simular compostura contra o instinto do corpo. Eu sempre fracassava; simplesmente não compreendia. Fazia só alguns meses que fumava atrás da nossa escola quando um ex-namorado se aproximou de forma sorrateira e pressionou a lâmina fria de uma navalha contra a parte de trás do suéter do meu uniforme. Aquilo também fora uma brincadeira. Mas aqui havia facas diferentes e brincadeiras diferentes, e meu riso soava mais falso do que nunca. Numa segunda-feira uma garota me contou que tinha ido esquiar no fim de semana. "Que bacana!", balbuciei, uma palavra estranha que pronunciei com muita frequência naquele ano, e nunca mais desde então. Sorria tanto naquela sala que sempre que me deitava na minha cama estreita, ouvindo o rio noturno cantarolando sua canção herdada, minhas bochechas doíam.

Dia após dia o cadáver mudava. Cada pedaço de vísceras deformadas, músculos e cartilagens que retirávamos era lançado a um balde de plástico azul — uma espécie de arrumação em uma espécie de lixo — onde ficavam como peças de um quebra-cabeça ou fragmentos de um recipiente caído. Eles nos disseram que depois de terminada a dissecação, todos os baldes contendo as partes cortadas do cadáver, junto com a casca oca de osso e pele, seriam cuidadosamente colocados em caixões e levados para um crematório ou para um cemitério. Ali, uma família se reunia para dizer palavras bonitas, honrando a pessoa que, inexplicavelmente, nos tinha doado seu corpo.

Nunca vi ninguém tratar um cadáver de outra forma que não com um respeito sussurrado e um bisturi gentil, mas no bar bebíamos doses de Sambuca e urrávamos juntos com as mesmas piadas incrivelmente sórdidas: "... então logo depois da última rodada o cara parou no começo da fila do mictório e simplesmente jogou o pau do cadáver lá dentro e quando respingou em cada um dos outros caras, todos vomitaram na água". Enquanto ríamos, o lugar estava vazio. O lugar estava escuro. As luzes estavam todas apagadas.

À medida que o semestre avançava, raramente estava na sala de dissecação. Quanto mais amigos fazia, mais bebia; quanto mais bebia, mais fumava; quanto mais fumava, menos comia. Só me sentia eu mesma quando via o desejo nos olhos de um estranho; me lembrava de quando também desejara algo. Eu me entregava a esse desejo e era bom ser levada para outro lado naquela onda fria. Nas tardes de ressaca, ainda me arrastava para a biblioteca, erguendo muralhas de volumes de fisiologia e dissecação em torno da mesa, enchendo uma pasta com diagramas fotocopiados e anotações de aulas que pegava emprestadas e jamais lia. Suponho que ao menos fingia para mim mesma que ia assistir à sessão seguinte, mas sempre acontecia de me ver bebendo na noite anterior ao laboratório de anatomia e, muitas vezes, na manhã seguinte, simplesmente não dava as caras. Em vez disso, mal sabia onde estava: dormindo com o rosto apoiado no assento do vaso sanitário, ou abrindo um olho para o cheiro de fatias finas de bacon de uma colega de apartamento ou de algum estranho, ou babando num travesseiro que não era meu. Não estava no lugar onde deveria estar. Não estava na sala quando, em pânico, esfreguei vômito do vestido favorito (emprestado) da minha colega de apartamento. Não estava na sala nas várias manhãs em que peguei a pílula do dia seguinte da mão de farmacêuticos exaustos. Não estava na sala quando chorei na capela de uma ordem de freiras de clausura. Não estava na sala quando adormeci no pronto-socorro, a cabeça balançando sobre bandagens vermelhas, os cacos de um copo de cerveja cravados no punho. Não estava na sala na manhã seguinte à minha tentativa de entregar meu corpo ao rio. Não estava na sala. Tinha saído.

Tinha saído e, ainda assim, de vez em quando, me arrastava de volta ao laboratório de anatomia. Lembro de uma manhã em que entrei na sala estranhamente cedo, com uma ressaca de uísque e o cabelo sujo. Fiquei ao lado do cadáver coberto por um lençol e olhei para as gotas de chuva escorrendo pelo vidro da janela, distorcendo a vista, fazendo com que os telhados da cidade parecessem maleáveis. Mais adiante, as nuvens se acumulavam, pesadas e cinzentas prateadas, preparando-se para soltar a chuva, ou já soltando. Encostei o corpo cansado ao carrinho, esperando que aparecesse alguém que soubesse o que estava fazendo. Gostaria de dizer que esse foi um momento de profunda ligação com o ser humano que doou o corpo para o meu aprendizado, ou que prometi a ela que ia encontrar uma forma de compensar meu abandono, mas isso seria uma mentira. Ignorei a pessoa debaixo do lençol. Só conseguia pensar em como estava com muita vontade de fumar. Entediada, roí as unhas, arrancando fragmentos afiados com os dentes, engolindo, roendo de novo. Depois, mordisquei a pele da cutícula junto às lúnulas, tirando a pele em pedaços finos, mordendo e engolindo até cada dedo sangrar. Quando imaginei todos aqueles pedacinhos de carne dos dedos e moléculas de sangue se agitando no meu estômago, comecei a me sentir tonta de novo.

Os outros entraram — inteligentes, os cabelos sedosos, atenciosos —, e, embora tentassem bater papo comigo, eu simplesmente sorria, meio enjoada, suando de vergonha. Tinha vindo em busca de uma vida segura, mas aqui não havia segurança, não havia controle. Nunca devia ter vindo. Estava reprovando em todas as disciplinas. Estava um caco.

O lençol foi baixado.

Muita coisa mudara desde a última vez que estive aqui. A caixa torácica tinha desaparecido, assim como os pulmões. A calvária tinha sido serrada e o crânio estava aberto, mas o cérebro não estava lá. Um braço tinha sido cuidadosamente esculpido para mostrar as camadas de vasos no interior. O rosto estava... entreaberto. Não me lembro dos olhos, seja porque não consegui olhar ou porque fiquei olhando para eles durante muito tempo. O que restava era uma arquitetura drasticamente cinzenta que era difícil interpretar como humana e, ainda assim, parecia mais humana do que eu me sentia. Não consegui abrir o estojo. Em vez disso, fiquei observando enquanto uma tesoura abria caminho através do saco pericárdico, seu brilho e sua rotação ágil feito uma chave no buraco da fechadura de um baú antigo. Dentro, eu sabia, estava o coração.

Em seguida, um bisturi cortou os vasos sanguíneos, um processo que em nada se assemelhava ao delicado ritual que tinha imaginado, assemelhando-se mais a uma faca de carne cortando uma mangueira de jardim. O coração estava cinzento, mas parecia brilhar, de alguma forma. Ao ser retirado, foi passado de mão em mão. Eu o segurei com cuidado e ele brilhava mesmo, pois a luz da manhã iluminava uma linha de grampos que se projetava do músculo. O técnico de laboratório apontou enquanto passava apressado: "Ah… como dissemos… cirurgia cardíaca". Parecia estranho que um coração pudesse ser revitalizado de forma tão desajeitada e continuar a fazer um corpo atravessar os dias. E, ainda assim, aqui estava ele: um coração costurado e grampeado; um coração removido duas vezes e colocado nas mãos de outras pessoas.

Na terceira vez que entrei na sala, entrei quando estava escura.

Era uma noite de final de novembro e trazia o meu filho bebê preso em um *sling*, sua barriguinha quente bem junto a mim, a moleira latejando debaixo do meu queixo. Por capricho, tinha decidido ir ao lançamento de um livro no campus, dizendo a mim mesma que seria interessante revisitar o edifício dez anos depois. Após aquele primeiro ano desastroso, mudei para um curso de artes e estudei psicologia e inglês antes de virar professora. Descobri que adorava passar os dias na companhia de trinta e cinco crianças, ensinando-as a ler, a pintar e a contar. Não me arrependi do ano em que estudei odontologia, mas às vezes, quando minha sala de aula ficava repleta de uma certa inclinação da luz solar, ficava mais uma vez impressionada com a intrigante interseção entre meu sonho e a sala de dissecação. Nunca esqueci daquela sala; me perguntava se ela teria se esquecido de mim.

Depois dos discursos de lançamento, depois de me unir aos aplausos e de ter respeitosamente comprado o livro, ergui bem alto as alças do *sling* e me afastei da conversa morna, do vinho e dos palitinhos de queijo. Estava sempre iluminado quando estudei aqui, mas mesmo no escuro sabia o caminho de volta para a sala de dissecação. Hesitei do lado de fora, a mão pairando sobre a maçaneta da porta. Sabia que não ia haver cadáveres ali dentro, pois na década seguinte um novo e sofisticado centro fora construído nas proximidades, o Centro de Aprendizagem de Anatomia, Morfologia e Embriologia, mais conhecido pela sigla: Laboratório FLAME (*Facility for Learning Anatomy, Morphology, and Embryology*). A porta não se moveu quando tentei a maçaneta, mas cedeu ao osso do meu ombro. Hesitei na soleira da porta, com medo do escuro, mas com mais medo ainda de apertar o interruptor, caso a luz pudesse atrair um segurança para investigar. Entrei na escuridão. A sala estava vazia.

Eu me dirigi ao lugar que sempre ocupava entre os cadáveres. Encostando a testa à janela, senti o parapeito frio sob a palma da mão. Um pouquinho de poeira tinha se aconchegado para repousar ali, com a beleza corriqueira das coisas minúsculas, e imaginei seus muitos componentes: um átomo de chumbo raspado de um lápis antigo, a partícula prateada de um cigarro fumado há muito tempo, células de caspa, cinzas muito antigas, um fragmento de areia retirado de uma unha, e os restos imperceptivelmente minúsculos dos corpos dissecados. Passei o dedo pelo parapeito, levei o borrão à língua e engoli.

Um estrondo vindo do pátio fez meu coração disparar, e senti o despertar e o avanço de uma nova sensação: a sensação de que, se ficasse, algo nessa sala poderia mudar para revelar algo vasto, algo que ainda não tinha compreendido. Havia tanta coisa aqui que eu já havia lutado para compreender, então sussurrei minha despedida e virei as costas, dizendo a mim mesma que nunca mais voltaria a essa sala. O bebê se virou durante o sono e abriu a mãozinha úmida, os dedos estendidos na minha clavícula. Quando a minha mão encontrou a maçaneta da porta, o leite deu sinais de começar a vazar e meu mamilo começou a formigar. Resisti ao desejo de coçá-lo.

Na quarta vez que entrei na sala, eu era uma ladra.

Vira no Facebook que o prédio estava temporariamente desocupado em preparação para grandes reformas, e que o corpo docente havia autorizado uma exibição de arte ali. Antes de fechar a guia, soube que logo estaria na sala mais uma vez.

Estava determinada a dar algum sentido à minha atração por aquele lugar e à sua interseção com meu sonho. No estacionamento, pesquisei no celular por um fenômeno conhecido como *déjà revé*: uma denominação, se não uma explicação, para a experiência de sonhar com algo e depois viver aquilo na realidade. O que acontecera comigo era chamado de sonho pré-cognitivo: uma visão premonitória, ou um presságio, experienciado durante o sono, mas as páginas da internet não ofereciam qualquer explicação convincente, e um grande número delas trazia imagens de bolas de cristal e de desenhos de fadas seminuas só para me irritar.

Se meu sonho tinha literalmente se tornado realidade, então por que tinha estragado tudo? Todo esse enredo parecia tão exagerado que, se um romancista inserisse um lance desses em um livro, eu ia revirar os olhos. E, no entanto, pensei, se fosse uma personagem fictícia que tivesse visto seu sonho se tornar realidade e depois desse um duplo mortal carpado rumo a um fracasso espetacular, o que faria agora? Não ia ficar sentada num carro mexendo no celular e bisbilhotando sites ripongas. Não. Ia entrar com tudo.

A porta ficava aberta com a ajuda de uma cadeira quebrada na qual estava colado um cartaz escrito à mão: ARTE POR AQUI. No andar de cima, a luz do dia revelava elementos da sala que tinham me escapado na visita anterior. O elevador refrigerado que trazia os cadáveres do porão. As pias ainda manchadas com anos de anéis metálicos concêntricos. Comecei a recear que, caso não prestasse atenção à exposição, me pediriam para sair, por isso passeei pelas projeções e telas enquanto estudava sub-repticiamente as mudanças ocorridas para além delas. A delicada trepadeira de hera que penetrara na moldura da janela. A teia de aranha debaixo de uma torneira. As rachaduras que escreviam as próprias histórias morosas pelo reboco. A poeira espessa que sublinhava cada azulejo.

Atrás de mim, duas estudantes tiravam uma selfie. Uma delas enrolou um papel de seda Rizla entre as pontas dos dedos de esmalte azul lascado, o lambeu e apertou. Quando ela sorriu e disse, “Volto num minutinho”, assenti. Assim que a porta bateu atrás delas, subi as escadas dos fundos em três pulinhos até o mezanino, onde nunca tinha estado, e entrei no gabinete do técnico de anatomia. As gavetas de vários armários estavam abertas e os papéis espalhados pelo chão. Uma fina camada de sujeira cobria as superfícies. Calculei que tinha cinco minutos antes de as outras terminarem de fumar. O que fazer? Surpreendi a mim mesma ao abrir uma porta lateral e subir correndo uma escada estreita e antiga.

O sótão era frio, com aquele fedor de sala secreta, com umidade e pedra e alvenaria revestida com a seda imunda de teias de aranha antigas. Estava bem acima da sala de dissecação. Por essa sala alta e sombria, algo de cada uma daquelas pessoas talvez tivesse se erguido — chamemos de alma —, subindo pela viga e pela ardósia, como o vapor dissipando-se da pele para o ar. Por um instante, fiquei imóvel, pensando nas gerações de morcegos e ratos que viveram vidas inteiras aqui, enquanto humanos desmantelavam corpos humanos lá embaixo. O que poderia fazer para forçar um final razoável para essa história? Fechei os olhos até ficar tonta. Depois escolhi algo para roubar.

Quando cheguei em casa, não sabia o que fazer com meu roubo. O tijolo estava incrustado com argamassa e sujo de um pó muito, muito velho. Era feio e estranho, e não conseguia explicar por que o tinha roubado. Eu me sentia envergonhada. Primeiro, o escondi de mim mesma, colocando-o debaixo de uma cadeira na sala de estar. Em seguida, o escorei atrás de uma planta. Não queria conseguir ver o tijolo — tinha sido mais um erro estúpido tê-lo roubado —, mas não conseguia deixar de pensar nele. Não conseguia ficar com ele em casa, mas também não podia devolvê-lo. Foi assim que o tijolo passou a viver na grama, enfiado entre as pedras que trouxera de viagens à praia e os muros rachados da propriedade. Ali permanece, hospedeiro de líquenes, breve abrigo para abelhas silvestres e borboletas, os caracóis deslizando por ele.

Sabia que era só uma questão de tempo até regressar àquela sala. Tinha suportado tanta, tanta coisa, que ansiava por encontrar uma forma de equilibrar a equação. Certa manhã, telefonei para um número. Em seguida, chegaram os formulários. Minha assinatura rabiscada era tudo o que era necessário para entregar meu corpo à sala de dissecação. Um gesto de longo prazo, que me pareceu tão simples quanto apertar o botão do alarme do carro à distância; só pus o envelope na caixa do correio e senti que uma porta se abria para mim.

Se foi um alívio pensar que meu corpo se tornaria um dia um dos cem cadáveres que todos os anos entram nas salas de cinco escolas de medicina irlandesas, isso também fez com que meu sonho se tornasse mais profético do que nunca. Essas instituições são unânimes nos seus posicionamentos em relação aos impulsos emocionais que levam a tais doações. O site da Universidade Nacional da Irlanda em Galway (NUIG) afirma: "A doação do corpo é um gesto extremamente generoso e caridoso, e é com profunda gratidão que nós da Anatomia NUIG aceitamos legados desta natureza, pois nos ajudam a formar a futura geração de médicos e cientistas". A Royal College of Surgeons, que forma cirurgiões, se refere ao modo como a "dádiva única e inestimável do corpo humano constitui uma fonte de conhecimento que é a base da educação e da pesquisa médicas". Trinity College: "O nosso departamento depende inteiramente da generosidade de espírito dos que doam seus corpos à ciência médica". University College Cork (UCC): "O ato generoso de doação de corpos é vital para o estudo da anatomia humana". University College Dublin (UCD): "Pelo ato altruísta de doar seu corpo para a educação médica, pode-se causar um enorme impacto na vida e no bem-estar de outras pessoas das próximas gerações… A faculdade tem uma dívida eterna com os muitos indivíduos que escolheram doar seus corpos para a educação clínica e às suas famílias que apoiam essa dádiva generosa".

Não tenho certeza de que o ato de doar o corpo a um departamento de anatomia possa ser totalmente explicado pela simplicidade da generosidade ou do altruísmo; suspeito que esse gesto seja mais complexo do que essas instituições imaginam. Ele também pode ser interpretado, por exemplo, como uma tentativa fracassada de exercer algum controle sobre o destino do corpo após a morte, ou como uma forma conveniente de pagar os custos do enterro. Historicamente, os parentes mais próximos eram autorizados a doar o cadáver de outra pessoa em troca de tais custos. As faculdades de medicina ainda ressarcem junto à família do doador os custos eventuais do enterro ou cremação, um fato que me tranquiliza — pelo menos minha família não vai ter de se preocupar com essas contas. A poética do gesto também me agrada, permitindo-me orquestrar um instante do meu futuro em que meu corpo vai ecoar um momento do passado. Apesar do meu fracasso como estudante de anatomia, a experiência de ver um corpo humano desmontado foi uma das mais profundas da minha vida. Ainda me comove a sensação de ter nas mãos o coração de outra pessoa. Uma manhã, quando estiver morta, um estranho vai erguer meu próprio coração nas mãos. Mesmo que riam ou façam brincadeiras com meu corpo, o riso será uma forma de vida após a morte a que me entregarei com prazer.

Queria deixar uma mensagem para os estranhos que seriam os últimos a me tocar. Ao escolher a tinta branca para a minha tatuagem, pensei no banco de leite. Pensei no *Caoineadh* a emergir de uma série de gargantas pálidas. Pensei em todos os textos ausentes compostos por mulheres, naquelas obras literárias jamais transcritas ou traduzidas. Pensei em Hélène Cixous: "há sempre dentro dela pelo menos um pouco desse bom leite materno. Ela escreve com tinta branca". Soube então que tinha de escolher as palavras de Eibhlín Dubh. O fragmento que escolhi aparece quando ela acorda de repente de um sonho em que lhe é revelada uma visão profética, "Is aisling trí néallaibh", que traduzo por "tantos devaneios nebulosos".

Quando a agulha do tatuador se aproximou, cerrei as pálpebras e deixei que a dor me transportasse para a sala pela quinta vez. Enquanto as palavras eram gravadas na minha pele, letra esbranquiçada por letra esbranquiçada, voltei a ver aquelas antigas janelas, elegantes como uma catedral, e vitrificadas à luz do sol.

VII. de lábios frios para lábios frios

Níor throm suan dom

Nenhum sono me atrapalhou

— Eibhlín Dubh Ní Chonaill

Nunca perdi o hábito de ler sublinhando a leitura com a pontinha do dedo. Agora, sempre que procuro nos arquivos referências a Eibhlín Dubh, a linha da minha cicatriz de bisturi espelha o espaço esbranquiçado entre as linhas do texto. Minha pele lembra bem daquela lâmina, mas é raro que esses papéis antigos se lembrem do nome dela. Tento encontrá-la. Tento e tento, em vão e em vão. Por fim, retorno ao acesso invejável que a sra. O'Connell teve às cartas dos irmãos. Talvez a compulsão de pôr a vida de uma mulher diante de mim e explorar devagar cada uma das camadas tenha começado na sala de dissecação; tantos dos nossos padrões mais inabaláveis têm início naqueles anos entre a infância e a idade adulta.

Nelly era ainda adolescente quando voltou a Derrynane. Calculo que as gêmeas só partilhariam mais três anos da companhia uma da outra antes de serem separadas por outro casamento. Enquanto Nelly era agora uma viúva adolescente de cabelos escuros, a irmã gêmea Mary é descrita pela sra. O'Connell como "a flor do rebanho, de olhos azuis e cabelos dourados". Sempre que um navio encalhava, a família mostrava que eram anfitriões generosos com os necessitados. Imagino as gêmeas espionando as idas e vindas das tripulações, levantando as saias dos tornozelos ao se esquivar das poças d'água. Logo, a visão de destroços na maré trouxe um amante até a praia delas.

Enquanto esperava para conseguir uma passagem de volta para casa, um aristocrata inglês chamado Herbert Baldwin se apaixonou por Mary. Bem depressa, ele decidiu: se casaria com aquela irlandesa e a levaria para a Inglaterra: *felizes para sempre*. Quanto não deve ter ficado surpreso quando sua proposta foi rejeitada pelos pais dela. Máire acreditava que se sua Mary de ouro se casasse com um aristocrata, pareceria sempre uma caipira em comparação com ele. Ela preferia que a filha fosse considerada nobre em um casamento simples a ser considerada simples em um casamento nobre. Por mais que Herbert lhe implorasse que reconsiderasse, Máire meneava a cabeça. Por fim ele foi embora, prometendo obter de sua família garantias por escrito para pedir mais uma vez a mão de Mary em casamento. Máire sorriu. Máire começou a planejar um casamento.

Mas, no lugar do amado de Mary, Máire selecionou outro Baldwin de uma família próspera de ascendência inglesa, residente em Clohina, no condado de Cork. Pobre Mary — embora fosse rico, a sra. O'Connell escreve que esse homem "não lhe agradou de modo algum, pois não era jovem e era uma pessoa alta, magra e de membros longos". Na sua juventude, James Baldwin foi deserdado por algum tempo, logo depois de sua conversão ao catolicismo — uma decisão estranhamente desconcertante em época Penal. Em 1762, três anos após o regresso de Nelly a Derrynane como viúva, Mary começou a embalar o próprio enxoval. Quantas vezes o olhar dela percorreu o horizonte em busca de um navio? Por quanto tempo a esperança pulsou dentro dela? Quando deixou Derrynane, foi com um generoso dote de 120 cabeças de gado, uma soma não registrada em dinheiro, pôneis, uma égua de montaria e a irmã adotiva que conhecia desde a infância, Cathy Sullivan. Na refeição que se seguiu ao casamento, foram recebidos muitos bilhetes de felicitações. Entre eles estava uma carta da Inglaterra, carta que continha um pedido formal para que Mary se tornasse esposa de Herbert. Tarde demais, tarde demais. Mary já era a sra. James Baldwin. *Fim.*

Durante toda a sua vida, Mary fora uma "boa menina". Agora, começava a exceder os parâmetros de sucesso que haviam sido delineados para uma mulher na posição dela. Tendo aceitado o marido que a mãe escolhera e tendo trazido um belo dote para a família, sua primeira década em Clohina a viu dar à luz seis filhos. A família deve ter ficado satisfeita com esses feitos. No entanto, Mary não esqueceu aquilo que poderia ter sido — ao segurar o terceiro filho, deu-lhe o nome de Herbert.

A sra. O'Connell conta que "quando até os melhores maridos são capazes de ser um pouco enervantes, por vezes, ela conseguia sempre rebaixar o esposo, observando que 'Se não fosse por você, sr. Baldwin, eu poderia ter sido Condessa de Powis'", resposta que faz pensar na inteligência de sua mãe.

Enquanto isso, Máire deve ter sentido pena da jovem viúva que andava deprimida pela praia de Derrynane, porque não demorou muito até Nelly ter permissão para visitar a irmã gêmea.

Descrevo essas vidas como se fossem fáceis de conjurar, mas isso não é verdade. Refleti sobre esses anos de Eibhlín Dubh durante meses. Sempre que não havia espaço para nós duas no meu dia a dia, escolhia as necessidades dela em vez das minhas, pulando refeições, banhos e o sono — impulso que me veio fácil, pois estava habituada a dar as costas aos meus próprios desejos para atender às necessidades dos outros. Aproveitei todos os momentos disponíveis da minha vida para aprender mais sobre a dela. Emagreci. Apesar dos círculos escuros que inchavam debaixo dos meus olhos, apesar do meu cabelo sujo e do estômago roncando, me sentia confortada pela ideia de que esse trabalho poderia, de alguma forma, valer a pena. Só não sabia muito bem como.

O leite era indissociável do meu trabalho: meu corpo respondia à fome da minha filha com uma precipitação de leite, depois minha cabeça respondia ao leite se precipitando direto para o quebra-cabeça disperso dos dias de Eibhlín Dubh. Sempre que sentia o leite se mover pelos caminhos internos de dutos e lóbulos, pensava em úberes balançando ao longo de uma estrada rural estreita em direção a uma harpa ao longe, com as cordas tensas e imóveis. Adormecida, minha filha engolia.

De Clohina, as gêmeas decidiram dar um passeio pela cidade. Lá, o olhar de Nelly se voltou para o mercado. Incrivelmente belo e vestido de forma extravagante, Art Ó Laoghaire não se limitou a percorrer o campo de visão dela. Ele se pavoneou. Enquanto o olhar dela o seguia, um verso era composto por seu futuro eu, o primeiro verso de um poema que Nelly ainda não poderia ter imaginado, um texto que a levaria até a morte desse estranho, um texto que sobreviveria a todos eles. Esse é o instante que abre o *Caoineadh* —

> No dia em que o vi pela primeira vez
> sob o telhado de colmo do mercado,
> como meus olhos se encantaram com você,
> como meu coração encontrou deleite em você
> fugi de meus acompanhantes com você,
> para fugir para bem longe de casa com você

Estas linhas se passam ao mesmo tempo em dois cenários, tanto num cenário urbano movimentado, como num corpo feminino. A poeta se apresenta como a parte ativa — é ela quem vê Art, é ela quem sente o toque físico do desejo e do amor, e é ela quem escolhe fugir com ele.

Tal como a de Nelly, a família de Art tinha encontrado uma maneira de prosperar com discrição sob o regime cruel das Leis Penais, tendo o pai dele conseguido emprego junto a uma próspera família de proprietários de terras. Como agente fundiário dos Minhears, ele trabalhava como intermediário, cobrando a renda dos agricultores locais e entregando-a aos patrões. Essa função lhe permitiu arrendar uma fazenda em Raleigh, a uma curta distância de Macroom. Embora possa parecer inglês, neste caso *Raleigh* é uma anglicização de *Ráth Luíoch*: o forte circular de Luíoch. Para um homem ambicioso feito Art — que pertencia a uma geração mais jovem daquela que outrora fora uma família nobre da aristocracia gaélica —, a realidade das Leis Penais significava que era impedido não só de ter acesso à educação, mas também de se comportar publicamente como o cavalheiro que acreditava ser. Quando atingiu a maioridade, o pai reservou fundos suficientes para pagar a passagem de Art para a Áustria, por mar e por terra, bem como para lhe comprar uma patente no exército austro-húngaro, leal à imperatriz Maria Teresa. No seu regimento, os Hussardos Húngaros, Art ascendeu rapidamente ao posto de capitão, tornando-se tão conhecido que a Imperatriz lhe presenteou com o próprio cavalo, bem como uma águia decorativa em bronze e duas grandes estátuas ornamentais de soldados. Essas esculturas acompanharam Art até sua casa, atravessando a Europa em carroças cobertas, por mar e pelas estradas. Por fim, seriam fixadas nos muros do pátio da Raleigh House, presentes da mãe de uma menina que viria a ser uma rainha francesa e que mais tarde se ajoelharia diante de uma guilhotina.

Art era destemido, ou imprudente, ou as duas coisas. Sempre que regressava para casa de licença, dava um espetáculo, exibindo uma espada em público, por exemplo, ou correndo em cima de um barril que rolava pela rua principal. Ao fazer isso, ele também estava fazendo um espetáculo das leis destinadas a esmagá-lo. Para uma adolescente habituada a ver os homens se comportarem com deferência temerosa, o fato de ele se pavonear deve ter parecido irremediavelmente fascinante. Os olhos de Nelly se agarravam ao corpo dele enquanto ele se movia. Nelly deu por si desejando ser apresentada a ele. Nelly deu por si desejando.

De tudo o que desejei na minha curta vida, a descoberta dos dias de outra mulher se tornou o que mais queria, mais do que qualquer outra coisa. Mais até do que dormir. Ao prosseguir nessa luta, minha principal inimiga era eu mesma. Estava cansada. Não, estava exausta e, no entanto, minha determinação se sobrepunha aos desejos do corpo. Por mais insignificantes que pudessem parecer a um observador, qualquer novo pormenor com que me deparava me parecia precioso. Acumulei cada mísero fato e o levei comigo dia após dia, deixando a imaginação fluir enquanto fazia as minhas tarefas, ou dava banho nos meus filhos, ou quando ficava presa no trânsito. Aspirava, esfregava, lia histórias e enfiava edredons em capas, e durante todo esse tempo, dentro de mim, ela começava a parecer cada vez mais real.

Sempre que me via cansada demais para continuar, sentia que estava fracassando com Eibhlín Dubh. Acabei ficando zangada comigo mesma. Em desespero, comecei a beber café até tarde, virando a tinta quente na boca com um toquezinho de tequila. Mantinha o celular ao lado da cama enquanto todos dormiam, colocando anotações, imagens e novas listas na tela. Naquela escuridão, pensava em desejo e poder. Via a aliança de casamento de Mary, o sorriso de Nelly ou a sombra de Art deslizando sobre aquelas paredes que conhecia em Macroom. Lutava toda noite contra meu corpo até ele revidar, baixando as pálpebras no meio de uma frase, soltando os dedos para que o celular caísse no chão. Toda noite repetia o ritual, ficando acordada o máximo que o corpo permitia, ouvindo atentamente para o caso de ela bater à porta. Houve uma batida — conseguia ouvi-la, fraca e cansada —, mas vinha de dentro do meu peito.

Podemos presumir com segurança que esse novo casal passou algum tempo sorrindo na companhia um do outro. Talvez também possamos presumir que pode ter havido um toque ou um beijo furtivo ocasional, mas não podemos saber como esses momentos foram arranjados, monitorados ou frustrados. Eu me pergunto se Mary também foi arrastada — pobre Mary, vigilante ou entediada no papel de acompanhante; pobre Mary, grávida de novo e cansada, com vontade de estar em casa.

Demoro algum tempo para identificar a localização da Casa Clohina. Olho com muita atenção os mapas antigos, determinada a fazer com que os limites irregulares das estradas e dos campos antigos correspondam às imagens de satélite atuais. A paisagem parece tão diferente quando chego que fico confusa, dando voltas lentas em torno da área que, suponho, ela conhecia. Por fim, saio do carro e paro na beira de uma estreita estrada rural, tentando espiar por entre um emaranhado de arbustos, mas não consigo enxergar além deles. Fico impaciente, sentindo uma coceira interior que me diz que meu tempo está se acabando, que minha filha logo pedirá leite em casa. Então, por capricho, peço à própria Mary que me mostre sua casa. Digo a mim mesma que essa abordagem oblíqua está de acordo com a estranheza da minha missão e, no entanto, estremeço ao ouvir o som da minha voz. Um cético poderia dizer que é coincidência o fato de um carro logo desacelerar ao meu lado, e no interior dele haver um agricultor que me pergunta se estou perdida. Ele conhece a antiga casa dos Baldwin, diz, conduzindo-me ao prado úmido onde outrora se situavam os aposentos de Mary. "Está vendo?", ele diz. "Nada." Ele vai embora, me deixando empoleirada num portão com seis barras de madeira perpendiculares, espreitando o ar vazio onde outrora existia um poema de belas salas, cada estrofe contendo a própria litania minuciosa: as sombrinhas, os retratos e os livros, os vasos azuis e as mantas bordadas, as cortinas e os aparadores, as cartas, os pentes e casacos, as colheres e os espelhos e os panos de esfregar, os baldes de carvão e os diários e os penicos. Agora: nada. Mais um grande apagamento, esse. Outra obliteração vulgar da vida de uma mulher. O agricultor tem razão, estou olhando para o nada. Mas também estou olhando para tudo.

Há muitos momentos na vida de Nelly que não me permito delinear na ausência de provas, porque fazê-lo seria como uma invasão, ou uma fraude. Sempre que não consigo preencher aquela lacuna onde uma peça do quebra-cabeça deveria se encaixar, olho para os cantos. Em vez de ficar imaginando as intimidades do namoro de Nelly e Art, me pego pensando na batida imperceptível na qual uma palavra existe, entre a articulação e a audição. Esboço o casal separado, em vez de junto. Primeiro a urgência, a pulsação, a necessidade. Depois o sorriso, a malícia, o pequeno desejo na pequena oscilação. Depois o papel, a pausa da pena, o pairar, a gota de líquido: borrão, borrão. O esforço humano para articular um desejo e um amor. O arranhar da pena no papel, o nascimento líquido e o laço das letras, cada uma ligada à seguinte, palavra após palavra, e todos os pequeninos espaços que existem entre elas. O papel selado e enviado a seu destino. O estranho silêncio entre a partida de uma carta e sua entrega, o curioso tempo depois de as palavras terem sido imaginadas e impressas no papel, mas antes de serem lidas. A carta como um objeto cinético de desejo, em movimento de um corpo para outro. Esses espaços entre Nelly e Art são tudo o que me permiti ver, o modo como, depois de uma carta ter sido enviada, alguém poderia ficar à janela, imaginando a mensagem nas mãos de um amante, e as próprias palavras de uma pessoa se movendo silenciosamente pelos lábios de outra pessoa.

Art está galopando agora.

As faces do cavalo estão arfando e espumando. Ele puxa as rédeas para um trote, absorve o suor da testa com a luva e depois protege os olhos. O oceano, deslumbrante, e além, Derrynane. Quase lá.

Agora, a porta. Agora, a batida dos nós dos dedos.

Agora, o farfalhar das saias, a canção prateada das chaves: Máire.

Por um momento hesitante, ela está de um lado do portal e Art está do outro, com o punho no ar, dando uma segunda batida, enquanto a mão dela se aproxima da maçaneta da porta.

A porta se abre.

Os olhos deles se encontram. Máire é tão rápida em diagnosticar um problema quanto ele ao determinar a mesma coisa.

Ambos sorriem.

Art é recebido com a mesma hospitalidade que é dada a qualquer jovem que se encontre longe de casa. Quando limpa a garganta, as palmas das mãos estão abertas e brilhantes, mas assim que diz o nome de Nelly, as cabeças do pai e da mãe balançam. Art é uma ameaça, e ainda por cima barulhenta; mesmo a presença temporária de tal personagem poderia representar um problema. Apesar da rejeição, Art sorri. Não tem motivos para se sentir desanimado. Conhece bem a filha deles.

Quando preparo uma xícara de chá, há sempre alguma coisa que me interrompe, e meu chá esfria aos poucos enquanto me ocupo de mais tarefas, com uma bebê num ombro e um pano de prato no outro. Já me conformei com o fato de beber repetidamente chá abandonado e reaquecido no micro-ondas. Quando a bebê dorme, me sento e volto a liberar a energia reprimida, e Eibhlín Dubh entra na ponta dos pés para se juntar a mim nos meus devaneios. Nunca estou sozinha.

Hoje, seguro a xícara e imagino os pertences dela ganhando vida. Dou a ela um baú grande e robusto com fecho de latão polido. Dentro, os tesouros comuns de uma vida: um medalhão, uma xícara favorita embrulhada num cobertor, uma concha, uma pena, um diário, camisolas e vestidos, um espelho, uma capa de inverno pesada, toalhas de mesa, um colar e um molho de cartas amarradas com extremo cuidado. Nunca tocarei nos objetos que invento para ela e, no entanto, cada um deles parece correto para mim quando me imagino erguendo-os à luz e depois colocando-os de volta na arca, um a um. Nossos bens são tão efêmeros quanto nossos dias; com que rapidez tudo desaparece. No andar de cima, a bebê já está se remexendo desperta — ouço um choro e torno a subir as escadas correndo. Em algum lugar atrás de mim, aquela energia se eleva e desaparece.

Encomendar um vestido novo é apertar o tecido entre o polegar e a ponta do dedo e escolher uma forma na qual ele será unido por costuras de pontos bem-feitos. A linha é encostada a uma língua. A agulha é empurrada pelo tecido, várias e várias vezes, cada ponto e cada tesourada seguindo um padrão distinto. A linha é mordida, o nó é dado, o corpo abotoado na roupa, as flores cortadas e atadas. Há olhos de ambos os lados do corredor. Observam a chegada lenta da mulher. Sorriem.

Era o final de 1767 quando esse casal se casou. Dezembro. Um dia lindo de frio intenso. Art tinha vinte e um anos e Nelly, vinte e quatro. Pressionaram lábios frios contra lábios frios e viram seus nomes escritos lado a lado, um texto que não podia ser desfeito. Coloco a luz do sol brilhando através das janelas onde juraram ser fiéis um ao outro até a morte. Virando-se juntos, ficaram de frente para a porta que levava ao resto de suas vidas. O corredor devolvia o som dos seus passos ao saírem: *pa-ra-to-do-o-sem-pre*, *pa-ra-to-do-o-sem-pre*. O casamento duraria seis anos.

Não existe nenhuma carta que indique a reação de qualquer uma das mulheres da família a essa fuga para se casarem, mas a reação dos irmãos sobreviveu. Em 26 de maio de 1768, seis meses após a cerimônia, Maurice recebeu uma carta do irmão Daniel, na França: "Lamento saber que nossa irmã Nelly deu um passo contrário à vontade de seus pais, mas o amor não conhece nem ouve a razão".

Ao renunciar ao dote e a Derrynane, ela também deixou parte de si mesma para trás. Nelly tinha ido embora. Ao contrário da sra. Baldwin de Clohina, a irmã gêmea nunca seria conhecida como a sra. O'Leary. Ao escolher o próprio marido, ela escolhia o próprio nome. Seu sobrenome continuou sendo Ní Chonaill, enquanto "Dubh" passava, à moda antiga, do nome da mãe para o da filha, de Máire Ní Dhonnabháin Dhubh — *Máire of the Dark Donovans*, ou Máire dos Escuros Donovans — para Eibhlín Dubh Ní Chonaill. Quanto mais me debruço sobre os pormenores mais superficiais da existência dessa mulher, mais é revelado. Aqui, um nome nunca é apenas um nome. O "Dubh" em Eibhlín Dubh — a escuridão nela — vem da mãe.

Me pergunto que escuridão posso deixar enraizada na minha filha.

VIII. a masmorra

Mo ghrá is mo rún tú!
'S mo ghrá mo cholúr geal!

Ó meu amor e meu querido!
Ó meu amor e minha pomba brilhante!

— Eibhlín Dubh Ní Chonaill

Sempre desejei dar o nome do oceano a uma filha, mas, deitada sob as compridas lâmpadas fluorescentes do lado de fora da sala de parto, mudei de ideia. Por impulso, escolhi um nome que significa *Luz*; não me lembro do motivo. Agora, toda vez que abro as cortinas, minha voz se move pelos sonhos remotos dela, chamando: *Luz, Luz*.

Eu a carrego e a alimento e, enquanto nos preparamos para sair de casa, faço algo que nunca fiz pelos irmãos dela. Com o emaranhado fofo de cabelo de criança, seu shortinho e camiseta herdados, ela se parece com eles, até eu forçar o cabelo dela em marias-chiquinhas apertadas e ajeitadinhas. Ela guincha e se queixa e afasta meus dedos, mas, mesmo assim, sou compelida a forçá-la a se parecer com uma menininha. No espelho que nos acolhe a ambas, meu cabelo escuro faz sombra ao dela, e ali observo refletido seu olhar carrancudo para a mãe: uma verdadeira menina.

Não demora muito para levar as crianças até nosso destino: um armazém em uma zona industrial. Mesmo do estacionamento, consigo ouvir os gritos que vêm lá de dentro. Fecho o porta-malas com força. Detesto esse lugar. Eu me forço a vir aqui e me forço a sorrir. As portas se fecham. Lá dentro, o volume é quase insuportável. Por todos os lados as crianças estão gritando, as crianças estão correndo e caindo e chorando e rindo e gritando e gritando e gritando. O telhado parece muito distante, com as vigas metálicas pontuadas por longos tubos prateados. Abaixo, estou desnorteada num castelo mal traduzido que mistura uma torre de tijolos de espuma com um fosso de bolas de plástico e câmaras de rede de três andares. Quase consigo identificar uma escada em espiral na configuração de um escorregador na forma de um saca-rolhas — o exterior pode ser amarelo néon, mas o interior é muito escuro. Por essa visão de pesadelo, figuras fugidias vão e vêm em um borrão, o suéter cor-de-rosa de uma garotinha se transformando na camiseta verde de outra: vislumbradas, depois desaparecidas. Meus filhos estão em algum lugar no meio desse rebanho estridente, imprudentes e numa alegria infernal, rindo e batendo em outras crianças, deixando-as com o nariz sangrando e chorando, ou eles mesmos mancando e sangrando.

Eu me acomodo à beira da masmorra onde as crianças deslizam até um poço profundo de bolas plásticas com desenhos de arco-íris. Um grupo de pais paira por ali, cada um olhando o próprio filho. Minha filha salta, depois volta e se atira no meu joelho, com as bochechas rosadas e rindo. Quero me lembrar disso, por isso inclino o celular e o seguro com o braço estendido, como se fosse um espelho antigo. Ela sorri ao ver meu sorriso refletido, depois se afasta, deixando apenas um borrão na foto e meu rosto, fixado, olhando para ela. Aperto "excluir" enquanto ela volta correndo para a piscina de bolinhas, rindo, saltando, mergulhando fundo e então emergindo com alegria, tendo encontrado uma grande bola de espuma, uma intrusa, bem molengona e especial entre as outras idênticas, e sorrio com o deleite dela, até que reparo num menino mais novo cambaleando atrás. Ele está chorando, a mãozinha abrindo e abrindo. Os olhos da minha filha acompanham os meus e retornam, buscando uma orientação. Será que deve correr, agarrando a preciosa descoberta ao peito? Ou será que deve entregar a bolinha pelo bem de outra pessoa? Estou dividida entre o desejo de encorajá-la e o de impedir que se torne como eu.

Penso em todos os rabos de cavalo que já estiveram na caixa postal da rua principal. Pode até haver um novo hoje, tão comum quanto a própria caixa postal. Naquela escura câmara de metal, com a base forrada de carpete e as paredes de aniagem, uma faixa de sol só é interceptada pela chegada de mais correspondência. Dentro de um envelope castanho, entre todas as outras cartas e pacotes, está um rabo de cavalo. Rebobine.

Observe o envelope subir pela fenda e retornar para as mãos de uma garota, para voltar a ser pressionado contra o peito. Agora ela se lança para trás, pela rua, para voltar a entrar num salão. Desaperta a campainha. Faça ela reentrar no salão com todas aquelas pinças e aerossóis, todos os pentes e lâminas. Lá, o envelope é deslambido, o endereço é desescrito e, na sequência, letra por letra, desaparece: L-E-Z-N-U-P-A-R. A palma da mão é erguida duas vezes da cabeça da criança: "menina. Boa". O sorriso escorrega da boca assim que desliza de volta para a cadeira. No espelho, os olhos voltam a se fixar nos da mãe. As lâminas gêmeas da tesoura se abrem e se abrem e ela não pisca, vendo as madeixas voltarem a se ligar umas às outras, até que o rabo de cavalo fica comprido e inteiro novamente. A seguir, a chapinha sobe e torna a subir deslizando, e os cachos ressurgem. Mecha após mecha, as trancinhas voltam a ser trançadas. A capa prateada é retirada dos ombros, a porta é fechada e ela está de volta à rua, as longas tranças balançando na cintura.

O que significa se considerar um doador — o que isso nos custa e de que forma ganhamos com isso? Intrigada com esses impulsos complexos em mim mesma, muitas vezes me pergunto como esses mesmos impulsos ocorrem nas outras pessoas. A tela do meu celular me leva a testemunhar vários momentos semelhantes: por exemplo, aqueles que optam por uma cirurgia para doar um rim a um estranho, as mulheres que se injetam para doar os seus óvulos, ou os que doam muitas horas das próprias vidas a fim de treinar cães-guia. Meus pequenos esforços parecem tão primários em comparação com os deles, e rolo a tela e clico na generosidade deles com inveja, desejando poder me tornar tão útil quanto os outros.

Na página de Facebook da Rapunzel, as garotas sorriem num tríptico de fotografias quase sempre iguais, ainda que os rostos e os fundos mudem. Na primeira imagem, cada Emily, Alanna, Aoife e Emma, cada Ella e Lucy, são fotografadas sorrindo por entre as falhas dos dentes, com o cabelo brilhando até a cintura. Na segunda imagem, o cabelo está preso; a lâmina é visível. Na terceira, o cabelo está tão curto que ela parece uma garota diferente, segurando o rabo de cavalo recém-tosado no ar como se fosse um peixe premiado, as bochechas transformadas em balões de orgulho enrubescido. O cabelo será enviado para uma instituição de caridade que fabrica perucas feitas sob medida para quem precisa. Nos pixels de todos aqueles olhos infantis, identifico um brilho que conheço bem, e me pergunto o que doarão de si mesmas a seguir.

O cabelo na caixa de correio é um começo e, como qualquer começo, ele contém uma promessa que os olhos não alcançam. O DNA que está armazenado no cabelo tosquiado é uma variante chamada mtDNA, uma substância mitocondrial herdada exclusivamente da progenitora feminina. Embora uma mãe passe essa molécula a todos os filhos, apenas as filhas a passarão à geração seguinte. Esse rabo de cavalo comum — alisado e alisado de novo através das chapas quentes da prancha de cabelo — possui uma linha feminina direta.

Enquanto meus pensamentos se enroscavam em outros lugares, minha filha tomou a própria decisão. O estranho chorão não chora mais. Ele aconchega a bola à barriga e se afasta, babando e sorrindo, enquanto minha filha se atira no poço das bolas, desanimada, de mãos vazias. Eu a levanto e beijo o rostinho sardento. "Boa menina", digo. Minha boca fica salgada; não tinha notado as lágrimas dela.

Mais tarde, me deito ao lado dela no escuro até ela adormecer. A porta se fecha atrás de mim e fico sob a luz do corredor, piscando para o meu reflexo, os dedos ajeitando o emaranhado negro do meu cabelo. Apartadas. Dois espelhos nos refletem em separado, agora: um pouco de escuridão na luz, e um pouco de luz na escuridão.

IX. sangue na lama

M' fhada-chreach léan-ghoirt
ná rabhas-sa taobh leat

Que dor, essa minha tristeza amarga,
por não ter estado ao seu lado

— Eibhlín Dubh Ní Chonaill

Não há nada na vida que eu deseje tanto quanto visitar a casa conjugal de Eibhlín Dubh, a Raleigh House. Suspeito que essa seja a peça do quebra-cabeça que me falta para desapegar da vida dela e seguir em frente com a minha. Na ausência de um nome para os atuais moradores, dirijo uma carta à própria casa. A casa não responde.

Durante semanas, cada vez que a caixa de correio bate, salto esperançosa e depois desabo desiludida. Mais uma vez não consegui. Em vez disso, recorro à tela para alimentar a obsessão, olhando mapas de satélite e procurando imagens antigas da fachada da casa. Sei que é errado bisbilhotar, mas não consigo evitar. A possessão funciona nos dois sentidos; cada vez que busco a casa de Eibhlín Dubh no Google, algo feio dentro de mim reclama: *Me deixem entrar.* Baixo fotos em preto e branco e amplio até vê-la, ainda fixada na parede — a águia que seguiu Art por toda a Europa até em casa.

Em 25 de agosto de 1768, o corpo de Eibhlín se abriu uivando e seu primeiro filho nasceu. Ele recebeu um nome herdado, um compartilhado pelo irmão e pelo pai de Art — Conchubhar. O fato de sua data de nascimento estar gravada na lápide de Art me permite uma rara precisão que está ausente em grande parte do meu trabalho desajeitado de detetive. Ao encontrar uma pista dessas, a pessoa se vê diante da decisão do que fazer com ela.

Uma mulher tremendamente bisbilhoteira pode levar a questão para a internet. Ao se perguntar se Eibhlín Dubh estava grávida antes do casamento, poderia procurar uma página da internet que calculasse as datas de concepção em retrospecto, recorrendo a um algoritmo de probabilidades para descobrir o seguinte:

> Datas de concepção mais prováveis:
> 28 de novembro – 2 de dezembro de 1767
> Datas mais prováveis das relações sexuais
> que levaram à gravidez:
> 25 de novembro – 2 de dezembro de 1767

Ao pressionar a tecla para voltar, essa mulher pode sentir vergonha. Pode se perguntar (mais uma vez) por que está metendo o nariz na vida íntima de uma estranha, sem permissão. Há algum tempo essas dúvidas têm traçado pontos de interrogação nas margens dos meus dias, embora tente ignorá-las. *O que você está fazendo aqui?*, esses pontos de interrogação parecem perguntar, e *Quem vai ganhar com esse trabalho?* Não eu, exausta e pesquisando calculadoras de concepção no Google às 3h15 da madrugada. Nem Eibhlín Dubh, porque começo a suspeitar de que nada nessa busca é de fato benéfico para ela. Na morte, ela dificilmente se preocuparia com a forma como sua vida é retratada pelos acadêmicos. Apesar de todas as minhas dúvidas, a voz da enfermeira do sistema público de saúde continua a ressoar, irritante: "Então, para que serve tudo isso?".

Pouco depois nasceu outro filho de Eibhlín Dubh, um menino cuja data de nascimento não é mencionada, poupando-o da indignidade de futuros intrometidos e de suas calculadoras de internet. Três anos depois do casamento, o pai de Eibhlín morreu. Um ano mais tarde, o pai de Art também morreu. Durante esses anos de tristezas e alegrias, de nascimentos e mortes, Art ia e vinha do seu regimento na Europa. Eibhlín estava muitas vezes sozinha; Eibhlín nunca estava sozinha.

Na primavera de 1771, as folhas estavam voltando a desabrochar ao redor de Raleigh House e o ar vibrava com o riso e os gritos dos dois meninos, com o matraquear das galinhas e o relinchar cálido dos cavalos. Eibhlín estava grávida do terceiro filho quando Art regressou pela última vez, usando suas "botas elegantes de couro estrangeiro,/ e o traje de alta-costura/ fiado e costurado no exterior para você". Ela se orgulhava da aparência do amante, de como até as mulheres dos comerciantes ricos o desejavam. Assim como os olhos dessas mulheres seguiam Art, imagino que o mesmo acontecia com os olhos de seus maridos. Mary deve ter temido pela irmã gêmea, pela forma imprudente como a arrogância de Art chamava a atenção para todos eles. Também ela deve ter observado a escuridão que começava a se formar. Terá se sentido impotente diante da inevitabilidade, assim como eu? Ao escrever as suas vidas a essa distância, me sinto assombrada tanto pela sensação de catástrofe iminente como pela minha própria cumplicidade, pois ao contar esse horror tenho de tornar a infligi-lo. Gostaria de poder deter a dor que essa narrativa em breve lançará sobre Eibhlín Dubh, mas não posso. O passado nunca termina. Ou, pior, o passado nos diz como termina. Acabou, diz, de novo e mais uma vez.

A tarde encontra você em seu carro. Você está sozinha. (Isso é mentira. Você já não está sozinha há algum tempo.) Mas está sozinha e indescritivelmente cansada. A trama que você começou reduziu cinco quilos do seu corpo e entalhou redes escuras sob seus olhos. Você não pode continuar assim e, no entanto, também não consegue vislumbrar um fim para isso. Todas as músicas do rádio parecem cantar seus conflitos agora, assim como fizeram quando seu coração de adolescente se partiu pela primeira vez. Apesar de tudo, você se pega cantando todas as letras enfadonhas que já sabe de cor, "... e você se entrega, e você, e você...", e é verdade, você tem se entregado, doando os próprios pensamentos e dias para outra pessoa. Seu pé no freio faz o carro parar, torto na margem. Sua testa afunda no volante e, mais uma vez, você chora. Sua idiota: não há ninguém para culpar por essa bagunça além de você mesma. Você escolheu esse caminho tão alegremente quanto um músico escolhe uma partitura, se entregando à coreografia precisa de movimento e de som delineada por uma estranha muito antes. Deixe o ritmo conduzir você até o fim, tola harpista. Prepare as cordas.

Um mau presságio para um pode ser fortuito para outro. Entre os que odiavam Art estava Abraham Morris, um homem temível que tinha sido executor das decisões judiciais de Cork. O ódio era recíproco.

Em um sábado quente, em meados de julho, o som dos cascos ecoou por entre o canto dos pássaros e o ar perfumado pelas madressilvas. Art saltou da sela em frente ao Hanover Hall, com os calcanhares pousando com firmeza na calçada. Enquanto se dirigia até a casa do inimigo, sua égua observava, com o freio salpicado de saliva e os flancos arfando. O punho de Art bateu na porta pesada. Ambas as versões do que se seguiu estão registradas por escrito, uma vez que cada uma das partes publicou posteriormente relatos no *The Cork Evening Post*. Em 7 de outubro, o relatório de Morris afirmava:

> Visto que Arthur Leary, de Raghleagh, um indivíduo de caráter notoriamente infame, atentou contra a minha vida no sábado, 13 de julho último, por volta das 9 horas da noite na minha residência em Hanover Hall, feriu um dos meus criados e perversamente lhe roubou uma arma de minha propriedade, que levou em seu poder, crimes pelos quais e por vários outros, o referido Leary está agora indiciado no Gabinete da Coroa deste tribunal. Agora, prometo uma recompensa de 20 libras a qualquer pessoa que prenda o dito Leery e o coloque na cadeia do condado no prazo de doze meses a contar desta data.

Esse aviso fez de Art um homem procurado e pôs sua cabeça a prêmio. No espaço de três dias, os colegas magistrados de Morris na Sociedade Constitucional de Muskerry convocaram uma reunião e concordaram com uma decisão.

Outro aviso foi logo publicado, confirmando a condição de Art como fora da lei aos olhos dos magistrados. Quinze dias depois, o mesmo jornal publicou uma resposta de Art, que observava que —

> tendo a oportunidade de interpelar o sr. Morris, na qualidade de magistrado, para tratar de alguns processos judiciais, ele se dirigiu, para esse fim, por volta das 7 horas da tarde do dia 13 de julho passado, a Hanover-Hall, onde reside o sr. Morris, e naquele local, de forma muito modesta e respeitosa, comunicou-lhe o teor de sua queixa, o qual, sem a menor provocação, se enfureceu e usou de uma linguagem muito indecente, abusiva e pouco cavalheiresca para com o referido Leary, que, em seguida, abandonou a casa deste e estava de regresso à própria.
>
> Antes de chegar ao final da avenida, avistou o sr. Morris e John Mason, seu criado, cada um armado com uma pistola, perseguindo-o pela avenida, e quando o sr. Morris se aproximou a cerca de dezoito metros do referido Leary, apontou-lhe a pistola, disparou e feriu-o na mão, ao que o referido John Mason se aproximou do referido Leary e apontou-lhe a sua pistola, que o referido Leary providencialmente lhe arrancou antes que tivesse tempo de perpetrar o crime em cuja encomenda seu patrão não falhou intencionalmente e em seguida entregou a mesma arma nas mãos de um dos Juízes de Paz de Sua Majestade, e pouco depois apresentou uma queixa contra este sr. Morris pelo violento ataque e atentado contra a sua vida.

O leitor pode ser perdoado por certo ceticismo em relação a ambos os relatos do acontecimento. Apesar do prêmio por sua cabeça, Art correu com sua égua em corridas locais, onde ganhou dos outros cavalos, incluindo um que pertencia a Morris. Enfurecido, seu inimigo exigiu que Art cedesse às Leis Penais, vendendo a égua pela humilhante (e legal) soma de 5 libras. Art, sendo Art, fustigou Morris com seu chicote, desafiando-o para um duelo. Morris — sendo Morris — recusou.

No dia 4 de maio, Art estava saindo de Raleigh quando —

> voltou depressa
> e beijou seus dois bebês.
> No coração da palma da mão, o beijo dele soprado
> para mim,
> e quando você disse: "Levante-se, Eibhlín,
> cuide dos seus afazeres com capricho,
> mostre firmeza, mexa-se rápido.
> Devo deixar a casa da nossa família,
> e talvez nunca mais volte a vós",
> ah, só ri com jeito de troça,
> já que você proferia esses avisos tantas vezes.

Art partiu. Tinha decidido que aquele seria o dia de confrontar Morris de uma vez por todas. Primeiro, porém, ia parar para tomar uma bebida rápida. Ou várias. Enquanto bebia, o plano de Art foi ouvido. O bisbilhoteiro esvaziou o copo e seguiu em frente. Morris sorriu para o informante. Já tinha feito de Art um fora da lei. Agora, podia agir com total impunidade.

A cantilena dos cascos tamborilava alegre pelo caminho de Art, mas ao entrar na aldeia de Carriganima ele diminuiu a marcha da égua. Algo parecia... estranho. Seu olhar de soldado analisou o contexto da aldeia, traduzindo qualquer perigo que pudesse estar à espreita. Sim. Havia homens agachados à frente. Uma armadilha. O coração de Art acelerou; o meu também. Ele se afastou da estrada e se arrastou em direção ao riacho, passando o freio na língua da égua, movendo a cabeça e os cascos dela na direção contrária para que deslizasse por entre as pedras cobertas de musgo e subisse a margem, com os tornozelos incitando-a avançar pela grama. Só então fez uma pausa para olhar para trás. Ah! Tinha conseguido! Tinha enganado os sacanas, tinha evitado a armadilha deles. A égua ergueu a cabeça enquanto ele ria de contentamento e gritava insultos a Morris.

Entre aqueles que olhavam de volta estava um soldado caolho chamado Green. Ele segurava um velho mosquete preso entre a clavícula e o maxilar. Dentro da arma dele havia uma única bala de chumbo, recheada de pólvora e com um chumaço de tecido para vedá-la, desengatilhada, preparada e pronta. Morris gritou uma palavra. FOGO. Cada soldado apertou um gatilho. Em meio ao rugido e à fumaça, só uma bala de mosquete atingiu Art, alojando-se com um choque na carne quente do corpo dele. Os dedos de Green estremeceram, soltando o gatilho de metal, enquanto os outros lhe davam palmadinhas de parabéns.

A égua de Art se esforçou para levá-lo para um lugar seguro, mas o sangue jorrava do ferimento, os dedos se abriam e Art caía, caía, um punhado da crina sendo arrancada na queda. Aquela madeixa de crina molhada era tudo o que segurava enquanto jazia na terra, o olhar correndo descontrolado nos últimos lampejos — *nuvens, densas e próximas — flores de ameixeira balançando na brisa — um casco — um par de estorninhos voando para qualquer outro lugar.* A égua olhou para o dono e depois para os soldados risonhos, que se aproximavam cada vez mais. Será que os animais sopesam a autopreservação em relação ao altruísmo? Essa égua escolheu depressa seu caminho. Algum impulso a convenceu a galopar, a cauda erguida e açoitada pelo vento, as rédeas longas e soltas. Ela tropeçou, depois deu um longo salto sobre a sebe, galopando agora, galopando e galopando.

Com um último pontapé nas costelas de Art, os homens de Morris foram embora. As risadas foram embora com eles. A égua também estava galopando para longe, a espuma voando do freio na boca. Sabia quem seria necessária.

A égua que agora galopa no nosso pensamento é um ser feminino, concebido, nascido e criado na Europa.

Veja: o estábulo está escuro feito a madrugada e silencioso feito a palha, e através dessa escuridão observamos o nascimento dela, nadando com os cascos para fora do oceano quente do corpo da mãe. Uma coisinha insignificante, os cascos são ondas, batendo descontroladamente contra a terra, surpresos. A mãe a cutuca, as narinas tremendo, até a potrinha abrir os olhos e ficar de pé. A potrinha cresce diante dos nossos olhos. Floresce. Ao sol das campinas, só precisa acariciar o úbere da mãe para liberar um jorro de leite doce. Com o primeiro galope, se entrega à felicidade da velocidade e à força da brisa. Ela é de uma linhagem sólida, tão brilhante e tão rápida quanto qualquer uma de suas antepassadas. A cada geração de sua família, uma voz humana ecoa as mesmas palavras numa série de línguas: *Boa menina. Boa menina.*

Uma vez desmamada, é ensinada a servir. O objetivo de sua vida, percebe, será suportar um peso humano, e aprende isso com rapidez, as formas do estribo e do freio, da rédea e do chicote. Logo é vendida e não terá mais a presença da mãe; nunca mais encontrará aqueles olhos escuros. Em vez disso, passa a conhecer a palha quebradiça dos estábulos da cavalaria, o som e o tilintar das espadas, o odor forte dos mosquetes, o cheiro de sangue na lama, o matizado das campânulas sob uma faia e as maçãs do outono. Essa égua é glória e submissão, é velocidade e sentença de morte, e desempenha cada um dos papéis de forma impecável. Oblívio: por fim, acabará por atrair a morte para o dono. Então, em reciprocidade, a morte dele levará à dela.

Não importa quantas vezes o *Caoineadh* galope de boca em boca, não importa quantos trabalhos acadêmicos reajam a esse lamento, falta sempre um pormenor. Nunca ficamos sabendo o nome dessa égua. Não consigo inventar um. Em vez disso, a honro entre As Anônimas, mais uma ausência entre todas as outras ausências femininas que não aparecem nessa história.

Quero que você saiba que ela era um ser feminino.

Quero que você saiba que ela era um ser, feminino.

Quero que você saiba que ela era.

A única misericórdia que posso enviar da minha vida para a de Eibhlín Dubh reside na forma como escolho desenrolar os acontecimentos que se seguem. Por isso, por um momento, me deixem oferecer a ela alguma paz corriqueira. Poderia descrevê-la cochilando, uma bochecha apoiada no braço. Poderia descrevê-la escrevendo uma carta, dando corda no relógio ou ralhando com um menininho. Em vez disso, a descrevo com seu vaso azul favorito, espetando hastes de rosas por entre as frésias. Tento fazer com que esse momento se prolongue o máximo que posso, mas logo a inevitabilidade se intromete. Um movimento rápido da folhagem atrai o olhar dela para a janela. Uma sílaba perdida de um *pocotó, pocotó, pocotó* prolongado lhe inquieta a testa. O relógio faz *tique-taque, tique-taque, tique-taque*, e então, no pátio, ela vê — *rédeas* — *arrastando* — *molhadas* — *sela* — *vazia*. Quando encontra os olhos da égua, é rápida em traduzir o olhar dela. O que é que ela faz, então? Procura ajuda? Envia um mensageiro para os Baldwin? Chama um criado para alertar um magistrado? Não. Eibhlín, a nossa Eibhlín, não faz nenhuma pausa para pensar. Ela salta.

Dei três saltos — o primeiro até a soleira da porta,
o segundo até o portão,
o terceiro até sua égua.

Agarrando firme a égua com as mãos e os joelhos, ela galopa, galopa, galopam as duas durante quarenta minutos ou mais, a égua exausta subindo a encosta pelo solo molhado e descendo por entre seixos enrugados e as poças. Eibhlín Dubh não sabe nem o seu destino nem o que a espera enquanto a égua atravessa o rio Sullane e o Foherish, enquanto trota pelos caminhos lamacentos por entre arbustos e debaixo dos galhos, através de pastos e riachos e merda de vaca. Quem é que as observa, à medida que avançam? Os corvos. Os corvos sabem. Nesses momentos, os arbustos de urzes à beira da estrada parecem fora de foco, mas Eibhlín segura firme, ela agarra o animal. Ela continua, continua e continua — até parar. Sempre que leio o seguinte verso, meu coração se parte de novo por ela.

Depressa, bati palmas,
e depressa, depressa, galopei,
o mais depressa que pude,
até que o encontrei diante de mim, assassinado
junto a uma pequena urze encurvada
sem Papa, sem bispo,
nenhum clero, nenhum homem santo
para recitar os salmos da morte,
apenas uma velha feia e enrugada
que o envolveu no seu xale.
Amor, seu sangue jorrava em cascatas,
e não consegui enxugá-lo, não consegui limpá-lo,
não,
não, minhas palmas viraram taças e, ah, o bebi.

Quem era essa mulher enrugada que estava passando por ali? Para mim, essa idosa estranha parece, por vezes, uma manifestação da própria Eibhlín, retornando em idade avançada como testemunha impotente que não pode mudar nada, que só pode se enraizar ali até que o próprio eu jovem chegue às pressas, o corpo ainda cheio daquela agitação de uma criança que nunca viverá. Ela vê sua versão mais jovem caindo, uivando sobre o cadáver de Art até que aquelas vogais vacilem e comecem a assumir a forma de palavras, palavras que, de alguma forma, convocam a voz de sua mãe, e da mãe de sua mãe, todo um coro de vozes femininas saindo da garganta dela, todas articulando a dor desse momento, todas de mãos dadas, todas pairando ali devido ao arrebatamento daquelas palavras antigas. Alguma alquimia torna público esse momento privado, transforma um som bruto em algo articulado, em arte. O cavalo ouve o uivo animal e compreende, tufos de pelos caindo sobre o jarrete, o casco raspando o chão.

No entanto, a velha misteriosa não é apenas a versão envelhecida de Eibhlín Dubh. Ela também é você, e ela sou eu. Também estamos ambas ligadas a essa figura peculiar; espreitamos através dos olhos dela, estamos envoltas no seu xale escuro. Nós nos curvamos juntas a fim de estendê-lo sobre o corpo de Art. Nós nos doamos para protegê-lo. Ficamos ali com ela para chorar por ele. Essa desconhecida abraça todas nós. Não permitirei que Eibhlín Dubh sofra isso sozinha, nem você. Vamos intervir e ficar com ela. Não podemos permitir que a razão se intrometa nesse momento. Não nos negue isso.

A primeira noite depois desse trágico evento é mais escura do que a escuridão. A égua de Art está ausente. Horas antes, foi puxada por um estranho e, apesar de ter relinchado as suas maldições europeias, ninguém reparou na batida decrescente dos seus cascos.

A porta do moinho está entreaberta, com a luz de uma vela tremeluzindo pela fresta. Dois homens arrancaram a porta mais forte da aldeia das dobradiças, a carregaram nos ombros até aqui e a colocaram sobre um par de barris, depois levantaram o corpo de Art e o deitaram sobre ela — um gesto generoso. Eibhlín está sentada em um banquinho frágil, o corpo balançando. A mão esquerda do marido está agarrada aos dedos dela, enquanto a mão direita dele está aberta sobre um buraco de fechadura vazio. Ela sabe que não pode esperar o abraço firme da mãe e, no entanto, a cada rangido da porta do moinho, não consegue deixar de erguer o olhar.

A mandíbula de Art está escancarada, mas os olhos estão fechados. A chuva se esgueira pelo telhado até gotejar feito um metrônomo num canto. Está esfriando. Junto à parede, um grupo de trabalhadoras do moinho está parado imóvel, com seus xales escuros e parecendo muito sérias. Eibhlín se ressente delas por não chorarem com ela: "e para multiplicar meus mil cataclismos,/ nenhum deles vai derramar uma lágrima por ele". A chuva cai. A chuva cai mais depressa. Ouça: as gotas fazem tica-tica-tica se sobrepondo aos sussurros de estranhos, as fungadas intermitentes, as condolências abafadas, então os que acenam com a cabeça em pesar se vão em direção à porta um por um, para se amontoarem lá fora e, com as sobrancelhas erguidas e as cabeças inclinadas, os rumores se espalham à boca pequena. Mais além, o rio cantarola a velha canção.

A mão direita de Eibhlín se move até a barriga em forma de lua cheia, mas a mão esquerda permanece com a dele, pois, enquanto a segurar, o calor afastará o frio daquele membro. Agora, a coluna dela se endireita. Agora, ela vai começar. Agora, aquelas palavras de novo, aquelas que começaram na colina, quando o queixo dela ainda estava molhado e vermelho por causa dele, quando apenas um animal e uma estranha estavam com ela. Agora, sua boca se abre e o moinho frio, com sua audiência de agricultores, mexeriqueiros, trabalhadoras do moinho e estranhos fica em silêncio, exceto por sua voz.

Se não fosse a voz dela, estaria passando a tarde de domingo em casa com minha família, brincando de esconde-esconde, assistindo a um filme antigo ou trinchando frango assado. Em vez disso, deixei minha filha dormir mais uma vez nos braços do pai, aconchegada e quentinha, a barriga cheia de leite. Diminuo a velocidade do carro perto de uma loja de quinquilharias, estacionando nas proximidades de uma seleção de objetos escorados na beira da estrada: uma daquelas cadeiras confortáveis de lareira, uma bicicleta de criança e vários portões antigos. Aqui estou eu, penso, e, enquanto a porta do carro bate, um bando de estorninhos sobrevoa os telhados de Carriganima — posso ser uma detetive inepta, mas sou uma serva dedicada.

Ultimamente, tenho andado exausta, me ausentando dos meus próprios dias para ir em busca dos dias de outra, e comecei a me sentir incomodada com meu comportamento, me questionando se essas tentativas são de fato mais úteis do que as linhas biográficas abruptas que me provocaram de início. Como ouso bisbilhotar os momentos privados de uma vida, costurando babadinhos onde o molde não exige tal coisa? Meus devaneios coreografaram a chuva nessa aldeia, fazendo-a deslizar no moinho em que Eibhlín Dubh chorava seu luto, apesar de não haver nenhuma evidência real em relação à meteorologia naquela noite. Se meu desejo de fazer com que ela se sinta verdadeira faz dela uma marionete, então isso faz de mim... o quê? Perambulo pela rua em busca de algum vestígio do moinho de farinha, me esgueirando pelas calçadas e por trás dos galpões, com uma garoazinha molhando meu rosto. Volto a percorrer toda a aldeia, tentando e tentando encontrar algum vestígio daquela estrutura. Volto a fracassar. Fracasso com você e fracasso comigo mesma.

Tremendo de frio e um tanto taciturna, me viro para a única porta aberta que encontro. Ultrapassando a lojinha de bugigangas à beira da estrada, uma placa diz A ANTIGA LOJA DE CURIOSIDADES. Lá dentro, o espaço está cheio de pernas tortas de móveis antigos, memórias de futebol, lamparinas a gás, espelhos e máquinas de costura. A garoa se transforma em chuva, batendo no telhado com um desassossego que reconheço: *me deixem entrar, me deixem entrar*. Um homem surge num canto, acena e volta a desaparecer. A palma da minha mão permanece no vidro rachado de um relógio alto, nas pequenas farpas de sua caixa, na fechadura sem chave, na porta entreaberta. Estico a mão para fazer o pêndulo balançar e então, mais à frente, noto um prato de pão lascado, pálido como a lua cheia, com uma aldeia pintada em tons de azul muito intensos, onde um pequeno casal vagueia junto a um riacho. Perdido. Um vaso rechonchudo ali perto brilha azul como as marés de outono em Derrynane. Tanto o vaso quanto o pratinho me custaram um total de três moedas: sorrio ao sair.

Lá fora a chuva amainou e o riacho canta boas-vindas geladas aos meus dedos dos pés ao escorregarem sobre as pedras. Outrora, essa água deve ter acionado a roda do moinho, o impulso líquido fazendo o mesmo círculo dar voltas e mais voltas. Ouça, diz o riacho. *OuçaOuçaOuçaOuça*. Ouço — ou pelo menos tento.

Em Derrynane, caso uma garota se perdesse ou ficasse com medo, ela poderia se orientar virando a cabeça para o ponteiro da bússola do movimento da maré ou pedindo ajuda à irmã gêmea. Não sabemos se Mary segurou a mão da irmã no moinho. Parece improvável, já que um verso inteiro do *Caoineadh* amaldiçoa o marido dela, "aquele palhaço que fala merda,/ aquele covarde patético, todo carrancudo". O que é que ele teria feito para provocar uma aversão tão intensa? A sra. O'Connell escreve com aprovação: "O sr. Baldwin mandou entregar a égua, o que, segundo a disposição das leis da época, era a coisa mais sensata que podia ter feito pela viúva e pelos filhos." Sábio, talvez. Cruel, também. Em um dado momento, durante as primeiras horas de seu sofrimento intenso, Eibhlín ergueu o rosto, com os olhos vermelhos e exausta, para ser informada de que a amada égua de Art tinha sido entregue ao homem que ordenara seu assassinato.

Todos os outonos, quando as folhas começam a sonhar com o dourado, a maré noturna em Derrynane brilha num azul néon. Ela se inunda de fitoplâncton, cada onda agitando minúsculas partículas fosforescentes até que os organismos aquáticos cintilem e fiquem cada vez mais brilhantes, para depois voltarem a ficar opacos aos poucos. Para que um olho humano possa perceber essa bioluminescência, a noite tem de estar profundamente escura.

Depois do enterro de Art, Eibhlín fica deitada na escuridão de um quarto no interior do país, cantando para os filhos adormecerem. Logo será a única a estar acordada; só então o sal lhe escorre pela face. O que vai acontecer a seguir, Eibhlín não sabe — mas nós sabemos. A morte acena para a morte. Acima, assomam sombras de pássaros escuros.

Em casa, luto para me recompor na escuridão que se derrama da vida de Eibhlín Dubh. Tento me distrair na mesma rotina de varrer, limpar, tirar o pó e esfregar. Eu me agarro a todos os pequenos rituais. Acumulo crostas.

Todos os dias, finco os cotovelos no chão e reconheço mais crostas debaixo das mesas e das cadeiras altas, rastejando por entre a gosma de banana, do iogurte e das uvas esmagadas. Vale a pena passar meus dias com os joelhos sujos para recuperar essas meias-luas de pão, ainda úmidas de saliva, moldadas por gengivas e pelo punho, porque são essas crostas que me garantem o momento mais estranho e precioso do dia, quando vou ouvir meu nome voando da boca de um corvo.

Derramo uma caixa de peças de um quebra-cabeça na frente das crianças, depois viro as costas para os dedinhos diligentes e caminho até o jardim. Fresco e macio, o tapete desse cômodo verde. O pescoço de uma sentinela se inclina sem demora para as almofadinhas dos meus pés descalços, o olhar de esguelha traduz o emaranhado de cabelo despenteado para o nome que me deram. Ela abre o bico para bradar essa sílaba dividida pelo vale, e observo todos se erguerem dos aposentos de galhos, vindo na minha direção com guinchos e asas, gritando saudações sombrias.

Quando o governo transmite um alerta de tempestade de neve em nível nacional, os boletins da TV mostram as prateleiras vazias das padarias; agora todo mundo acumula pão como eu. No café da manhã, não consigo mastigar a torrada. Meu estômago embrulha quando tomo um gole de café preto no lugar do pão, sentindo cada gole quente criar asas dentro de mim, exuberantes e escuras.

Até mesmo a menor das privações pode alimentar outras pessoas. Visto de cima, nosso jardim nevado deve parecer branco como uma página, e lá estou eu, uma silhueta feminina, meu centro cortado pela fome, enquanto acima de mim cem asas se abrem em um vendaval.

X. duas estradas, ambas indistintas

Buail-se an bóthar caol úd soir
mar a maolóidh rombat na toir,
mar a gcaolóidh rombat an sruth,

Pegue aquela estrada estreita para o leste
onde cada árvore irá se ajoelhar para você,
[e] cada riacho irá se estreitar para você,

— Eibhlín Dubh Ní Chonaill

I. PASSAGEIRO COMO MOTORISTA

À noite, na cidade, é fácil apagar a escuridão. Aqui, os halos dos postes de luz estão tão próximos uns dos outros que o brilho âmbar se reflete no nosso carro de forma ininterrupta, uma luz constante que se espalha pelo volante e pela mão do meu amor, tingindo a aliança de casamento que gravou com o meu nome.

Gosto de ficar sentada ao lado dele quando dirige — gosto de observar a mão, aquela mão em torno da qual ele logo vai enrolar meu rabo de cavalo enquanto puxa minha cabeça para trás para me beijar. Também gosto de observar o rosto, o sorriso que cresce quando sente meus olhos sobre ele, sabendo que em breve chegaremos aos quartos onde dormem nossos filhos e às paredes contra as quais vai me empurrar até eu gemer na palma da sua mão. Na noite em que encostei os lábios nos dele pela primeira vez, tínhamos ambos dezenove anos e, apesar de ter passado um ano desde que me tiraram das grades do rio, meu cabelo ainda estava úmido. Com ele, enfim, comecei a rir. Ele entrou na minha vida sem fanfarra nem glamour. Não houve fuga. Ele simplesmente despencou no caminho ao meu lado, com seu sorriso fácil, suas camisetas velhas, suas calças jeans gastas e seu passo firme. Agora, estamos percorrendo a mesma estrada que percorremos de mãos dadas quando éramos adolescentes, mas ainda mais depressa.

Perto dos subúrbios, as luzes se tornam mais espaçadas. Observo poças de escuridão que se movem sobre o rosto dele; a rapidez com que elas se infiltram e se dissipam. Disparamos juntos através daquelas pequenas trevas, um pouco atrasados para a babá e um pouco famintos um pelo outro. O carro continua sendo iluminado de cima de forma intermitente, mas as poças de escuridão são agora mais longas. Não reparo em qual é a última luz.

Os faróis do carro são inúteis no entroncamento, os gêmeos amarelados olhando para a frente, iluminando apenas um emaranhado de arbustos. O instinto ou o hábito nos leva a inclinar a cabeça para a esquerda, para a direita e de novo para a esquerda, em sinal de vigilância, embora não consigamos ver nada através da escuridão sólida que pressiona o vidro. Na ausência de qualquer luz nas redondezas, ele segue em frente. Tremo quando o rugido monótono do motor nos empurra para o invisível. Não sei se posso esperar pelos dedos dele até chegarmos em casa, e talvez, penso, talvez eu pudesse pedir para ele encontrar uma passagem tranquila, um local secreto onde pudéssemos — só por um minuto —, mas agora estamos dobrando uma esquina, e agora ele está pisando no freio, e agora o carro está guinchando e parando de forma brusca e dolorida.

Ambos erguemos as mãos, escudos frágeis contra aquela luz súbita. Nenhum de nós fala, apesar de os dois enxergarem o homem parado ao lado de um táxi, o rosto vazio, enquanto o pisca-alerta de outro carro ressoa do vermelho para o preto e do preto para vermelho. Além do homem, vejo outro homem, ou talvez dois, cada um com o celular ao ouvido, e abaixo deles, agora, noto outra coisa. Alguém. Uma silhueta, estendida ao longo da linha branca. Uma silhueta de minissaia e sapatos de salto alto. Uma silhueta que está se contorcendo. Uma mulher.

Essa encosta cega, onde a estrada se retorce de forma tão acentuada tanto no início quanto no final, é o lugar mais traiçoeiro que consigo imaginar para uma jovem ficar deitada sozinha no escuro. "Não", meu marido diz. "NÃO. Não faça isso", mas meu cinto de segurança faz um *tica* e a maçaneta da porta faz *tica-tica*. "Não", ele diz de novo, "as pessoas já estão ajudando", mas meu corpo já está se erguendo, saltando do carro, e talvez uma esposa melhor obedecesse, deixando os outros resolverem essa crise desconhecida, talvez uma pessoa melhor desse ouvidos, mas já não consigo escutar a voz dele porque agora estou correndo pela escuridão, correndo e me ajoelhando e tocando no ombro dessa estranha, perguntando seu nome.

Não vejo sangue, nenhum osso quebrado, mas ela está uivando e se balançando, balançando, balançando de um lado para o outro. Pneus cantam, fazendo outro veículo parar em diagonal atrás do nosso e, quando olho para trás, acredito ver a sombra do meu marido se encolhendo no assento. O motorista do táxi se aproxima, erguendo os braços num encolher de ombros visível, as palmas para cima absolvendo a si mesmo, falando depressa: "Não toquei nela, juro, quando peguei ela, ela estava brigando com o namorado, ela o acertou em cheio no rosto e então ele chutou ela bem na" — o dedo apontando para a virilha — "e ela simplesmente se atirou para dentro do carro chorando, sabe como é, e quando diminuí a velocidade para perguntar se estava tudo bem, ela se jogou porta afora, e não posso deixar ela ali, né, mas também não posso arrastar ela para dentro do carro se não quiser ir, e" — o celular dele toca e ele se vira para atender, ainda resmungando por cima do ombro enquanto fala — "ela ainda vai matar todo mundo com essa atitude, essa egoísta, essa p... Alô? Sim, escuta, chego assim que...".

A mulher não pronuncia palavras discerníveis, mas solta um uivo baixo entre os dentes que batem. Sou dominada pela vontade materna de abraçar, de confortar, de proteger, mas sobretudo pela vontade de recitar aquelas palavras mágicas que sempre pressionam o botão de reiniciar e que sempre evocam a calma depois do pânico. Ergo o rosto dela com as mãos, meus olhos encontram os seus e digo: "Vai dar tudo certo." Ergo o corpo triste dela e a conduzo, a palma da mão pousada com suavidade no seu cotovelo. Enquanto caminhamos juntas na escuridão, meus ouvidos e olhos estão muito atentos, aterrorizados com a possibilidade de um carro fazer a curva depressa demais para poder frear. Sei que não posso curá-la, mas faço o que posso, a coloco em segurança no carro, acaricio o cabelo dela até que os soluços diminuam. Pergunto se precisa do hospital e ela abana a cabeça. Pergunto se quer ir para casa, se se sente segura no táxi, e ela acena com a cabeça, então ponho seu cinto de segurança, bato a porta e nunca mais a vejo.

Quando volto para o carro, meus dedos estão trêmulos demais para afivelar meu próprio cinto de segurança, por isso meu marido o pressiona com um suspiro exasperado. Está zangado. "Aquela moça estava tão bêbada que amanhã nem vai se lembrar de você. Você podia ter matado a gente", ele diz, "e por quê?". Quero perguntar por que é que ele não ajudou também, mas, antes mesmo de girar a chave, uma van passa por nós, fazendo do nosso carro um eco frágil de sua velocidade. Então enxergo com clareza: ao abandoná-lo aqui, nessa curva cega, para correr para o escuro — destemida, ou imprudente, ou as duas coisas —, minhas ações puseram ambos em risco. Para ele, eu estava simplesmente interrompendo uma situação que já estava sob controle: havia outros ali que certamente teriam resolvido toda a confusão. Eu vira algo muito diferente naquelas sombras masculinas que caíam sobre uma mulher esparramada no chão. Ao girar a chave, os lábios dele estão brancos de tão comprimidos.

A raridade da raiva dele a torna surpreendente. Peço desculpas e seguimos viagem em silêncio. Eu me pergunto por que esses impulsos estão entranhados em mim: o pedido de desculpas rápido, sim, mas também o desejo que pode surgir a qualquer instante, mais rápido do que um estímulo sináptico, me fazendo correr para a escuridão, depressa demais para ser detida pelos berros da razão. Ao tentar fazer o que é certo para uma, ponho outro em perigo; ao tentar ajudar uma estranha, prejudico meu marido e meus filhos. Sequer parei para pensar neles. Mesmo agora, com o carro ganhando velocidade, vibro com a faísca da conquista, com o prazer de dar minha pequena ajuda à outra pessoa, com a emoção de fazer uma gentileza sem esperar nada em troca. No entanto, não sinto que possa receber qualquer crédito pelas minhas ações — foi quase como se estivesse sendo levada até a escuridão por uma força poderosa demais para resistir a ela. Como são misteriosos os nossos instintos, esses motores que rugem de forma repentina para nos direcionar para novos fins.

Por todo o caminho até em casa, fiquei pensando na pergunta dele, "e por quê?". Ainda penso nela enquanto escovamos os dentes, enquanto ele me envolve com os braços e me beija o pescoço, e então adormece. No escuro, percebo que só há um modo de classificar esse incidente como transacional, mas é esotérico demais para revelar a ele e, além disso, não consigo me forçar a acordá-lo. Em vez disso, permita que eu diga a você. Talvez tenha sido a familiaridade de me doar que me fez saltar do carro, mas, no instante em que me inclinei na direção daquela estrada, estava escuro — escuro feito um rio —, escuro o suficiente para despertar em mim uma velha sensação. Ao ajudar aquela desconhecida a se levantar, eu talvez fosse uma sombra-gêmea do desconhecido que certa vez tirou meu eu choroso e bêbado das grades de outro rio, em outra noite. Ao embalá-la, talvez estivesse embalando meu velho eu dolorido. Talvez houvesse uma equivalência embutida naquele momento, uma estranha reciprocidade. Ao sussurrar a uma estranha que ia dar tudo certo, talvez estivesse lançando um feitiço em todos nós com nossa tristeza e nossa dor, na dor dela, na dor dele e na minha, e talvez fosse verdade, talvez tudo fosse dar certo dessa vez. Talvez já tivesse dado.

II. MOTORISTA COMO PASSAGEIRO

Muito tempo depois, outra noite de sexta-feira me encontra sozinha e acelerada, nas profundezas de um rio. Aqui embaixo tudo é claro, mesmo quando o mundo lá em cima está escuro. Imagino aquilo que se move invisível para além do túnel: as camadas de escuridão esmagadora e todos os galões de líquido ágeis desviando a carga de trutas e lúcios, tantos olhos, tantos corações acelerados pelo rio caudaloso, enquanto o luar dança brevemente na superfície. Lá embaixo, estou atravessando um túnel de fluorescência deslumbrante, com o meu rádio tão alto que o baixo pulsa atrás do meu esterno. Quando o túnel começa a se inclinar para oeste, meu pé volta a tocar no pedal, me levando depressa noite adentro.

Fui convidada a ir à minha cidade natal para ler meus poemas, então estou seguindo essa estrada de volta aos campos pequenos e úmidos onde inúmeras encarnações da minha família acordaram, manhã após manhã, dia após dia, século após século. Com a velocidade de um ímã, passo por placas que se repetem — [DEVAGAR] [DEVAGAR] [DEVAGAR] — passando por janelas escuras, pela silhueta de dois cavalos que dormitam na sombra das árvores. Esse é o caminho para casa. Essa minha velocidade é muito recente; o mais rápido que a mãe da minha avó poderia ter se movido era em velocidade de galope. Por quilômetros e quilômetros de paisagem noturna, as quatro rodas giram impassíveis como mostradores de relógio e, acima, há um fino recipiente de metal cheio de calor e música e de um corpo quente com um pequenino coração pulsando e uma boca cheia de música: eu.

Rápida, a virada do corriqueiro para a catástrofe. Em uma estranha câmera lenta, percebo que as luzes que se aproximam de mim não são os sinalizadores inócuos do lado oposto da rodovia. Não, esses faróis estão vindo na minha direção. Errada, acho, na direção errada. O tempo desacelera para uma clareza nítida quando os faróis que se aproximam se tornam vermelhos, depois voltam para o branco. O carro se choca contra o canteiro central, girando agora, girando loucamente em círculos caóticos em ambas as pistas, permitindo que eu vislumbre outra coisa em movimento atrás dele — outro veículo, também girando —, e sou insignificante e irrelevante, me movendo inevitavelmente em direção a dois veículos, ambos girando como entidades paralelas no espaço profundo, cada um descrevendo o próprio arco, enquanto me aproximo deles, agarrando o volante e cerrando os dentes. O rádio ainda deve estar tocando, mas não ouço nada. Não ouço absolutamente nada.

Meu corpo, prevendo o choque, muda para alguma magia há muito enterrada, sussurrando *ah, meu Deus, ah, meu Deus, ah, meu Deus ah, meu Deus*, e a minha respiração é curta e rascante. Sou um fragmento, uma destilação frágil de todos os seres humanos que colidiram naquele padrão aleatório e que por fim deu origem a mim, uma mulher que deu à luz quatro filhos, que desperdiçou seus dias em tarefas domésticas e devaneios, uma mulher que viveu por trinta e seis anos antes de se encaminhar para uma morte terrível na rodovia. Minha mente se volta para meus filhos, aconchegados e sonhando, enquanto no andar de baixo meu marido está tomando uma cerveja e assistindo esportes na TV, alheio. Meu coração dói. *Ah, meu Deus, ah, meu Deus.* Minha boca ainda se move quando meu carro atinge a colisão.

O primeiro carro está girando mais rápido agora, enquanto deslizo num arco pela lama profunda além do acostamento. As rodas giram e escorregam. Estremeço, sentindo os destroços rolando e batendo violentamente debaixo do carro, tantos fragmentos quebrados de plástico, metal e vidro, todos voando, disparando abaixo de mim rumo ao acostamento onde ficarão embutidos. O carro escorrega para o lado quando passam por baixo, o volante se afasta de mim com a rapidez de um tapa na cara. Enquanto minhas mãos lutam para controlar o volante, a mente voa para longe, pensando se um estranho algum dia vai se curvar naquela terra, levantar um estilhaço e se perguntar a respeito do momento em que foi arrancado do todo. Ainda assim, agarro o volante, ainda *ah, meu Deus, ah, meu Deus*, virando bruscamente para a margem, ainda assim, os dois carros giram, cutucando um ao outro agora, e se há sombras humanas nesses veículos, não as vejo. A sensação é de que estou sozinha nessa escuridão, os pés dançando nos pedais, desviando de dois carros vazios e girando.

Então, de forma surpreendente, escapei. Escapei, penso, já escapei, estou do outro lado e, de algum jeito, de algum jeito, estou viva. Minhas mãos estão tremendo fora de controle e percebo que estou chorando, embora não saiba quando as lágrimas começaram. A respiração ofegante continua, a magia do *ah, meu Deus, ah, meu Deus, ah, meu Deus.* Forço a boca a parar. Inspiro, ligo o pisca-alerta, desligo o motor e tento ligar para os serviços de emergência. Minhas mãos tremem tanto que são necessárias três tentativas até que comece a tocar.

Uma mulher excepcionalmente calma anota os detalhes e pede que eu "Por favor, repita isso". Meus olhos disparam enquanto falo, olhando para os lados, para trás e de novo para a frente, mas está tão escuro lá fora que não consigo enxergar nada; meu espelho retrovisor parece muito vazio e muito cheio. Quando lhe pergunto o que devo fazer, estou me entregando mais uma vez; estou colocando minha decisão nas mãos dela. Quando lhe pergunto o que devo fazer, estou avaliando outra corridinha no escuro contra o deslizar fácil em direção à outra pessoa. Quando lhe pergunto o que devo fazer, ela sabe a resposta e a oferece com uma firmeza que é inequívoca. Ela me proíbe de correr de volta para os outros carros. Em vez disso, ordena que siga em frente, "Sim, agora, imediatamente", por medo de causar uma nova colisão. Ela compara minha possível ajuda com o perigo que poderia representar para os outros e me diz que devo ir embora.

Faço o que me mandam. *Boa menina*. Meus joelhos estão tremendo e o volante continua escorregando pelas palmas das mãos suadas. Talvez nunca tenha sido tão nítido quanto imaginei; talvez cada um de nós seja capaz de escolher uma direção diferente, dependendo da estrada em que nos encontramos. Talvez as versões caleidoscópicas de nós mesmos que habitam nossos dias e noites sejam capazes, de fato, de qualquer coisa. Nessa noite em particular, uma voz calma me diz o que fazer e, dessa vez, não a desafio. Dessa vez, compreendo o sentido da ordem e a cumpro. Agradeço à voz no celular. Digo tchau.

Todos os espelhos estão carregados de preto. As consequências de negar meus impulsos são excruciantes. Meu desejo de ajudar não desaparece quando acelero — ele me atormenta, gritando sem parar na escuridão através da qual dirijo. Será que deixei alguém uivando atrás de mim? Amanhã vou passar horas procurando nos noticiários locais qualquer registro de uma colisão grave e não vou encontrar nada, mas ainda não sei disso. Agora eu me obrigo a fazer o que me foi dito. Nessa estrada, saio dirigindo.

XI. borrão. borrão.

Thugas léim go tairsigh

Dei três saltos — o primeiro até a soleira da porta

— Eibhlín Dubh Ní Chonaill

UMA DISTRAÇÃO FUGAZ da angústia pode ser encontrada ao planejar uma vingança. Ou duas.

Na Raleigh House, Eibhlín Dubh estava de luto. Também estava tramando.

Em silêncio, dedos destravam a porta de um estábulo.

Em silêncio, muito em silêncio, cascos são abafados por sacos de aniagem.

Em silêncio, o fio é amarrado, a corda é puxada.

Quando Eibhlín Dubh recebe a égua de volta, dá as boas-vindas aproximando a testa à testa do animal: duas faces, cada uma envolta no calor do hálito feminino.

Outras pessoas, no entanto, começam a se preocupar. Que punição Morris poderia infligir ao descobrir esse roubo? A única defesa que alguém poderia sugerir nessas circunstâncias é a ocultação; um problema como esse devia ser escondido.

O tiro envia um som de ricochete galopando pelos muros do pátio. Mais uma vez, as pernas da égua tremem como as de um potro, um lento movimento que faz com que seus cascos se movam em ondas mais uma vez, batendo contra a terra. Mais uma vez, o sangue quente e úmido se espalha pela lama. Ela fica quieta. Seu corpo pode agora ser enterrado em qualquer lugar, mas a cabeça não pode — com suas marcas únicas, ela ainda poderia ser identificada como sendo de Art. Então, a separação necessária, a lâmina, e o vai e vem da lâmina. A pedra da lareira é empurrada para o lado como uma porta. Com pás, os homens cavam o cômodo no qual sua cabeça deve permanecer. O crânio sob uma pedra: quando Eibhlín se senta perto do fogo, nunca está sozinha.

Poucas semanas após os disparos, um inquérito legista é convocado. Em oposição às afirmações anteriores da magistratura de que o assassinato desse "fora da lei" era legítimo, o inquérito afirma "um veredicto de que Abraham Morris e o grupo de soldados eram culpados do assassinato intencional e arbitrário de Arthur O'Laoire". Todos os soldados envolvidos — inclusive Green, cujo tiro de mosquete matou Art — são transportados para o que era então chamado de "Colônias das Índias Orientais". Morris permanece na Irlanda, embora logo abandone a grandiosidade de Hanover Hall e arranje quartos temporários em uma hospedaria da cidade.

Em um verso do *Caoineadh*, às vezes atribuído ao pai de Art (que, ao que parece, faleceu vários anos antes de Art), Eibhlín se revolta contra o autor de todos os seus infortúnios.

Morris, seu covarde; a você, desejo angústia! —
Que sangue ruim jorre de seu coração e
e de seu fígado!
Que seus olhos desenvolvam glaucoma!
Que os ossos de seus joelhos se estilhacem!
Foi você quem abateu meu bezerro,
e não há um homem em toda a Irlanda
que ouse atirar em você de volta.

Talvez a vingança possa ser considerada o oposto do altruísmo. Enquanto o último deixa uma interação humana desequilibrada, a vingança exige um equilíbrio rigoroso da equação. Olho por olho. Dente por dente.

A segunda retaliação ocorreu no dia 7 de julho, quando Cornelius, irmão adolescente de Art, galopou pelas estradas enlameadas e paralelepípedos que levavam ao fedor de esgoto da cidade. Ele sabia que Morris havia alugado quartos na pousada de Boyce, então escolheu um lugar perto de Hammond Lane e se encostou discretamente a uma parede. A condição atmosférica obscureceu a forma de sua arma — os magistrados afirmaram mais tarde que pode ter sido um mosquete sob o casaco dele, ou talvez um bacamarte. Enquanto observava as idas e vindas da hospedaria, seu dedo enlaçava o metal frio. A luz do dia se esvaiu. Às onze horas, a noite de verão tinha atraído a luz para algumas janelas e uma escuridão sonolenta para outras. Além dessas cortinas, o sono começava a entrelaçar o estranho tecido do sonho humano, enquanto, na rua, Cornelius bocejava.

No interior, Morris também estava ficando cansado. Ele subiu as escadas até o quarto, trancou a porta e começou a se preparar para dormir enquanto sons de alegria embriagada se elevavam do lado de fora da janela. No instante em que Cornelius vislumbrou a silhueta de Morris na janela, seu coração disparou e suas bochechas arderam. Ele mirou. O vidro espalhou as lascas frias pelo quarto, e Morris se assustou, cambaleando para trás. Vários tiros falharam, cravando-se logo abaixo da janela, mas um deles atingiu seu corpo, perfurando o calor entre a caixa torácica e o quadril. Antes que os joelhos de Morris encontrassem o chão, antes do primeiro grito de socorro, Cornelius já se afastava correndo. Seu coração batia forte enquanto avançava pelas ruas lamacentas e vielas escuras da cidade, o peito arfando, até ouvir o sussurro baixo das ondas do rio nas docas. Logo estava de pé no convés de um navio, virando o rosto para o horizonte. Talvez a névoa salina tenha atingido suas bochechas. Talvez as bochechas estivessem secas.

Os magistrados foram rápidos em emitir uma proclamação para a captura de Cornelius. Entre os anúncios contemporâneos contra os suspeitos de "levar à força Arabella Allen, de CORK, solteirona, com a intenção de se casar com ela", e aqueles "que roubaram o gado de Thomas BUTLER, de Woodvill", há uma proclamação "contra as pessoas que atiraram no quarto do Ilmo. Sr. Abraham MORRIS, de Hanover Hall, no Condado de Cork, em seu alojamento na cidade de Cork". Uma quantia substancial havia sido recolhida dos aliados de Morris, incluindo um montante de mais de 45 libras de William Tonson, um deputado em exercício, e 100 guinéus do próprio Morris. Nos meses seguintes, a recompensa aumentou. Cornelius, entretanto, havia chegado à América e nunca mais voltaria. As vozes dos dois irmãos estão perdidas para sempre nas salas de Raleigh.

Apesar dos ferimentos, Morris não morreu. Ele sobreviveu para chegar mancando ao julgamento do assassinato de Art e para sair mancando de sua absolvição. No dia 6 de setembro de 1773, o *Cork Evening Post* declarou: "No último sábado, 4 de setembro, em Cork, Abraham Morris foi julgado pelo assassinato de Arthur O'Leary, onde foi absolvido com honra". Morris pode não ter sofrido uma punição oficial pelo assassinato de Art, mas sofreu muito com o ferimento, que nunca cicatrizou. Durante anos, deve ter chorado em meio a sonhos febris e sucessivas infecções e agonias, até que elaborou um plano para financiar sua recuperação. Todos os seus pertences seriam convertidos em dinheiro. No dia 1º de julho de 1775, um anúncio foi publicado no *Cork Evening Post*:

> Para serem vendidos em leilão em Hanover Hall, a residência de Abraham Morris, que se ausenta para tratar da saúde, todos os móveis da casa, bois, vacas, ovelhas, utensílios agrícolas e outros.

O que faria com o dinheiro? Para onde iria? Meses depois, um segundo anúncio foi publicado:

> Cork: 25 de setembro de 1775: Solicita-se aos credores do Ilmo. Sr. Abraham Morris que enviem suas demandas a James Boyce, de Hammond's Marsh, onde serão encontrados os métodos mais rápidos para quitá-las.

Todos os estudos que encontrei deduzem que Morris morreu de complicações decorrentes do ferimento dois anos depois de este lhe ter sido infligido — uma morte extraordinariamente lenta e dolorosa. Dá para entender em que se baseia essa dedução: por que outro motivo o proprietário do alojamento de Morris estaria pagando dívidas no nome dele? Ainda assim, não consigo resistir ao impulso de procurar seu nome nos registros de sepultamento. Não achei. Ainda não encontrei evidências da morte de Abraham Morris.

Três vezes escrevi cartas de súplica para a Raleigh House, mas a casa está em silêncio, a casa não responde. Por fim, confio em um bibliotecário gentil que fica com pena de mim, enviando um amigo que tem em comum com a atual ocupante da casa para pleitear isso em meu nome. A resposta, quando chega, é indiscutível: a mulher não quer tornar públicos os cômodos privados. A porta nunca cederá ao meu ombro. Quando choro, choro por mim, choro por você e choro por Eibhlín.

Depois das lágrimas, no entanto, não consigo dormir por causa da culpa corrosiva. Fico deitada na privacidade da minha cama e imagino como seria irritante ter um estranho pressupondo que tem o direito de se intrometer na sua casa. Chego a me odiar pela arrogância egoísta dos meus pedidos insistentes. Mais uma vez a ilusão de controle: talvez não consiga desfazer minhas intromissões desajeitadas na vida dessa mulher, mas posso controlar o ritual do gesto. No escuro, minha tela é uma vela.

Em breve, as ruas de Macroom acordarão com o canto dos pássaros. Haverá passos e, em seguida, uma chave num buraco de fechadura. Uma mão vai recolher os objetos que escolhi: rosas brancas, frésias, eustomas lilases e flor-de-São-Miguel, cravos e crisântemos. Esses caules serão amarrados com barbante e envoltos em celofane, depois amarrados com fitas e identificados, e tudo isso será levado até a porta de Eibhlín Dubh.

O osso de um dos dedos irá bater na porta.

Atrás da porta, o som de passos. O clique de uma chave.

Essa porta se abrirá, se não para mim, então para o presente: um buquê e um bilhete para dizer *Me desculpe*. No entanto, essa coreografia não compra apenas um pedido de desculpas. Também garante uma entrada oblíqua. Em Raleigh, os pálidos botões de rosa vão se abrir no escuro. Em uma escuridão mais antiga, o ar noturno também se torna perfumado, onde Eibhlín está sentada sozinha. Debaixo de seus pés descalços, há uma pedra de lareira e, sob essa pedra, há um crânio, macio como uma pétala de rosa caída.

Ao amanhecer, pegadas úmidas me seguem pelo nosso jardim encharcado de orvalho, onde um corvo me observa seccionando um único caule com uma tesoura. Corto. Ao colocar essa flor no vaso que me encontrou em Carriganima, minha orquestração astuta eleva o aroma de rosas simultaneamente através do tempo e do espaço, tanto nos meus cômodos quanto nos cômodos de Eibhlín. Esse vaso, tão azul, combina com a maré iridescente em Derrynane, que também está em movimento agora.

Quem está assombrando quem?

O irmão de Eibhlín, Maurice, agora senhor de Derrynane, não estava disposto a estender seu perdão. Na opinião dele, a morte de Art havia trazido ignomínia para Eibhlín e, por associação, para Derrynane. Em junho de 1773, seu irmão Daniel escreveu da França:

Fiquei sabendo do destino infeliz do pobre Arthur O'Leary. Não consigo expressar o quanto fiquei chocado com isso. O breve contato que tive com ele me deu uma opinião mais favorável do que a que supusera a princípio. Ainda assim, previ que sua violência e seu temperamento ingovernável o levariam infalivelmente ao infortúnio... No entanto, é um grande consolo ter a certeza de que ainda resta algum sustento para seus órfãos e sua viúva... Você é generoso demais para aumentar o infortúnio dela. Tenho certeza de que já se esqueceu de que ela o ofendeu, e permita-se exercer sua amizade por ela e pelos filhos.

Não encontrei nenhum registro da resposta de Maurice a essa carta. A carteira de Derrynane sustentava muita gente, mas não seria aberta para essa irmã.

Em agosto, apenas um mês após Morris ter sido baleado, festividades foram planejadas em Derrynane. Nancy, a irmã mais nova das gêmeas, ia se casar. Não havia nenhuma chance de Eibhlín Dubh comparecer às celebrações, mas Mary compareceu, com o marido, os lindos filhos e os baús de viagem cheios de roupas finas.

Na década que se seguiu à sua partida de Derrynane, ela se transformou em uma deslumbrante dama da sociedade. Mary era agora conhecida como a bela sra. Baldwin de Clohina, célebre pelo refinamento, pela graça e pela elegância dos seus modelitos. No verão de 1773, tinha trinta anos de idade, era mãe de seis filhos, uma companhia encantadora e profundamente sofisticada. O vestido que escolheu para a ocasião era tão bonito que se tornou o assunto da festa. Um século depois, as pessoas ainda falavam dele, como descobriu a sra. O'Connell —

> A velha srta. Julianna O'Connell lembra-se de pessoas idosas lhe dizendo, quando ela era jovem, que a sra. Baldwin era uma criatura muito bonita e que costumava se vestir muito bem, especialmente em alguma ocasião especial. Achava que era ao casamento de Nancy que tinha ido com a linda filha. Mãe e filha estavam ambas ostentando vestidos de seda de cintura alta, abertos, em cima de anáguas acolchoadas de cetim azul, e a mais bela touca de renda cobria parcialmente os cabelos dourados que sabiamente não empoara com pó de arroz. Quando seu irmão, Dan, viu as seis crianças, imediatamente reivindicou essa pequena donzela e três das mais bonitas como verdadeiras O'Connells, enquanto o pobre irmão Baldwin observou, rindo, que estava apenas considerando as mais simples como Baldwins.

Enquanto sua família ria e dançava no casamento de Nancy, Eibhlín Dubh não estava na sala; ela tinha ido embora.

Nos meses seguintes, as cartas não fazem mais nenhuma menção — nenhuma menção mesmo — a ela ou aos filhos. Essa afirmativa é baseada na correspondência entre irmãos. Talvez possamos inferir, como faz a sra. O'Connell, que Maurice não se deixou influenciar pelo apelo anterior de Daniel por compaixão, pois três verões mais tarde, Daniel repete o pedido. Em 6 de julho de 1776, ele escreve:

> *Seria possível fazer com que seu coração esqueça as falhas da infeliz Viúva Leary, a caridade e a miséria e os infortúnios dela clamam por misericórdia. Gostaria que fosse possível, que pudesse ser assim, mas não ouso insistir nisso por ter uma ideia das ofensas dela. No entanto, do bom coração de meu querido Maurice tudo pode ser esperado.*

Siga apenas seus ditames e me atrevo a afirmar que você a perdoará.

Esse é um equilíbrio delicado, a corda bamba entre respeitar a raiva justa de um patriarca e incentivar a proteção de uma viúva. Toda vez que leio essa carta, fico preocupada com a frase do irmão sobre "a miséria e os infortúnios dela" e "as ofensas dela". Podemos supor que ele esteja se referindo à morte de Art e à perda da gestação? Ou será que alguma nova catástrofe a atingiu nos anos seguintes? Não consigo me obrigar a infligir mais sofrimento a Eibhlín. Quando tento imaginar esses anos dela, vejo somente o turbilhão de estática da TV. No entanto, a sra. O'Connell é mais otimista. Ela sugere que uma eventual reconciliação ocorreu entre Eibhlín e a mãe, que Máire "a perdoou [...] sob a alegação de que não se poderia esperar que nenhuma mulher resistisse às súplicas de um pretendente tão bonito e atraente". Máire Ní Dhuibh compreendeu a força do desejo feminino.

Em 1791, dezoito anos após a morte de Art, Eibhlín aparece pela última vez nas cartas da família. Não mais "a infeliz viúva O'Leary", ela se torna novamente "a nossa irmã Nellie". Aos quarenta e oito anos de idade, ela é reduzida a um apelido carinhoso, um rápido arranhão de uma pena no interior de um texto masculino. Nunca consegui encontrar a data da morte ou a lápide do meu amado fantasma, mas toda vez que releio as cartas dos irmãos, choro o ponto em que o nome dela desaparece.

Tento imaginar os pequenos tesouros dos seus dias, tudo o que viu e com que se alegrou: ver os filhos começarem a correr, cavalgar, ler, com os rostos iluminados pelo antigo sorriso de Art. O voo dos morcegos e das andorinhas. Os galhos que cresciam mais a cada ano, as folhas que ficavam douradas, caíam e depois brotavam verdes de novo. Todos os fragmentos lembrados de antigos sonhos, todas as frustrações, as preocupações com dinheiro, as listas, os dias das dores da ovulação (como o apelido da mãe) e de polimento de latão, os dias evitando desperdícios nos jantares para alimentar as muitas bocas, os dias de expressões corajosas e de cerzir, os dias sem cartas, sem notícias da irmã ou do irmão, os dias de solidão, os dias de lavar as roupas. Os filhos acenando para ela do jardim, das selas, das carruagens, sempre acenando quando saem. Acenam, os meninos dela. Acenam e acenam.

XII. presságio — de aviões e estorninhos

I. PLACENTA/CONSEQUÊNCIAS

Num anoitecer de novembro estou empurrando minha filha adormecida pelo mesmo caminho da cidade que Cornelius percorreu certa vez, quando ouço estorninhos. Eu os vejo, então — vinte ou mais —, garras agarradas a um tapume grafitado à frente. Como uma fileira de DJs de alguma casa noturna, eles inclinam o pescoço e acenam com a cabeça ao ritmo da batida, depois, bico por bico, começam a remixar a paisagem sonora. Primeiro, um alarme de incêndio evocado, depois um fragmento de fala humana, em seguida a ignição de um carro misturada ao vinil giratório de uma tampa de lixo caindo, o tique-tique de um isqueiro, alarme de incêndio mais uma vez, alarme de incêndio, alarme de incêndio, cada vez mais alto, até que a melodia se eleva num grito. De novo. De novo. Esses pássaros são barulhentos, mas minha filha não se mexe. Me pergunto se está incorporando o canto deles ao sonho dela.

Quando me aproximo, eles voam em direção ao céu: uma murmuração miudinha, manchas de tinta rodopiando numa página incompreensível. Intraduzível: trata-se de uma exibição sinistra, um aviso aos predadores ou uma alegre despedida do dia? O que, exatamente, estão tentando dizer? Faço uma pausa, o pescoço fica rígido e esquisito. A sensação de observar algo tão sinistro se erguendo sobre a cidade me faz lembrar de outra coisa. Algo que ainda não contei a você. Semanas antes de o transdutor da médica passar devagar sobre minha barriga, uma aeronave sombreava essa cidade, um avião que não voava pelo céu. Voava atrás dos meus olhos. Eu era o azul através do qual ele transportava a carga humana e, embora ainda não soubesse disso, aquele avião, enquanto se movia através de mim, era um presságio.

O sonho sempre se desenrolava da mesma forma. Eu me pegava observando ociosamente um avião enquanto ele sobrevoava a cidade, subindo em um ângulo que parecia normal, mas que depressa se tornava errado, uma subida que se tornava íngreme e mais íngreme e ainda mais íngreme, até que — horror — ele girava sobre si mesmo e começava a baixar, virado para cima e plano, mergulhando depressa até cair, fazendo da rua uma poça de chamas. Toda vez que explodia, eu acordava abalada. Só agora percebo como meu corpo estava tentando desesperadamente me acordar, traduzindo uma placenta em deterioração numa linguagem visual que poderia me fazer agir. Não deu certo; embora estivesse perplexa com essa visão recorrente do sonho, nunca me perguntei se poderia haver alguma coisa ali. Todas as manhãs, quando entrava na cozinha, os olhos turvos, meu marido me beijava e sorria: "Não me diga — outro avião?" Então eu seguia em frente, me voltando alegremente para a lista do dia, apagando palavra após palavra e tarefa após tarefa, cada exclusão uma tentativa de apagar a sensação arrepiante de pavor que o sonho deixava na sua esteira.

Nunca questionei o sonho até que me vi deitada perto da janela de um hospital, o rosto pressionado contra um travesseiro úmido. Estava sozinha. O azul que observava era pontuado apenas por um pássaro ocasional e pelo rugido e a pressa dos aviões, mergulhando em direção ao aeroporto no horizonte. Observava aquelas aeronaves aterrissarem, uma a uma, levando turistas em segurança para a mesma cidade com a qual havia sonhado, e então entendi.

Eu me lembrei dos olhos dos médicos acima das máscaras cirúrgicas no dia anterior. Devem ter examinado minha placenta anômala como um estudioso poderia examinar um manuscrito cheio de lacunas, procurando por pistas. Pós-parto: esse receptáculo vermelho, na sua anomalia inaudível e inexplicável, tinha sido fonte de nutrição e de perigo para a minha filha. Somente graças à vigilância da nossa médica é que esse receptáculo conseguiu transportar sua carga até o nosso mundo. Em que um presságio se transforma se frustrarmos a destruição que estava prevista? Se as cordas da harpa se partirem, mas ninguém morrer, quem vai narrar isso?

Quando penso nos sinais que somos ensinados a temer — a gralha solitária, o espelho quebrado — fico pensando na sentença de morte que brotou de cada um e na repercussão ausente que se seguiu. Todos os nossos presságios encerram o mistério de alguma consequência humana grave, agora esquecida, deixando apenas um simbolismo cintilante em seu rescaldo. Na tentativa de compreender uma reviravolta desafortunada, podemos procurar um presságio como prelúdio, pois encontrar esse sinal impõe significado ao que é caótico. Ao buscar um presságio, com frequência buscamos um pássaro.

Em maio de 1622, um século e meio antes da morte de Art, a cidade com a qual sonhei estava em chamas. As chamas atravessaram todos os caminhos e cômodos, demolindo quase todas as estruturas que encontraram, fossem compostas de palha e madeira ou de sangue e dentes. No cheiro de fumaça que restou, um sobrevivente deduziu que a peculiar ocorrência aviária de quinze dias antes devia ter tido algo a ver com esse incêndio catastrófico. *Um presságio.* Essa sugestão, uma vez pronunciada em voz alta, se espalhou depressa, pois *Sim*, disseram, *Sim, é claro* que os pássaros eram um presságio do incêndio que estava por vir. Todos tinham visto os dois enormes bandos de estorninhos que se reuniram no céu naquele dia, gritando aquelas melodias sinistras, não é mesmo? Todos também tinham visto a guerra de pássaros que se seguiu, deixando vários cadáveres emplumados espalhados por toda a cidade. Ninguém havia entendido a princípio, mas de repente o incêndio fez sentido, agora que podia ser reescrito como a repercussão de um presságio. O sangue dos pássaros que manchava as paredes e os telhados deve ter sido um aviso das chamas vermelhas que estavam por vir. O que é um presságio senão uma tradução do passado para se adequar a uma nova forma?

Quando esses presságios tomam conta de nossas vidas, eles se espalham feito ecos. Quando um ser humano quer testar um eco, sempre escolhe a mesma palavra para gritar.

"Olá?"

"Olá?"

A manhã inteira, dois estranhos ficaram passando de casa em casa pelo vilarejo de Boolymore. A porta em que batem agora pertence a um pequeno chalé bem cuidado, aninhado em um pequeno jardim bem cuidado, onde uma pequena mulher bem cuidada vive sozinha. Essa mulher é conhecida por três nomes. Para os amigos e vizinhos, ela se chama Norrie Singleton ou Nora Ní Shindile, mas para os dois funcionários que chegaram para inspecionar a propriedade alugada como parte da avaliação de Griffith, ela se chama Honoria Singleton.

Ela puxa o xale em volta dos ombros, envolvendo-se em lã escura pontuada por manchas de cinzas, e soletra o próprio nome com cuidado. *Sim. H-O-N-O-R-I-A. Senhor.* Os olhos dos homens logo se ajustam à penumbra esfumaçada da casa, observando os pertences — as cadeiras de súgán (corda de palha), a chaleira sobre o fogo, a cesta cheia de turfa, o punhado de ovos em uma tigela lascada, o dedal ao lado de um carretel de linha escura, a cômoda, as louças de barro, a tesoura de prata, as cortinas amarelas com as bainhas feitas à mão — mas esses homens não chegaram para fazer um inventário dos pertences de uma mulher idosa. A casa foi avaliada em cinco xelins, e o pequeno pedaço de terra do qual ela toma conta? Não tem valor.

Sua herança invisível era ao mesmo tempo sem valor e inestimável, pois dentro dela ela guarda uma vasta biblioteca de antiguidades preciosas. Norrie podia ter três nomes diferentes pelos quais era conhecida, mas era reconhecida por todos pelo conhecimento enciclopédico de canções e histórias, pelo brilho dos olhos e pela inclinação da cabeça. As pessoas viajavam de longe para se sentar e observar suas pálpebras caírem enquanto procurava o fio com o qual começar, e ficavam horas ouvindo sua voz, encantadas.

Norrie viveu uma vida longa e culta, com a porta sempre aberta para os músicos e contadores de histórias que a visitavam. Localizada a cerca de oito horas a pé da suntuosidade da Raleigh House, foi nesse pequeno chalé que o *Caoineadh* de Eibhlín Dubh foi traduzido de voz para texto pela primeira vez. Foi escrito à mão com cuidado, passando da boca para o ouvido, para a mão e para a página, e depois para o inglês, o idioma no qual seria publicado pela sra. O'Connell. Não temos como saber de quais bocas sairão os ecos das nossas vidas. Norrie é a fonte e a face a partir da qual a voz de Eibhlín Dubh reverbera até nós. Pequenina estorninha: abre a boca e as palavras de outra pessoa saem.

Em um mês de novembro da minha época, os estorninhos estão pousando em fios que se estendem da cidade até o oeste. Nem Norrie nem Eibhlín teriam reconhecido esses cabos, nem as altas torres prateadas que pontuam os lugares que eram tão familiares a elas. No entanto, ambas teriam reconhecido os estorninhos que pousam ali, as linhas perfeitas nas quais se agrupam, tagarelando trechos de novos sons mixados com aqueles transmitidos há muito tempo, passados de bico em bico, rápidos feito uma fofoca. À distância, esses pássaros podem parecer monótonos, mas olhar de perto é ver a iridescência azul-petróleo das penas, é ver como as plumagens são salpicadas, talvez com estrelas — ou com cinzas.

XIII. estilhaçar a superfície

gur thit ár gcúirt aolda,

nossa casa branca brilhante desabando,

— Eibhlín Dubh Ní Chonaill

O GESTO DE PRENDER AS ROUPAS no varal exige que meus braços se estendam para o céu, para onde as nuvens brotam, uma inundação suspensa em camadas de prata e cinza. Eu poderia estar debaixo d'água, agora; poderia estar respirando líquido, olhando para um Além que existe do outro lado da ondulação que paira sobre mim. Chame isso de nuvem.

Nas profundezas de uma noite muito antiga, nossa cidade se encontra escurecida no vale. Atrás de uma janela coberta, uma mulher acorda assustada de um pesadelo; mesmo durante o sono, a dor não consegue silenciar. Na penumbra aterradora, ela vê sua casa em ruínas, toda a terra queimada, os animais desaparecidos, o ar mortalmente silencioso, "O Gearagh todo devastado,/ sem um rosnado deixado pelos cães/ nem o doce chilrear dos pássaros". Em sua época, O Gearagh era uma antiga floresta aluvial pontuada por pastagens e fazendas. A própria paisagem nasceu muito antes, quando uma geleira da Era do Gelo em Gougane Barra se desintegrou, liberando uma vasta massa de água derretida. No jorro, na pressão e na colisão dessa inundação, aglomerados de detritos foram empurrados para os morros. A grama cresceu. Ervas daninhas. Arbustos de espinhos. Eram morosos, aqueles velhos séculos, enquanto uma floresta nascia de espinheiro, aveleira, carvalho e freixo, onde novos pássaros cantavam novas canções em cada novo galho. Logo, as vozes humanas também se elevavam por entre aquelas árvores, cuidando das primeiras gerações de mandíbulas bovinas a ruminarem o leite d'O Gearagh.

Lá as mulheres trabalhavam com baldes de alças, escovas, panelas e pás, prendendo roupas em varais, atirando grãos para as aves, alimentando bezerros, carregando baldes cheios da água do poço, descascando batatas, segurando crianças no peito, suspirando, cantando, se movimentando, e, enquanto todos os outros dormiam, elas se curvavam à luz de velas cerzindo bainhas descosturadas para suspender futuros desfiamentos. Esse era O Gearagh que Eibhlín Dubh conhecia: agitado, turbulento e invencível. Silêncio? Aqui? Impossível. Durante séculos, esse lugar desafiou o pesadelo dela, nas risadas, nas canções e na fumaça de turfa que continuava a flutuar na brisa.

A primeira destruição d'O Gearagh ocorreu num texto. Na década de 1950, documentos de planejamento detalhavam um esquema hidrelétrico, a construção de represas e uma inundação estratégica. Mãos foram erguidas, documentos foram assinados. Um homem criou um mapa e circulou uma zona de evacuação. Outros assentiram. As carroças, as vacas, as crianças, tudo foi levado embora, todos os pertences e móveis, as cadeiras e as mesas, as cestas, as panelas e os cobertores, tudo levado a um lugar seguro. Será que as pessoas trancaram as portas antes de sair? Deixaram as chaves nos buracos das fechaduras ou as amarraram com barbante no pescoço? Ao longe, o rio. Cada ondulação tensa feito uma corda de harpa. Dedilhada. Suspensa num tremor.

O peso brutal do líquido chega rude e rápido, abrindo portas sem bater, correndo por quartos privados, encontrando qualquer roupa deixada para trás: as rasgadas, as que não servem e as inúteis. A água sorri, transformando esses membros em marionetes, sacudindo pernas e braços até que se transformem em trapos e, depois, em fragmentos de trapos, bailando e bailando com eles mais uma vez até que cada vestido esfarrapado seja arrancado da costura. Uma revelação grandiosa e comum, essa, a rapidez com que a urdidura de uma paisagem sonora pode ser desfeita. Durante seis horas, penso nessa água enquanto reescrevo estas páginas em um trem, dividindo uma mesa com estranhos que ficam cada vez mais bêbados, rindo cada vez mais alto, batendo na mesa de melamina com punhos de cânticos de futebol até o teclado tremer na ponta dos meus dedos. *Nenhuma hesitação.* Toda vez que volto para reescrever esses parágrafos, preciso assistir à inundação d'O Gearagh mais uma vez. Quando digito a palavra "marionetes", algum relógio invisível faz tique-taque, alguma tecla secreta gira e, sem perceber, eu sangro. Gota após gota escura. Borrão. Borrão. Outra filha, abandonada. Os cômodos vazios d'O Gearagh cantam apenas líquido. No meu bolso, há um lenço de papel todo marcado e borrado com batom, uma sequência de bocas sem palavras que se soltam, cada uma vermelha como sangue.

As águas estão baixas quando vou até lá para uma visita, permitindo que tocos antigos fragmentem a superfície, com os membros desolados apontando, mas para onde, não sei dizer. Certa vez, ouvi que os telhados antigos às vezes podem ser vistos através da água, então inclino o corpo sobre esses jardins profundos, todos trêmulos com algas aquáticas, onde os peixes voam feito corvos. Agora estou olhando para baixo, do alto, e, embora não os veja, os sinto lá embaixo, os quartos ocultos onde as mulheres davam leite aos bebês e aos cordeiros, onde as velas eram apagadas por respirações cansadas, onde gritavam os nomes dos amantes com raiva, desejo ou medo, onde rugiam quando uma nova vida saía delas, *Ah, meu Deus, Ah, meu Deus, Ah, meu Deus*, todos aqueles quartos ocultos em que elas sorriam e morriam — ainda existem, em algum lugar além da superfície, mesmo que ninguém os veja.

Toc, toc.
Quem está aí?

De volta ao meu próprio varal, penso naquelas mulheres. Ajeito o corpo como fizeram: olho para cima. As nuvens se parecem com uma inundação, suspensas no alto. Nosso passado está profundamente submerso. Nossos passados estão submersos em outros lugares.

Em outro lugar, os anos tornavam grisalhos os longos cabelos de Máire, que dobrara todos os seus vestidos de seda brilhantes em baús, fechando as tampas e girando as chaves. Seus vestidos foram substituídos por um traje discreto, que a sra. O'Connell descreve como "seda preta, com touca e lenço brancos e babados de cambraia simples". Modesto, sim, mas nunca menos do que elegante.

Em 1795, Máire morreu. O lamento público foi feito por Alice, irmã de Eibhlín. Eibhlín teria cinquenta e poucos anos se estivesse presente para ver o caixão da mãe ser carregado pelas areias em direção à Ilha Abbey. Lá, lâminas afiadas destrancaram a porta profunda pela qual o corpo de seu marido havia passado décadas antes, e o corpo de Máire Ní Dhuibh foi baixado para aquele cômodo de terra.

A noite caiu.

A noite caiu sobre todas as pegadas cravadas nas margens do mar.

A noite caiu sobre a floresta e a horta, sobre os estábulos e a montanha.

A noite caiu sobre o telhado de Máire, e a noite entrou na casa dela, cômodo por cômodo, abrangendo tudo o que restava daquela vida. Sombria, sua prataria; sombrias, suas chaves; sombrios, seus espelhos; sombrios, seus armários; sombrios, seus filhos; sombrias, suas filhas; e além das pálpebras adormecidas, tudo era sombrio, sombrio, sombrio.

A lápide chegou muito mais tarde, com uma inscrição que a descrevia como "um modelo para esposas e mães admirarem e imitarem". Sorri na primeira vez que passei os dedos sobre essas palavras de pedra, mas de fato a admiro; você não?

Mais uma vez penso em Eibhlín, sozinha, com os calcanhares galopando pela sala da lareira. Abaixo está o crânio de uma égua, e nas órbitas onde os olhos se moviam, há apenas sombras.

Quando a sra. O'Connell visitou Derrynane um século após a morte de Máire, ela começou a catalogar todos os vestígios da vida dela que ainda ressoavam naqueles cômodos. Achava que os pertences de Máire estavam "isentos das mutabilidades do tempo e do destino". Ela os considerava invencíveis; ela os considerava seguros. Estava errada.

Quando cheguei, outros cem anos haviam se passado, e não apenas todos os objetos de Máire haviam desaparecido, mas os cômodos que atravessava também haviam sido apagados. Tudo o que resta da casa em que Eibhlín Dubh foi criada é a série de extensões construídas durante a época do famoso sobrinho Daniel, cuja casa foi reaproveitada como museu. Quando a casa foi confiada pela primeira vez ao Estado irlandês, na década de 1960, a casa de Máire estava intacta no centro do complexo, mas logo foi declarada estruturalmente insalubre. Embora os quartos de Daniel fossem autorizados a continuar de pé, as autoridades decidiram que seria caro demais salvar a parte mais antiga da casa. Rotinas administrativas habituais foram postas em ação — as mãos erguidas, os documentos assinados e, em seguida, com um baque violento, os quartos de Máire foram destruídos.

Agora estou dentro das antigas fronteiras, no cascalho arejado entre os turistas e guias turísticos, e tento não me sentir envergonhada enquanto deixo as pálpebras caírem. Como uma prece ou um feitiço, recito para mim mesma o inventário de objetos que a sra. O'Connell documentou aqui, todos os pertences que Máire amava, sua

> antiga prataria maciça, a rara e bela porcelana oriental, os espelhos rococós que contrabandeava, os móveis de mogno escuro que ela e o marido haviam fabricado, as lindas molduras de latão em volta das fechaduras, a enorme tigela de ponche de porcelana, as cestas de

> frutas azuis e brancas, a colher de prata de cabo longo para mexer geleia [que] já estava na 6ª geração…

A palavra *scutcheon*, que nada mais é do que a moldura das fechaduras, é nova para mim. Meu celular explica que, no século XVIII, ela se referia tanto ao ornamento de metal que cercava o buraco da fechadura quanto a uma marca atrás do úbere de uma vaca (conhecida como "espelho de leite", e que antigamente era considerado um indicador do volume de leite que uma vaca poderia produzir). As molduras de latão das fechaduras de Máire abriam apenas para suas chaves. Se cada chave pudesse ser considerada uma palavra, então o aro de chaves no cinto dela seria um texto feminino extraordinariamente raro. Onde é que está?

Deixo que o cascalho se transforme num piso de cozinha e faço com que o cômodo ao meu redor fique cheio de mulheres. Encanto o ar até que se encha de vapor, fofocas e cheiro de pão quente. Permito que aquilo se amplie ainda mais até quase conseguir enxergar além do corredor e da escada e entrar em outro cômodo iluminado pelo sol. Na antiga sala de estar, minhas palmas permanecem no parapeito de uma janela imaginada. Dentro dessas paredes, ergui cordas de marionetes até que um hálito voltou à vida na lareira, fazendo três brasas dançarem novamente. Acenei para o amanhecer através dessas janelas e situei passos nas tábuas do piso. Arrumei as cortinas para emoldurar essas janelas e acomodei cadeiras com almofadas bem acolchoadas. Pendurei um espelho rococó na parede para refletir as velas quando eram acesas à noite, duplicando a luz bruxuleante.

Um espelho como o de Máire teria nascido em uma oficina no exterior, na França, talvez, onde folhas gêmeas de vidro grosso teriam sido colocadas uma contra a outra, separadas apenas por uma camada de água e areia, criando um atrito que polia as duas superfícies até que brilhassem. Em seguida, uma camada interna de prata, folha de estanho e mercúrio líquido teria sido aplicada, seguida de polimento e biselamento. Nascido em sua moldura e envolvido em tecidos macios, teria sido erguido por sobre as profundezas da água salgada e da areia agitada, golfinhos e tubarões, chegando cada vez mais perto de Máire. Quando finalmente foi fixado na parede de Derrynane, ela por certo teria sorrido ao ver os próprios olhos refletidos ali pela primeira vez. Como esse espelho deve ter sido precioso quando chegou, tanto pela elegância quanto pela raridade. No entanto, tal extravagância logo se tornou comum, pois o tempo levou os espelhos para muitas outras casas, até que esse objeto se tornou uma palavra comum no vocabulário daquele cômodo. Com a demolição, o espelho de Máire ainda podia estar ali presente, ou podia já ter saído de moda naquela época e ter sido removido em favor de um estilo mais chique. Talvez tenha caído, um presságio destruidor. Se o espelho de Máire de fato se espatifou no chão de Derrynane, quem poderia ter estado presente para recolher os sete anos de infortúnio que se seguiram?

Procurei esses espelhos em sites de antiguidades, encantada com as complexidades das vinhas e flores douradas. As antiguidades dessa época já são tão velhas que as molduras costumam ser exibidas sozinhas, com os vidros espelhados substituídos por feltro escuro, evocando um abismo onde um rosto refletido poderia ter estado. "Ó", esses espelhos vazios parecem dizer,

Ó
Ó, sombra
Ó, íris
Ó, gêmea perdida
Ó, escuridão
Ó, Ó, Ó.

Os espelhos falam uma linguagem de reflexão e refração por meio de um padrão de simetrias em constante mudança. Ver-viu, viu-ela: à noite, quando o espelho de Máire sonha, ele deixa a fidelidade do vidro para trás e traz de volta os rostos antigos. O artesão que lhe deu à luz. O menino que o atou dentro de um saco. A empregada com o pano em espiral. O cantarolar de Máire, a melodia prateada das chaves acompanhando seus passos: *e-ter-na-men-te, e-ter-na-men-te*. Mary tirando uma maçã de uma travessa azul e branca. Nelly fazendo uma pausa para colocar uma mecha solta de volta na trança. É assim que os anos passam naquele espelho: cedo, cedo demais. Um dia também estará ausente, assim como o cômodo, mas, por enquanto, se apegam um ao outro. O espelho contém o quarto escuro, e o quarto contém o espelho escuro.

Além do cascalho, um grupo de turistas está passeando entre a loja de presentes e as salas de chá, rechonchudos feito crianças pequenas. Gostaria de poder aproveitar os prazeres de Derrynane como eles parecem fazer, mas não consigo pensar em nada além de Eibhlín Dubh. Recentemente, recebi a notícia de que um livro meu, com um poema inspirado na vida dela, recebeu um prêmio literário generoso o suficiente para nos ajudar a pagar a entrada na compra de uma casa própria. Não posso deixar de sentir que Eibhlín Dubh teve participação nessa conquista e, no entanto, estou tão focada em encontrá-la que não consigo comemorar. Invejo a serenidade desses turistas, então os imito; finjo um sorriso como o deles e os sigo pelo museu, passando pelas exposições dedicadas a Daniel O'Connell, suas placas e sua carruagem dourada, seus diversos livros encadernados em couro, até mesmo seu leito de morte, tudo imaculadamente preservado. *Um grande homem. Ó, um grande homem.*

Encontro uma guia e pergunto por Máire e depois pelas filhas, e recebo um sorriso assentindo e a palavra "menor". Começo a fazer uma careta, mas me contenho e, em vez disso, pergunto pelos artefatos mais antigos: os espelhos, a porcelana e as molduras de latão das fechaduras. Quando pergunto pelas chaves de portas que não existem mais, o sorriso da guia vacila num canto e, quando começo a descrever uma colher de geleia particularmente antiga, o sorriso finalmente cai e fico sozinha. Vasculho cada uma dessas salas imaculadas em busca de qualquer vestígio das mulheres que procuro — um único botão, por exemplo, uma ponta de uma pena, um castiçal ou um brinco — qualquer vestígio de suas existências. Não encontro nada.

O último ônibus turístico parte e a casa se aquieta, permitindo que cada um dos cômodos se acomode mais uma vez na particularidade de seu próprio silêncio. Na escadaria, eu me arrasto, desanimada, com a cabeça encostada na parede que antes delimitava a antiga casa. Estou cansada. Bato na parede — *suave, suave* — mas onde os dedos poderiam ter feito eco pelas salas do outro lado, agora não há nada. Já deveria estar na estrada a caminho de casa, penso, pegando o celular para verificar a hora. Por trás, um raio de sol salta das nuvens, desenhando minha sombra na parede, preta feito tinta e inarticulada, um corpo feminino esboçado pela luz. A clareza desse reflexo repentino me abala, e tropeço para trás, agarrando-me à balaustrada. A forma se apaga e depois se derrete, fugaz e feminina, assim como eram as sombras delas. Continuo olhando para a parede, desejando que voltasse, desejando traduzir o que pode significar, até que sinto alguém me observando. Do pé da escada, a guia está olhando para mim com algo parecido com simpatia. Ela deve me achar instável, percebo, e não estaria errada — o que considero uma epifania é simplesmente minha própria sombra. Sorrio, balançando a cabeça, enquanto agradeço a ela e torno a agradecer. Ao me afastar, ainda estou sorrindo para mim mesma.

Meus calcanhares me levam do cascalho para as pedras do calçamento, para as folhas molhadas e depois para a grama mais rala do inverno. Outra noite fria de novembro se aproxima do oceano, enquanto meu olhar percorre o chão, escolhendo um caminho cauteloso em meio à escuridão escorregadia. Não quero cair. Daquela terra, algo pisca. Algo pálido e pontiagudo. Eu me ajoelho e raspo aquilo com a unha. Para minha alegria, descubro que é um fragmento de louça de barro onde aparece um detalhezinho pintado de alguma flor delicada, um estilhaço de uma tigela antiga, talvez um pires ou uma xícara de chá. Ele sorri para mim e sorrio de volta. Isso já foi parte de um recipiente do qual o vapor subia para o ar, se dissipava e depois desaparecia, um recipiente que era frequentemente esfregado sob espuma quente até o dia em que escorregou de mãos humanas para ser esmagado com uma maldição, esse recipiente cujos fragmentos foram rapidamente recolhidos, colocados numa lata de lixo e atirados numa pilha de lixo. Ali, as lascas estavam envoltas em lama e cascas apodrecidas, dispersadas pelos anos, pelos vermes e pelo crescimento da pilha, pela geada, pelo sol e pela neve, até esse momento, quando finalmente decidiu erguer o rosto, entregando-se a mãos femininas mais uma vez. Um pequeno tesouro. Eu o esfrego entre os dedos e ele se aquece. Traduzo isso como um sinal. Se esse fragmento pode ou não ser rastreado até a mão de Máire ou Nelly, isso não me incomoda. Tudo o que importa é que estou levantando um artefato que simboliza a vida, o pensamento e o trabalho femininos que pertenceram a este lugar. Seguro esse pedaço no coração da mão, tão gentilmente quanto seguro cada fragmento que encontrei da vida de Eibhlín Dubh. Mesmo na meia-luz, o fragmento brilha. Tento me imaginar extrapolando daí um todo, ininterrupto e vívido. Os pertences de Máire podem ter desaparecido, mas no solo da ilha os dentes dela ainda brilham, pálidos como pérolas.

Ultimamente, tenho procurado carne na internet, abrindo janelas anônimas para dar uma olhada em infinitas placentas, com admiração e repulsa, com desconforto e assombro. Eu as percorro, tão labirínticas, tão carnudas, e fico imaginando como minhas próprias falhas poderiam ter sido. Essa busca compulsiva me leva a um artigo do Smithsonian Institute sobre microquimerismo. Durante a gravidez, li, as células pluripotentes do feto atravessam a placenta e caem na corrente sanguínea da mãe. Dentro do corpo da mãe, elas se agarram aos tecidos, imitando a composição das células em volta, e lá permanecem, muito tempo depois de o bebê ter saído. Uma coleção dessas células de filhas e filhos subsequentes pode ser armazenada na mãe simultaneamente, cada grupo coordenando e entrando em conflito com os impulsos corporais da própria mãe. Penso em Máire Ní Dhuibh, sozinha na praia, os olhos no horizonte, enquanto as filhas gêmeas nadavam no oceano dentro dela. Mesmo depois que ambas cresceram e se foram, ela pode ter voltado para lá, pensando nas filhas, distantes, com as próprias vidas. Assim como permaneceram em seus pensamentos, parte da matéria celular delas também permaneceu em seu corpo, vestigial, persistente.

Em seu *Caoineadh*, embora Eibhlín Dubh amaldiçoe o marido de Mary e os filhos, ela não consegue desejar nada de ruim para a irmã gêmea…

Só não deixe que nenhum mal recaia sobre Mary,
e não por muito amor fraternal,
mas apenas porque minha própria mãe
lhe fez a primeira cama dentro dela,
onde passamos três estações juntas.

Eibhlín ainda respeitava aquele receptáculo vermelho, o útero compartilhado no qual as placentas gêmeas cresceram juntas e, assim, protegeu Mary de sua maldição. Presumimos saber tão pouco sobre o que ocorre além ou dentro de nós, seja sobre o passado vivido ou sobre nossos mecanismos celulares invisíveis, mas, ainda assim, em algum nível, compreendemos instintivamente algo desses mistérios. Mesmo quando as gêmeas se enfureciam uma com a outra, os fósseis das células delas persistiam no corpo da mãe. Máire ainda segurava as duas perto de si.

Não empurro aquele fragmento da louça de barro de volta para o túmulo anônimo no jardim. Eu o seguro com força, assim como guardo cada fragmento de informação que aprendi sobre Eibhlín Dubh. Fecho os dedos em torno dele e corro. Eu o roubo.

O espelho do meu carro é o único olho que reconhece meu roubo. Enquanto dirijo, penso nos olhos refletidos de Máire e das filhas, e penso no espelho perdido delas, mas, no meu, de quem é o rosto que vejo? Só eu, só eu. Não suporto isso.

Ao girá-lo, vejo o brilho da estrada molhada, prateada e cinza feito uma trança que se desfaz. Como um visor convexo, esse espelho retrovisor me permite observar a paisagem que se desenrola atrás de mim, mas não pode mostrar o que está à frente, nem como devo fazer a próxima curva.

XIV. agora, antes

nó thairis dá dtaitneadh liom.

... ou depois
se eu quiser.

— Eibhlín Dubh Ní Chonaill

AGORA

Durante dois anos e meio, todos os dias e noites que compartilhei com minha filha foram repletos de leite. Eu a segurei contra o peito em aeroportos e supermercados, em praias e ônibus, em calçadas e bancos. Eu a alimentei durante a vigília e durante o sono, durante suas febres, o nascimento dos dentinhos e os problemas estomacais, e durante minha própria exaustão, infecções mamárias, febres por causa da mastite e dutos entupidos. Ela se alimenta. Eu a alimento. Ela dorme. Eu sinto dor.

Mesmo nos momentos em que me sentia mais cansada, porém, ainda havia uma espécie de alegria em me sentir tão útil. Meu seio direito conhece intimamente suas necessidades e as preenche imediatamente. Meu seio esquerdo, entretanto, ainda não funciona: uma protuberância preguiçosa e descarada. Desde o momento em que a pele do meu peito de menina começou a subir, o mamilo esquerdo ficou invertido. Soturno, ele nunca cantou ao toque de um amante. Enquanto meu seio direito é volumoso e trabalhador, o esquerdo cochila frouxamente; o leite fez de mim uma fábrica assimétrica.

Nos provadores de sutiã, uma estranha faz piadas com meu corpo. Meu seio direito requer a arquitetura substancial de uma taça bastante grande e o esquerdo de uma taça pequena, um enigma que representa uma aritmética impossível para qualquer engenheiro de lingerie. Acabo com um modelo que uma versão mais jovem de mim mesma poderia ter ridicularizado como um *sutiã de vovó*, de tecido branco e sem enfeites costurado a alças resistentes e robustas, ajustado até que um seio seja erguido bem alto enquanto o outro fica pendurado no volumoso bolso de algodão. Gosto de usar cardigãs.

Durante anos, meu sono é interrompido pelo leite. Em algumas ocasiões, quando me puxam para despertar, me sinto confortada ao imaginar quantas vezes esse momento exato foi encenado não apenas pelo meu próprio corpo, mas por outras mães, repetidas vezes, cada uma refletindo os mesmos elementos — *o leite, a mãe, o bebê, o escuro, o leite, a mãe, o bebê, o escuro, o leite, o leite, o leite* —, e, nesses momentos, estou terrivelmente cansada, sim, e, no entanto, o contentamento também paira aqui, cintilando nas periferias, independente do quanto esteja cansada. *Estou* terrivelmente cansada, sim, tão cansada que frequentemente repito a mim mesma, estou muito, muito cansada —, e apesar disso, ainda procrastino se devo desmamar. Atrair essa criança para longe do meu corpo e treinar suas fomes em outro lugar seria me tirar da confortável toca de serviço. Não consigo fazer isso, pois o ritual de me doar a outra pessoa é tão requintado. Criei uma invisibilidade de mim mesma, bem escondida em cômodos feitos pelo trabalho feminino, pela repetição e pelo leite.

ANTES

Quando eu era garota, achava que sabia fazer trabalhos domésticos. Em julho, as brechas nas velhas paredes de pedra ao redor da nossa casa estavam repletas de ervas daninhas e morangos silvestres, a grama começando a crescer e ficando cada vez mais alta a cada dia. Tinha dez anos e estava livre da escola. Sentia o fim das diversões infantis se aproximando, mas, nesse verão, disse a mim mesma, ia me deliciar com as alegrias da infância. Tirei as botas e andei descalça.

Todo verão eu criava um lugar de privacidade na grama, um ninho onde não pudesse ser vista. Meu método era sempre o mesmo: com cuidado, escolhia uma breve inclinação descendente seguida de uma ascendente, depois me lançava de joelhos e entregava o corpo à terra. Rolava com todas as minhas forças, a coluna contra o solo, a barriga para o céu, depois o umbigo para baixo e as costas para as nuvens, me lançando de um lado para o outro até ver apenas o céu, a terra, a terra e o céu. Pressionava o corpo naquele lugar até que cedesse a mim, até que conseguisse sentir a grama e as ervas daninhas se renderem e liberarem todas as sementes na brisa, até que tivesse feito um buraco que seria meu e somente meu. Chame isso de lar. Me erguia sobre os cotovelos para admirar meu teto, por onde passavam enxames de abelhas. As paredes balançavam. Me tornei ali uma invisibilidade, bem escondida num cômodo feito pelo trabalho feminino e pela repetição, uma eco-impressão da minha pequena existência. Parecia que pertencia a mim, aquela cavidade, parecia nova e, ainda assim, à medida que o meu corpo pressionava aquele chão, também parecia muito antiga. Havia outros lá também, invisíveis, mas presentes ao meu redor.

Em nossa casa, os dias sempre foram os mesmos: as mesmas alegrias e a lida diária, os mesmos ciclos de gravidez e velórios, os mesmos fortes circulares, os mesmos campos se enchendo e se esvaziando e se enchendo novamente de vozes, de grama, de animais e de feno. Tudo se repetia e se repetia mais uma vez. Minha família viveu nessas colinas por séculos. Sabia que havia muitas outras garotas que haviam construído suas casas nessa terra antes de mim, garotas que agora já eram adultas e que já haviam sido enterradas, e suas bebês — minhas bisavós — haviam crescido e seguido o mesmo caminho. Nada do que conhecia era de fato novo; cada caminho que seguia havia sido escrito pelos corpos de outras pessoas, o percurso de cada trilha esculpido pelos passos daqueles que vieram antes de nós. *E-ter-na-men-te. E-ter-na-men-te.* Para o poço. Para o celeiro. Para o galpão. Para a colina. Ao longo desses caminhos, as gramas cantarolavam as velhas melodias, os espinheiros negros apontavam as advertências e cada poço guardava a lembrança de um desejo humano sussurrado. Talvez fosse uma criança estranha, sentindo o zumbido constante do passado logo além de mim, real feito uma abelha, ou talvez toda criança compartilhe esse sentimento. Tudo o que sabia era que me sentia segura, ali, no eco da companhia delas.

AGORA

Desmame. Desmame. Minha família pergunta sobre isso com frequência, erguendo as sobrancelhas ao ver uma criança pequena atravessando a sala para puxar meu peito. Meu marido também pergunta; o sono dele é irregular, intermitente e, como eu, está cansado. Ainda assim, meus instintos me advertem para que tolere minha exaustão mesquinha e me concentre em dar à minha filha tudo aquilo de que precisa — ela extrai tanto conforto dos instantes de leite que privá-la disso parece não só egoísta, mas de certa forma cruel. Acho que estou cansada demais para continuar, mas também muito cansada para reunir a determinação de desmamar. O que devo fazer? Se buscasse conselhos no meu passado — se perguntasse sobre meu corpo —, que resposta receberia?

Eventualmente, meu corpo toma a decisão em meu nome. *Não dá mais*, minha exaustão diz, *não dá mais*. A primeira a desaparecer é a mamada da minha filha ao amanhecer, nosso amado ritual matinal, aconchegada sob o edredom, com a cabeça no meu cotovelo. Certa manhã, ela acorda com uma voz chamando-a do andar de baixo. Antes que possa gritar por leite, ela mesma já está metendo a colher numa tigela de mingau e frutas. Na semana seguinte, começo a reduzir aos poucos as muitas mamadas vespertinas. Sempre que puxa minha manga, lhe dou um copo com canudinho contendo água. Às vezes ela o toma alegremente, com os olhos sorrindo acima da curva néon do plástico. Outros dias ela o arranca da minha mão com um tapa, gritando de indignação e tristeza, se jogando no chão e se lançando de um lado para o outro. *Mãmi*, grita, *Me. Dá. Mamá*. Lágrimas grossas rolam pelo rosto dela enquanto ela bate no chão com os punhos. A parte de mim bem treinada para subjugar os próprios desejos observa essas demonstrações com admiração. Acaricio seus cabelos e lhe conto a velha mentira: "Calma, agora, calma, vai dar tudo certo." Ela logo se acostuma com a nova forma dos seus dias, se agitando apenas uma vez à noite para beber água. Agora dorme. Eu também durmo.

Foram dez anos em que estive grávida, ou amamentando, ou ambos. Em silêncio, espero que haja outro bebê com que me ocupar em breve, mas agora, pela primeira vez em uma década, sonho durante a noite sem ser perturbada. Minha mente adormecida me leva a uma casa numa colina, onde o leite escorre por todas as janelas. Olhando para dentro, vejo aquele líquido pálido se derramando densamente sobre cada cama e cadeira, sobre as tábuas do assoalho e vigas, empurrando cada chaleira, TV e cesto de roupa suja, cada rádio e telefone, em marés de leite suculento e denso. Meu dedo sonhador bate na porta. *Toc toc.* Uma mulher está varrendo aqueles cômodos submersos, a vassoura é vista de relance, depois desaparece, depois é vista mais uma vez, o cabelo escuro flutuando alto por cima da cabeça dela, os olhos no chão. Ela não consegue me ver. Bato mais uma vez. *Quem está aí?*, ela diz, sorrindo para si mesma e, quando gira o pescoço, os olhos são cheios e brancos, o olhar transbordando leite. Acordo tremendo. O que será de mim, na ausência desse trabalho, de todo esse cultivo e colheita? Sem leite, como vou poder enxergar? Sem leite, quem eu vou ser?

ANTES

Minha casa de infância ficava em uma colina íngreme cujos ângulos precários recusavam a prensagem das enfardadeiras e outros maquinários modernos. Assim que a grama alcançava a altura do cotovelo, meu pai chegava ribombando colina acima num velho trator. Dentro de casa, minha mãe se preocupava que o declive o derrotasse, fazendo com que o veículo tombasse. Mas isso nunca aconteceu. O campo logo se traduzia em palha, afiada sob os pés. Calçava minhas galochas e juntava braçadas de feno, enquanto meu pai arrumava pilhas bem-organizadas com um forcado. A luz solar cumpria bem o dever dela: trabalhava cada folhinha de grama até que secasse e se transformasse num filamento quebradiço, para que todas pudessem ser levadas até o galpão. Colosso: aquela parede de feno chegava até o teto. Parecia tão estranho que esse volume desalojado de grama pudesse encher um cômodo com combustível suficiente para nutrir a fome de outros durante os meses frios que viriam. Do lado de fora, tinha sido algo conquistável até mesmo por uma garotinha feito eu, mas, aqui dentro, era imenso. Mesmo dentro de casa, porém, meu corpo lembrava da grama. Eu me perguntava se ela também se lembrava de mim.

AGORA

Quando paro de amamentar, meu seio direito encolhe com muita rapidez. Ele fica flácido, exausto e com marcas de estrias, fazendo com que o seio preguiçoso seja o mais volumoso dos dois. Depois de tomar banho, enfim encontro meu próprio olhar no espelho que tantas vezes polia sem ver, observando as manchas arroxeadas que sombreiam cada um dos olhos. Deixo cair a toalha e documento meu corpo com curiosidade: minhas coxas de garrafa de leite divididas por costuras azul-turquesa; meus seios, tortos e gloriosos; a porta sagrada da cicatriz quádrupla de cesariana, minha barriga flácida, marcada por ondulações feito uma praia na maré baixa. Meu umbigo se contrai ali, o cordão invisível que sempre vai me conectar à minha mãe, assim como o dela a conecta à mãe dela, e assim por diante. Estudo esse meu corpo, só mais um em uma longa fileira, e não sinto repulsa, só orgulho. *Esse é um texto feminino*, acho. Meu corpo responde no dialeto de cicatrizes. *Ta-dá!*, ele parece dizer, *Ta-dá!*.

Meu seio direito continua a diminuir à medida que se limpa da sujeira residual do leite. Jogo todos os sutiãs de amamentação antigos na lixeira, me despedindo dos bojos de algodão cinza e das presilhas de plástico gastas. Concluído — *tica*. Em algum lugar na escuridão quente do meu corpo, outro relógio tiquetaqueava, construindo algo que logo vai me ameaçar, mas ainda não sei disso.

Meu novo sutiã chega em casa envolto em camadas de papel de seda cor-de-rosa macio e fitas. Colocar as presilhas no lugar é levantar os seios para uma falsa ilusão de vitalidade. Nesse elaborado edifício de metal e renda, meus seios parecem quase normais, como se nunca os tivesse usado — mas o corpo se lembra. Quando aperto o mamilo direito, uma gota pálida pisca de volta.

ANTES

No outono, os sapatos escolares novos e rígidos estavam me levando até o topo da montanha de feno. Estava mais uma vez em apuros. Me estiquei no meu ninho alto e fiz beicinho. Tinha sido preguiçosa e agora minha mãe estava com raiva, balançando uma pulseira de plástico que havia encontrado no meu bolso. Esse descuido poderia ter destruído a máquina de lavar e, então, o que faria? Eu era uma criança insolente, dei de ombros para a carranca dela e saí correndo antes que ela pudesse me pegar.

No alto do feno, havia escondido uma sacola que continha algumas pastilhas de cevada com glicose e uma revista em quadrinhos, e agora me aconchegava tão perto da viga que podia ver cada farpa áspera. Quando aquelas pastilhas antiquadas eram chupadas com força, elas cortavam minhas gengivas e uma acidez vermelha deslizava pela doçura. Em algum lugar na escuridão quente do meu corpo, um relógio tiquetaqueava. Apertei cada vez mais os olhos até que a escuridão atrás das pálpebras explodisse como fogos de artifício e me transformei num pequeno morcego, aconchegado durante todo o dia, sonhando até a noite. A voz de minha mãe se elevou no ar e, na minha pressa de descer antes que meu quarto escondido fosse descoberto, me vi escorregando de cara no chão, com uma força rápida demais para que pudesse agarrar qualquer uma das lâminas do feno, até que aterrissei naquele chão escuro de merda do galpão, a boca se chocando contra o aço de um cilindro de gás. Eu me sentei e cuspi metade de um dente da frente na palma da mão. O dentinho estava pálido, úmido e vermelho, tudo ao mesmo tempo. Minha mãe gritou.

"Não se preocupe", disse o dentista, os olhos sorrindo por cima da máscara, "você vai voltar a ser você mesma em pouco tempo. Agora, respire fundo com a agulha — boa garota." Ele construiu uma simetria cuidadosa na minha boca, ligando um fragmento do passado a um novo presente. No espelho, o dente parecia tão real, uma mistura de verdade e ficção visível toda vez que eu falava. Meu precioso artifício: onde meu dente está ligado à prótese, minha boca contém tanto a verdade quanto a mentira.

AGORA

Todos os dias, me ajoelho no mesmo banco e oro ao mesmo deus da minha mãe, com a auréola de detergente e o sussurro sagrado. Repito a devoção dela, vasculhando os bolsos dos meus filhos em busca de perigos que se escondem além do farfalhar do tecido: uma moeda ou uma pinha, uma bolinha de gude ou uma castanha. Uma noite, encontro uma pequena protuberância dura enfiada no bolso do meu peito esquerdo. Meus dedos se detêm, depois voltam a se mexer. Aconchegado em camadas de tecido mamário, encontro um segundo. Um segundo o quê? Minha mente grita uma palavra, *sem parar*.

Mais uma vez, sinto que estou caindo. Tento evitar o pânico, dizendo a mim mesma que esses caroços podem ser algum tipo de efeito colateral da lactação, mas, na verdade, sei que é impossível. Afinal, esse é o meu seio esquerdo, que não produziu nada além de uma gota de leite em vários anos. Além disso, estou intimamente familiarizada com todas as variantes da mastite: a febre, os tremores, a fraqueza, o horror, o inchaço da infecção. Isso é diferente. E se eu não tivesse desmamado minha filha, penso, será que poderia ter evitado isso?

Na manhã em que a mão de um médico procura por mais pistas no meu seio, meu olho voa pela janela, me levando para outro lugar. Ele é um homem excepcionalmente gentil, caloroso e atencioso, mas as mãos dele hoje estão frias. Quando encontra o segundo nódulo, sua voz me traz de volta da distância em que me encontrava. Está franzindo a testa para o meu mamilo esquerdo, invertido e tímido. Penso nas muitas ocasiões em que esse homem me ouviu imaginar uma erupção cutânea de um bebê se transformando em meningite ou a preocupação de que um calombo significasse uma fratura de crânio, e desejo com todas as minhas forças que sorria de novo agora. Em vez disso, cutuca minha axila e depois aperta o seio novamente. Ouço minha voz tremer feito a de uma criança e, quando as palavras surgem, também são as palavras de uma criança. "... mas — mas, vai ficar tudo bem?". Ele imprime uma carta me encaminhando para mais exames. "Precisamos de mais algumas informações, só isso. Vá para casa, tome uma xícara de chá.

Tente não se preocupar." Quando deslizo cinco notas de dez amassadas em direção à recepcionista, meu rosto se lembra do roteiro e se contorce num sorriso educado. Isso é tudo.

No estacionamento, o volante embala minha fronte enquanto as lágrimas se acumulam no meu colo, cada uma delas formando a própria poça lenta e salgada no tecido. Mais além, três estorninhos magros se agarram a um fio em silêncio. Olho para os telhados, onde antenas parabólicas voltam os ouvidos para o céu, se esforçando para captar sinais invisíveis na distância escura. Sei, então, onde preciso estar. Não vou para casa; giro a chave.

Em Kilcrea, as pedras prateadas da porta me recebem de volta com seu jeito frio. Digo a mim mesma que não sei por que vim para cá, mas sei. Eu sei. Não me lembro das palavras que pronunciei, só sei que meu rosto ficou molhado e a garganta ficou rouca. Me conforta saber que estou longe de ser a primeira mulher a chorar nesse lugar, onde me encontro cercada por outras pessoas e, ao mesmo tempo, estou totalmente, totalmente sozinha.

ANTES

Sozinha, eu tremia no vaso sanitário, meu hálito era uma nuvem entre mim e uma palavra que nunca tinha visto antes, um traço rabiscado pelo meu corpo de criança em um chumaço de papel. Pálido e úmido e vermelho, tudo ao mesmo tempo, a visão me fez pensar se meu dente alojado na palma da mão cheia de sangue teria sido uma espécie de presságio. Não tinha certeza de como traduzir esse texto, mas sabia que significava mudança e sabia que significava vergonha. Aquilo teria de ser ocultado. Foi assim que meu corpo se voltou para a feminilidade — com relutância e medo. Como gostaria de poder resistir a essa mudança de alguma forma, e de poder, em vez disso, escolher continuar nos dias de invisibilidade de menina. Dobrei um chumaço de lenços limpos e os coloquei de encontro à pele. Teria que me obrigar a ler o chumaço mais tarde e, se contivesse mais palavras até lá, provavelmente teria de contar à minha mãe. Como esperava que aquelas páginas permanecessem sem escrita. Na semana seguinte, estava mascando chiclete quando um homem disse que eu parecia uma *vadia*. Também não tinha certeza de como traduzir essa palavra, mas, pela forma como ele a cuspiu, deduzi que não poderia ser coisa boa. Em casa, eu desembrulhei mais chicletes, mas tudo o que o espelho viu em mim foi um animalzinho tímido ruminando.

AGORA

Na clínica da mama, sou uma das nove mulheres sentadas sem a parte de cima sob roupões idênticos. Abrasivo e denso, o tecido roça de um jeito horrível contra a pele. Odeio essas roupas e odeio essa sala. Na parede, os santos de sempre fazem caretas, as auréolas uma combinação perfeita com as molduras de plástico amarelo. A TV não para de falar enquanto a Juíza Judy repreende uma fila de pessoas que se comportaram mal, apontando para elas com ferocidade até que se encolham feito cães, as mãos estendidas em súplica, com os sentimentos feridos e as patas machucadas. Entediada, vou até a janela.

Minha visão da cidade é peculiar dessa altura, um mapa de todas as ruas nas quais me perdi quando estudante e que de súbito me pareciam coerentes ao serem observadas dessa nova distância. Meu olhar percorre os telhados dos alojamentos da faculdade, pré-fabricados, e as arcadas ornamentadas dos três andares vitorianos, até encontrar o longo e modesto telhado do Mosteiro de Colletine. Naquele sótão aconchegante, morcegos estão dormindo. *Pipistrellus pipistrellus*. É a maior colônia da cidade, pelo menos foi o que ouvi dizer. Em breve, as fêmeas formarão os grupos maternos sazonais e, então, com leite e calor, seus filhotes crescerão, até que no outono estejam desmamados e prontos para cair fora do sótão para as próprias vidas sombrias.

Duas décadas antes, quando deveria estar na aula de anatomia, me sentei naquela capela sozinha, com uma ressaca terrível, olhando para cima através do vitral. Naquela época, não sabia da existência dos morcegos, mas eles estavam presentes, escondidos e sonhando em algum lugar além da minha silhueta destroçada. Eu me ajoelhei. Chorei. Mais do que tudo, queria morrer. Agora, me vejo olhando para o mesmo vidro de uma janela bem no alto e do outro lado, desejando viver. Meu celular toca, mas, quando o tiro da bolsa e atendo, não há ninguém lá. *Alô?*, digo. *Alô?* Fico esperando uma resposta. Nenhuma resposta vem.

Uma enfermeira chama meu nome e eu acompanho o sorriso dela até uma nova sala. Gostaria de poder resistir à alteração no meu corpo de alguma forma, que pudesse continuar sem ser vista e feliz nos meus dias de invisibilidade doméstica. Uma hora depois, estou saindo do hospital, enfiando fones de plástico nos ouvidos. Numa sala atrás de mim, deixo uma biópsia da minha carne. Posso parecer normal para qualquer pedestre que passe por mim, mas, sob meu vestido de verão, sob camadas de curativos e gaze, sob quinze orifícios de seringas, um grande hematoma verte sangue na escuridão. Um hematoma profundo se forma ali, rápido como uma sombra de nuvem sobre O Gearagh.

ANTES

O galpão ficou mais frio à medida que o feno saía, folha por folha, sendo eliminado pelo lento escorregar de saliva e dentes. Cada bolo de ruminação passava por vários estômagos e depois era cagado de volta no chão em salpicos extravagantes. No seu rescaldo, surgia um vazio ressonante que parecia a antítese da minha casa outrora aconchegante. Para testar a acústica, me balancei para frente e para trás nas botas, do dedo do pé ao calcanhar, do calcanhar ao dedo do pé, gritando para mim mesma: *Olá? Olá?* E sorrindo com o som que minha voz lançava nas paredes. As vigas já pareciam impossivelmente distantes. Sabia que nunca mais as alcançaria. Agora, só os morcegos conheceriam essa proximidade fragmentada.

AGORA

Fico esperando os resultados da biópsia. Surto. Espero. Surto.

A carta vem embrulhada num envelope de alívio inarticulável, logo seguido pela confusão. O fato de não terem sido detectadas células cancerígenas é a única resposta que os exames fornecem; não apresentam nenhuma explicação para os nódulos. Logo chegam mais cartas para mais consultas, mais exames, mais espera sob os dedos afiados da Juíza Judy.

A gravata do cirurgião é um pêndulo macio enquanto ele amassa meu seio, a cabeça inclinada como um ponto de interrogação. O veredicto é o de que, embora os nódulos sejam inexplicáveis, não são cancerosos, portanto, o bisturi não precisa tocar minha pele. Meus punhos se abrem de alívio. Em algum lugar próximo, um morcego se agita durante o sono.

Assim como resisti aos seus garranchos vermelhos, desejei resistir a essa verdade do meu corpo, contudo, agora tento aceitar essa estranheza. No meu seio esquerdo carrego dois caroços, perfeitos como fósseis de amonita, cada um deles uma pista. Quando meu corpo estiver numa sala de dissecação, um aluno poderá ler esses textos com a mesma facilidade com que lerá minha tatuagem, minha cicatriz de cesariana ou meu dente quebrado, traduzindo-os nas águas que fiz ricochetear nos corpos das outras pessoas. Penso neles como vírgulas, embora pareçam mais como pontos finais. Meus dias de leite estão começando a parecer inacreditavelmente distantes, como se nunca mais pudesse alcançá-los, como se só outros pudessem conhecer essa proximidade fragmentada. Não é possível. Não importa o que aconteça, digo a mim mesma que sempre terei minha lembrança: a pérola e o seixo de um broche interno fixado firme no meu peito. Quer seja uma falha ou um enfeite, é um texto feminino, e o carrego junto ao coração.

XV. uma sequência de sombras

Quando o nome de Eibhlín Dubh deixa de aparecer nas cartas de seus irmãos, minhas letras também se apagam na tela. Temo que minhas fontes tenham definhado até chegar ao fim. A entrada trancada da Raleigh House não pode me admitir, nem os quartos demolidos da antiga Derrynane. Todos os objetos que desejava ver foram eliminados ou ocultados, todos os broches desapareceram, todas as xícaras descartadas, todas as portas trancadas, todas as chaves perdidas. Não há mais evidências da vida dela, não há mais nada para achar. E, no entanto. E, no entanto, não consigo aceitar isso. Ainda há tanta coisa que não sabemos. Não sabemos quanto tempo viveu, se se reconciliou com a família, se voltou a se casar, se teve outros filhos ou enteados. Não sabemos onde viveu os últimos anos ou como se sustentou financeiramente. Embora a lápide em Kilcrea identifique onde o marido, filho e neto estão enterrados, a localização dos ossos de Eibhlín Dubh nunca foi registrada. Num momento, ouvimos sua voz, real e distinta, e no momento seguinte, *Ta-dá!*, rápida feito um ilusionista, ela desaparece.

Tento me ensinar a me adaptar a essa ausência repentina, assim como tenho aprendido a aceitar outra ausência nos meus dias. Enquanto me debruçava sobre os muitos mistérios da vida de Eibhlín Dubh, minha filha estava crescendo. Agora tem a própria mochilinha para carregar nas costas. Todas as manhãs, seguro sua mão e me despeço dela na escola infantil, vendo-a correr em direção aos potes de tinta, aos quebra-cabeças e à caixa de fantasias. Passo as horas seguintes vasculhando inutilmente as mesmas velhas fontes de arquivo. Eibhlín Dubh nunca está lá. Minhas manhãs são muito tranquilas agora que meus filhos, meu propósito e meu fantasma, todos me deixaram. Conto os minutos até poder voltar a pegar minha filha nos braços, um texto feminino vivo e esperneando. À noite a afago para que durma e penso em Eibhlín Dubh acariciando os cabelos cálidos dos filhos até que as pálpebras estremeçam num sonho. Eu a imagino erguendo a cabeça e, com um último suspiro, a vela se apaga. Para a escuridão. É isso: *Fim*.

Não é possível.

Continuo me esforçando para espreitar através daquela escuridão, tentando enxergar essa imagem noturna como algo diferente de um término. Fico frenética, buscando uma nova linha de investigação, qualquer coisa que possa me permitir continuar essa jornada. Se não posso seguir a mãe deles, o que dizer dos filhos? Talvez um eco de sua vida possa ser rastreado ao passar pelos corpos daqueles que colocou em movimento. Mapear a vida deles pode revelar algum vislumbre da mãe — uma carta em que eles a mencionam, talvez, um registro no livro de contabilidade ou um registro de sua lápide —, alguma coisa, penso eu. Qualquer coisa.

Essa mudança me permite um novo caminho com novas pistas. No jardim de infância, beijo minha filha e, antes mesmo de a porta se fechar entre nós, meu corpo já está se afastando. Durante cada minuto das horas seguintes, estou pesquisando arquivos, inscrições em cemitérios e registros antigos de nascimentos, casamentos e mortes, construindo minha própria genealogia confusa da família de Eibhlín Dubh. No início, não consigo vê-las, essas pessoas que ela conhecia — são uma sequência de sombras, opacas e distantes —, mas, com o passar das semanas, o arquivo que construí de cada nome começa a crescer. Uma a uma, sua gente sai da escuridão para a luz e vem na minha direção. Elas começam a se mover e a respirar — às vezes imperfeitas e simpáticas, às vezes estranhas, às vezes violentas ou iradas —, essas pessoas que conheceram Eibhlín Dubh. Elas são reais e verdadeiras. Elas existem.

Minha busca pelo filho mais velho de Eibhlín e Art é abençoada desde o início por pistas concretas. Como está enterrado com o pai na Abadia de Kilcrea, a lápide que compartilham me permite uma estrutura confiável de datas para começar, datas que me permitem entrar direto nos pergaminhos amarelados de páginas de arquivo e jornais antigos, até começar a encontrar ondulações de sua vida se movendo pelo texto. Compilei uma longa lista de fatos e citações e depois, como é meu hábito, sonho acordada com isso.

Eibhlín Dubh tinha vinte e cinco anos quando se curvou sobre a barriga e soltou um grito agudo. Durante horas, ela se encolheu, engatinhou e rugiu até que, por fim, seu primeiro bebê, um menino, nasceu. Antes mesmo de ter um nome, estava deitado nos braços da mãe em um quarto da Raleigh House, onde, no limiar do outono, ela sustentou o corpo dele no dela, acomodado nos seus braços, e cantarolou as músicas da própria infância. A luz se tornou dourada quando ela procurou por sua gente refletida no rostinho enrugado dele, mas encontrou apenas o reflexo de Art. O nome do bebê também pertencia à família do pai, pois era compartilhado pelo avô e pelo jovem tio: *Conchubhar*, que seria anglicizado como Cornelius. Esse bebê cresceu forte no calor da casa dos avós, onde seus primeiros gorgolejos foram recebidos com alegria compartilhada, onde foi levado pela mãe de um cômodo a outro, e o beijavam e cantavam para ele, o embalavam e carregavam pelo pátio de paralelepípedos sobre o qual uma águia observava.

Conchubhar cresceu. Ele começou a inclinar a cabeça e a olhar o entorno, vendo flores, um cavalo e folhas douradas que se entregavam à brisa. Certa manhã, ergueu os braços para a mãe e sorriu um sorriso desdentado. Começou a comer, com uma gosma macia de cenoura escorrendo pelo queixo. Um dente perfurou sua gengiva. Depois outro. Eu lhe dei a primeira palavra dita por todos os bebês que conheci: *Pa-Pa*. Ele engatinhou, se movendo bem depressa com os joelhos e braços, enquanto Eibhlín Dubh pairava sobre ele. Uma cadeira velha apoiou a mão dele quando se esforçou para ficar de pé. Ele deu um passo. Dois. Começou a correr. De vez em quando, o pai de Conchubhar voltava para casa. O menino certamente foi segurado nos braços de Art para trotar pelo prado, guinchando de alegria quando borboletas e abelhas se afastavam depressa daquela grama alta. Ainda era pequeno quando a barriga da mãe começou a crescer mais uma vez e, logo, os cômodos de Raleigh se encheram com os berros marítimos de um novo irmão, Fear, um nome que, ao ser pronunciado em voz alta, soa como a palavra distante em inglês: *Far*. Quando o pai deles estava morrendo entre os dentes-de-leão de Carriganima, Conchubhar tinha três anos e o irmão ainda era um bebê. Não importava o quanto chorasse, nada ia mudar; o pai havia partido e a mãe nunca mais seria a mesma.

Depois do *Caoineadh*, Conchubhar desaparece, de mãos dadas com o irmão mais novo. Não encontro nenhum vestígio de nenhuma das crianças durante anos, nada de escaladas em árvores, nada de aprendizado de escrita, leitura ou equitação, nada de brincadeiras ou aniversários, de quedas, jogos ou brigas. Tudo o que consigo deduzir do segundo filho é que o nome foi anglicizado como Ferdinand O'Leary e que se tornou padre, embora não haja qualquer evidência disso em nenhum dos registros do clero — o que não é surpreendente, presumo, dada a clandestinidade da prática do catolicismo naquela época. Pesquiso até os olhos doerem por causa do rolo de microfilme e, ainda assim, não consigo identificar nem mesmo os detalhes mais básicos da vida desse filho mais novo. Não encontro o local do sepultamento. Não consigo nem saber a data exata de nascimento dele, embora tenha procurado em todos os textos que consegui encontrar, sem sucesso. Assim como a mãe, Ferdinand desaparece completamente do meu alcance. Por fim, me despeço dele e me volto para seu irmão mais velho.

Na altura de nosso encontro seguinte com Conchubhar, o vejo alto e forte, com um sorriso fácil. Aos vinte e um anos, ele percorre as cartas que circulam entre os tios, o vaivém contínuo de afeto e fofocas, de dívidas e acordos. No dia 17 de abril de 1789, Daniel, irmão de Eibhlín, escreve para Derrynane de Paris: "Eu lhe enviei há três dias os recibos de Con O'Leary". Essa breve menção é o suficiente para que eu imagine o jovem Con passeando pelas vielas e avenidas sujas de Paris no momento em que a cidade está se preparando para a revolução. Será que a mãe o visitou lá, viajando para Paris por mar e de carruagem para beijar o rosto do filho? Eibhlín Dubh, agora com quarenta e poucos anos, deve ter aturado uma certa dose de intriga para negociar uma situação em que os irmãos pagariam as despesas educacionais do filho. Fecho os olhos para ver.

A xícara estava cheia demais. Ela não havia percebido o quanto estava desconfortável até que se viu de volta a essa sala — o mesmo espelho, as mesmas cortinas, as mesmas tábuas do assoalho —, reunindo coragem mais uma vez. O chá ondulou, derramando sobre a borda. Pingava, pingava. Ela tomou um gole do líquido escaldante e ensaiou mais uma vez o pequeno discurso. Ela se tornaria humilde, iria até mesmo inclinar os ombros para parecer um pouco patética, se aquilo ajudasse. Ele mal notaria o dinheiro que seria necessário para mandar Con para a escola junto com os primos. Ela teria de fazer com que ele enxergasse que esse gesto não seria um presente para ela; ela deveria mostrar que continuaria a sofrer. Observando o rosto no espelho, tentou fazer uma expressão de humildade. Olhos baixos. Sem hesitar. Os passos se aproximaram. A porta se abriu. Maurice parecia severo, a boca cansada nos cantos e uma penugem cinzenta rastejando pelo colarinho. Viu um lampejo dele quando menino, preso em uma árvore e pedindo ajuda, e tentou conter o sorriso. "Então?", ele disse com rudeza, como se ela fosse uma estranha pedindo uma moeda em dia de mercado. Ela reprimiu a maldição que borbulhava e se preparou para agarrar as mãos dele nas suas. Mas seu braço estava tão zangado quanto ela. Ela calculou mal a distância entre a xícara e a mesa, quebrando o recipiente pela alça, enviando um glorioso oceano de chá que logo se espalhou pelo chão, sobre o qual uma fúria de fragmentos se ergueu como destroços. Eibhlín olhou para o líquido. Seu irmão a encarou. Fora um acidente, mas ela sabia que aquilo não seria visto como tal; podia esperar para ser repreendida ou podia falar primeiro. Um brilho de vapor se ergueu, entregando-se tão facilmente ao ar. Antes mesmo que ele abrisse a boca, as pernas dela já a estavam levando pelo corredor, passando pela cozinha com as travessas de carne e caldo fervendo, e indo em direção aos estábulos. Deixe que Daniel o chame à razão, pensou, e se não o ouvisse, que se dane, ela encontraria outra maneira de sustentar o filho. Ao passar depressa pela horta, ela descobriu que ainda segurava um pedaço da alça da xícara, que cortara e tingia de vermelho a ponta do dedo dela. Lançou-a a um monte de lixo de cozinha ao passar, entre as cartilagens e a podridão. Ao se afastar, levou o ferimento à boca e fez uma careta.

De alguma forma, Eibhlín Dubh teve êxito ao engendrar uma educação francesa para Con. Depois disso, ele seguiu os passos do tio Daniel, entrando para o exército como membro dos *Gardes Françaises*, onde, de acordo com sua lápide, se tornou capitão. A carta em que Daniel menciona os "recibos" de Con foi escrita apenas alguns meses antes da tomada da Bastilha, mas não sabemos nada a respeito das experiências de Con durante o caos que se seguiu. No que hoje é a *Place de la Concorde*, uma guilhotina logo apareceria. Lá, uma rainha se ajoelharia enquanto multidões zombavam da lâmina, mantida sobre o corpo dela por um instante vibrante. Em Raleigh, um corvo sobrevoava o pátio e pousava ao lado do presente dado pela mãe da rainha anos atrás.

De Paris, Con retorna às sombras e, por algum tempo, eu o perco. Durante esses anos misteriosos, ele conhece a srta. Rebecca Gentleman, que às vezes é apontada como sua primeira esposa. Como não consigo encontrar nenhum registro dessa união, não posso concordar com essa suposição, embora pense em como Eibhlín Dubh deve ter se sentido ao comparecer ao casamento do filho mais velho e como deve ter sido como sogra. Quase consigo ver o cabelo de Rebecca, enrolado, torcido e bem preso, mas não consigo ver o rosto. Procuro e procuro por ela em todos os censos e registros de batismo da Inglaterra e da Irlanda, mas não se pode encontrar Rebecca. Mais uma vez fracasso. Mais uma vez, volto a olhar para Con.

No inverno de 1805, ele já havia deixado Paris para trás. Aos trinta e poucos anos, o encontro tremendo em uma lista de inscritos no Gray's Inn, uma instituição em Londres que monitorava a admissão na Ordem dos Advogados. Um conjunto de prédios de pedra se amontoa em torno de duas praças panorâmicas, e lá o vemos, o nosso Con, caminhando para a próxima aula. Coloco uma braçada de livros no seu cotovelo dobrado e uma leve garoa sobre os ombros. A chuva cai mais depressa, e seu andar se acelera, fazendo com que entre por uma porta para sacudir as gotas das mangas.

Percorrer com o dedo os nomes dos colegas de Con e dizê-los em voz alta é quase como ver esses filhos dos elegantes lares de Surrey, Devon e Berkshire com seus sobretudos caros e chapéus: *Gilbert Hele Chilcott, Robert Phipps, Charles Hodges Ware*. Con foi registrado entre eles em 21 de novembro:

> *Cornelius O'Leary, 36 anos, filho mais velho de Arthur O', nascido em Raleigh, Condado de Cork, cavalheiro, falecido.*

Talvez possamos imaginá-lo voltando para seus aposentos, cansado e procurando um fósforo daqueles conhecidos como *lucifers* e então batendo-o com força para acender um pavio de vela. Talvez possamos vê-lo colocando mingau numa tigela lúgubre ou voltando a calçar as botas para caminhar pelas ruas enfumaçadas de Londres, pulando poças e acenando para conhecidos. Será que às vezes chegava uma carta com o nome dele, escrita pela mão da mãe? Por quanto tempo esse item poderia permanecer entre os pertences de um jovem antes de ser jogado em uma lata de lixo?

Em setembro de 1813, muitas pessoas, inclusive Con e o primo, o político Daniel O'Connell, estavam promovendo agitações com resultados favoráveis contra as brutalidades políticas que eram infligidas na Irlanda. Um artigo na primeira página do *The Morning Chronicle*, de Londres, põe o filho de Eibhlín Dubh na taverna The Bush para uma reunião do Conselho Católico de Cork, "com o Ilmo. Sr. Cornelius O'Leary na presidência". No ano seguinte, o nome apareceu num texto muito diferente, isto é, no livro de registro de títulos de licença de casamento. Ali, volteios bem inclinados pressionavam as letras do nome de Con ao lado de outra: Mary Purcell. Mary era uma das dez crianças nascidas em uma família protestante próspera e havia muito estabelecida em Cork. Faço uma pesquisa em jornais antigos até encontrar o anúncio oficial do casamento no *The Freeman's Journal* do dia 4 de maio de 1814 — "Na última segunda-feira, em Cork, o Ilmo. Sr. Cornelius O'Leary, advogado, com Mary, única filha do Ilmo. Sr. Goodwin Purcell, falecido em Kanturk, naquele condado". Suponho que Mary tinha quarenta anos e Cornelius quarenta e seis quando caminharam até o altar. Se Eibhlín Dubh estivesse viva para ver os olhos do filho quando ele saiu da igreja, ela teria setenta e um anos.

Os recém-casados se estabeleceram na cidade de Cork e, no dia 6 de outubro de 1815, nasceu Cornelius Ferdinand

Purcell O'Leary — o primeiro neto de Eibhlín Dubh. Essa criança tinha dez meses de idade quando Mary engravidou novamente e, em 19 de março de 1817, nasceu Goodwin Richard Purcell O'Leary, que recebeu o nome do pai e do irmão de Mary. Mary, assim como Eibhlín Dubh, havia dado à luz dois meninos em três anos. Encontrei uma referência a um terceiro filho, Arthur, que morreu na infância e, embora não tenha conseguido encontrar um registro oficial desse nascimento, é angustiante imaginar essa família chorando a perda de outro Art.

Em setembro de 1998, durante uma palestra na aldeia de Inchigeelagh para uma reunião familiar dos membros O'Leary, Peter O'Leary traçou a genealogia de Art, observando que: "É um fato curioso que, quando Cornelius escreveu um breve relato de sua vida em uma Bíblia da família (na qual são registrados nascimentos, casamentos e mortes) em Manch House, ele não mencionou a primeira esposa, Rebecca, nem o terceiro filho, Arthur. O relato foi escrito em Paris, em outubro de 1827." A menção a essa Bíblia da família me intriga, mas quando encontro as palavras de Peter, o homem que as proferiu já faleceu e não consigo encontrar nenhuma referência à fonte nem qualquer pista acerca da localização atual dessa misteriosa Bíblia da família. Estou faminta pelos detalhes que imagino que Con deve ter escrito a respeito da vida da mãe. No mínimo, a Bíblia certamente teria me fornecido a data de sua morte e o local de sepultamento e, assim, começa a parecer uma chave-mestra de ouro: se conseguisse encontrar essa Bíblia da família, poderia destrancar inúmeras portas. Ao procurar a localização dela nos arquivos dos proprietários mais recentes — os Conner de Manch — leio muitos, muitos artigos não relacionados, todos becos sem saída. Em um deles, publicado por Edward MacLysaght em 1946, a seguinte frase me chama a atenção: "O Coronel Conner e o irmão, Henry Conner, DJ, informaram-me que uma quantidade considerável de documentos da família, incluindo vários diários interessantes do século XVIII, havia sido destruída por algumas senhoras da família há uma geração." Com essas mulheres anônimas que pegaram a história de uma família para reescrevê-la com chamas — esse é um texto feminino.

Con e Mary logo se mudaram para longe da cidade e passaram a morar em Dromore House, uma grande casa em meio a campos ondulados, mais próxima da família de Mary. Eu o encontro de novo nos jornais numa edição do *The Freeman's Journal*, datada de sexta-feira, dia 9 de abril de 1824, quando três homens foram indiciados no tribunal do condado de Cork por cortar e remover as árvores dele. No ano seguinte, ele ressurge mais uma vez nas cartas reunidas pela sra. O'Connell, buscando uma *bourse*, ou seja, uma bolsa de estudos, que permitiria que o filho mais velho, Cornelius Junior, estudasse em Paris. Seus tios, Maurice e Daniel, têm opiniões conflitantes sobre quem deveria se beneficiar dessa oportunidade. Daniel escreve que:

> *O'Leary está muito desejoso de obter para seu Primogênito a primeira bolsa que ficar vaga na fundação O'Connell em Paris, e certamente tem justo direito a ela, mas, Maurice, Connor me diz que você e seus Irmãos indicaram um Irmão mais novo dele para a primeira vaga. Devo observar que você não deveria, ou melhor, que não tem o direito de fazê-lo, e que seria extremamente injusto dispor de duas Bourses na mesma família, em detrimento de um parente mais próximo. Adieu.*

Passo muito tempo intrigada com essa carta. O tom é abrupto, o que por si só não é nada característico, mas para mim a frase "um irmão mais novo dele" é particularmente desconcertante. A princípio, me pergunto se eles estão se referindo ao irmão mais novo de Con, mas Ferdinand estaria na casa dos cinquenta anos a essa altura e, como padre, parece improvável que tivesse filhos com direito à bolsa de estudos. Há algo na opacidade da fraseologia dessa carta que também me incomoda. Tenho certeza de que deve estar faltando alguma coisa aqui, algo que um estudioso qualificado detectaria, mas tudo o que absorvo dessa carta são mais perguntas. Como grande parte da história mais ampla, esse texto sugere uma realidade complexa e viva que se esconde além dele, uma realidade que, em última análise, é inescrutável para alguém à minha distância e com a minha inexperiência.

No primeiro dia de 1830, a esposa de Con, Mary, morreu. Com apenas quinze e treze anos de idade, seus filhos estavam estudando em Dublin na época, mas é possível que estivessem em casa para o Natal quando souberam da morte da mãe. Menos de um ano depois, no dia 5 de outubro de 1831, o nome de Con aparece nos anúncios de casamento do *Kerry Evening Post* junto com o de sua segunda (ou possivelmente terceira) esposa. "Em Gretna Green, o Ilmo. Sr. Cornelius O'Leary, advogado, casou-se com Hannah, filha do Ilmo. Sr. Pierce Purcell, falecido, de Altamira, Condado de Cork." De certa forma, me vejo duvidando desse anúncio. Por um lado, entre os sete irmãos Purcell, Hannah é a única cujo casamento não consta em nenhum registro histórico, além desse único anúncio de jornal. Em segundo lugar, como local para o casamento, a cidade escocesa de Gretna Green — com sua reputação de refúgio para amantes que buscam um casamento apressado — parece distante demais da área em que ambos viviam a ponto de ser suspeita. Mais uma vez anseio pela Bíblia da família, nem que seja para ver como Con poderia ter descrito esse casamento, mas, na ausência dela, tento imaginá-lo, o filho mais velho de Eibhlín Dubh e Art, agora com sessenta e poucos anos, entrando na fria luz do sol escocês com uma nova noiva no braço.

Uma década inteira se passa sem que haja qualquer sinal perceptível da vida desse filho nos textos que consigo acessar — nenhum caso de tribunal nos jornais, nenhum registro de batismo de novos filhos. Para Con, a vida se torna mais tranquila. Deve ter se orgulhado dos filhos, Goodwin e Cornelius, o mais novo estudando medicina, enquanto Cornelius, assim como o pai, se dedicou ao direito. Na primeira página do *Connaught Telegraph*, no dia 20 de janeiro de 1836, esse filho é descrito como advogado e católico. Ele e Con passaram a frequentar comícios políticos juntos. Em um artigo do *The Nation* publicado no dia 3 de junho de 1843, há um relato de uma reunião da qual Con participou no The Corn Exchange. Entre os assuntos discutidos, estava a sugestão de vários novos membros do movimento político Revogação. Quando chegou a hora de o próprio Con ser sugerido à multidão, Daniel O'Connell proclamou: "Outro advogado (viva)! Tenho a honra de sugerir que o advogado Cornelius O'Leary seja admitido como membro. Não há nenhuma objeção a ele, exceto pelo fato de ser um parente próximo e querido meu." A resolução foi aprovada.

Em junho de 1846, em sua casa em Dromore, o companheiro e filho mais velho de Con, Cornelius, morreu aos trinta e um anos de idade. Con mandou abrir o túmulo do pai e seguiu o caixão do filho em meio ao canto dos pássaros e das abelhas pela ponte estreita até a Abadia de Kilcrea. Veja Con agora, de pé no mesmo solo onde a mãe esteve, observando o filho entrar aos poucos na câmara escura de Art. No alto, velhos corvos gritam e giram. Vejo Con se afastar do túmulo para partir de Kilcrea, com a mão pesada sobre a pedra prateada do batente da porta. Dentro de alguns meses, o túmulo seria aberto novamente. Dessa vez, o próprio Con seguiria o filho por aquela porta escura. Tinha 77 anos quando morreu, apenas cinco dias antes do aniversário. Agora, três gerações da família jaziam juntas, os ossos se misturando no abraço final de pai e filho e pai e filho. Nenhum nome feminino aparece na lápide, mas a ausência de um nome feminino não é evidência da ausência de uma presença feminina. Poderia Eibhlín Dubh estar aqui também?

Depois de acompanhar o filho desde o momento do nascimento até o momento do enterro, fico triste que minha busca não resulte em mais nenhuma pista sobre a vida dela — mas o que esperava? Ato de desespero, uma abordagem como essa estava sempre fadada ao fracasso. Agora, Ferdinand e Eibhlín desapareceram, Art está morto, Máire Ní Dhuibh está morta, e Con e o filho mais velho jazem na terra de Kilcrea. Embora todos já tivessem partido muito tempo antes de eu começar a espioná-los, ainda lamento o momento em que terei de testemunhar sua queda no esquecimento mais uma vez. O único descendente que resta para seguir agora é o neto de Eibhlín, o segundo filho de Con. Goodwin Richard Purcell O'Leary, então, me volto para ele, na esperança de que possa me revelar algo a respeito da avó que o pai não conseguiu. Eu o observo atentamente para ver o que fará de sua vida, pois é o último da linhagem de Eibhlín Dubh.

Ambicioso e precoce, Goodwin era fascinado desde jovem pelo funcionamento do corpo humano. Entre os muitos formandos em medicina em Edimburgo em 1841, ele recebeu uma medalha de ouro por suas realizações. Poliglota, começou a viajar pela Europa, continuando os estudos durante a viagem. Tendo perdido a mãe quando criança, Goodwin também enterrou o irmão mais velho e o pai num único verão. Três anos depois, no início da primavera, ele se casou com Helena Sugrue, filha de uma próspera família de comerciantes. O casal, ambos com vinte e poucos anos, passou a morar na cidade de Cork, onde ele foi nomeado professor de *Materia Medica* no Queen's College, em Cork, no mesmo departamento da mesma universidade onde mais tarde eu me posicionaria acima de um cadáver.

Em uma edição do *The Freeman's Journal* do dia 29 de julho de 1858, logo acima da notícia de uma estátua de três metros da Imperatriz Josefina que era deslocada para Martinica, encontrei uma lista das "Últimas chegadas ao Finn's Royal Victoria Lake Hotel". No pitoresco resort de Killarney, os novos hóspedes incluíam "o Sr. e a Sra. Purcell O'Leary". A mão de Helena está enganchada na dobra do cotovelo do marido enquanto passeiam pela sala de café da manhã, acenando para os outros hóspedes: a elegante srta. Le Hunt, o capitão Jacob, as senhoritas Cliffe, George Martin, de Boston, e o vereador Bradley, de Nova York. Em cada mesa por onde passam, coloco uma toalha recém-passada, talheres de prata e vapor saindo da boca de porcelana de cada xícara de chá.

De volta à cidade, o casal passou a morar no número 9 da Sidney Place. Fiquei do lado de fora desse edifício, a mão fazendo sombra ao sol contra o qual a casa de Goodwin e Helena se ergue em três andares de tijolos vermelho-vivo. Um lance de escadas leva da rua até a porta e catorze janelas dão para o vale da cidade abaixo. Por trás de cada uma dessas janelas, há um cômodo pelo qual já passaram. Saindo de casa em uma manhã ensolarada com uma maleta estreita numa das mãos e um guarda-chuva pendurado na outra, o trajeto de Goodwin até a faculdade teria sido um passeio ameno pela cidade. Como professor de *Materia Medica*, ele passava os dias ensinando as propriedades terapêuticas de várias substâncias e as maneiras pelas quais poderiam ser usadas para influenciar o funcionamento do corpo humano. As provas que Goodwin preparou para os alunos nos permitem vislumbrar algumas das palavras que ele pode ter dito durante um dia de trabalho.

> *Explique as reações que ocorrem na preparação do ácido valeriânico e do trisnitrato de bismuto.*
>
> *Descreva as propriedades, as características químicas e a ação da dedaleira. Dê seu nome em latim, suas preparações, indicações, contraindicações e doses.*
>
> *Qual é a ação fisiológica e os usos do óleo de fígado de bacalhau?*

No oeste do Canadá, picos irregulares de calcário e arenito formam uma paisagem montanhosa que fica bem abaixo de pálidas camadas de neve. Goodwin estava entre o comitê de seleção que escolheu o dr. James Hector como geólogo-chefe da equipe de expedição que mapeou essa área pela primeira vez e, em 1859, Hector batizou essas montanhas com o nome do neto de Eibhlín Dubh. Não posso deixar de julgar a arrogância de uma geração de exploradores brancos que acharam que estavam "nomeando" uma cadeia de montanhas formada na Era Proterozoica, revogando a nomenclatura escolhida pelas pessoas que conheciam essas encostas havia gerações, e ainda assim o nome de Goodwin permanece em todos os atlas modernos que encontro. Colocar a ponta do meu dedo naquele local e mantê-la sobre as letras do nome dele não é apenas sentir algum resquício de sua vida — e, de fato, da vida de Eibhlín Dubh —, é também sentir a vida de outras pessoas. Nessas encostas, muitos corações estão batendo agora: os corações dos ursos-pardos que roncam em cavernas e dos alces que passeiam debaixo dos chifres de veludo, os corações das cabras-da-montanha e dos caribus que mordiscam o líquen, os corações dos carcajus e os corações das cotovias que sobrevoam essa inclinação branca. Debaixo do meu dedo estão as letras do nome de Goodwin e, debaixo do nome, um pulso ainda bate.

Em 1862 houve um incêndio na universidade, um incêndio que começou nas salas dedicadas à *Materia Medica*. As conspirações giraram em torno de possíveis culpados, mas, para meus propósitos, estou menos interessada nessas acusações e mais em qualquer vislumbre que esse evento possa fornecer acerca da vida de Goodwin. Em seu depoimento, Denis Bullen, professor de cirurgia, descreveu a cena no dia em que o incêndio teve início:

> A sala estava em ordem, exceto pelo fato de ter observado, em uma prateleira aberta sobre a porta, pelo menos uma dúzia de grandes frascos de vidro contendo espécimes patológicos preservados em uma solução aquosa de álcool (alguns deles com álcool metílico).

Depois que o fogo foi finalmente extinto, Bullen retornou, observando,

> Ao inspecionar atentamente essas partes do piso, eu, depoente, vi marcas visíveis, como se um fluido in-

> flamável (como álcool metílico) tivesse vazado por baixo da referida porta, formando uma figura definida no piso de madeira, e como se, quando essa parte do piso pegou fogo, a parte impregnada com o fluido tivesse queimado.

Ele também sugeriu quem poderia ser o responsável:

> alguma pessoa intimamente familiarizada com o funcionamento da referida faculdade, que tinha conhecimento exato da matéria peculiar contida no *Museu de Materia Medica*; que a ela tivesse acesso, sem a preocupação de ser detectado, e entrou na referida sala por meios usuais, evitando assim ser descoberto... Era necessário apenas colocar os manuscritos no chão, verter por cima deles o conteúdo de alguns dos frascos, empregar um fósforo *lucifer* aceso e então trancar a porta.

Quando imagino como o hálito quente daquele fogo deve ter percorrido o departamento médico, me parece estranho que, tantos anos depois, os modernos aposentos possam ser abreviados de Centro de Aprendizagem de Anatomia, Morfologia e Embriologia para FLAME (chama, em inglês). Talvez o passado esteja sempre tremendo dentro do presente, quer o percebamos ou não.

As perdas sofridas no incêndio estão detalhadas no jornal *The Cork Constitution* do dia 16 de maio de 1862:

> Uma ala inteira do prédio foi completamente destruída, e um valioso museu patológico, que levou anos de trabalho diligente para ser acumulado, e uma grande quantidade de objetos de valor foram totalmente des-

> truídos... O professor O'Leary, em cuja sala, segundo consta, o incêndio começou, foi um dos que mais sofreram, tendo sido destruídos manuscritos de onze anos, além de um microscópio valioso, uma coleção de preparações microscópicas feitas por ele mesmo, que eram muito apreciadas, e vários outros artigos.

Essa foi a destruição do trabalho de uma vida e, quanto mais aspectos dela descubro, mais sinto que a dor dessa perda assombrou o neto de Eibhlín Dubh pelo resto de seus dias.

Goodwin começou a ter dificuldades. Talvez já estivesse enfrentando dificuldades, mas, a partir de 1862, os arquivos da universidade revelam dificuldades com os deveres profissionais. Em 1865, seu livro de registro não foi devolvido e, depois, foi descoberto que não era confiável devido a imperfeições, com alunos ausentes marcados como presentes. Ao tentar mudar um dos dias de aula para o sábado, ele diz que se sente sobrecarregado. Sob a manchete "UM NEGÓCIO SÉRIO", o *Waterford News* noticiou que Goodwin havia se envolvido numa briga do lado de fora do escritório de um agiota. Seu companheiro, Edward Freeman, estava devendo dinheiro a William Lindsay, um impressor e dono de papelaria em Fermoy, e quando

> O Sr. Freeman segurou Lindsay pelo colarinho e disse-lhe que tinha um revólver no bolso, com o qual atiraria nele, o professor O'Leary agarrou o Sr. Lindsay pela garganta, jogou-o contra a parede e, agitando um chicote sobre sua cabeça, ameaçou "fazer picadinho dele" se não assinasse a comprovação do pagamento da dívida.

O que os empregadores de Goodwin teriam achado dessa reviravolta? E quanto a Helena? Como teria se sentido ao ver esse comportamento publicado no jornal para todos verem — foi um choque para ela, uma fonte de vergonha ou indignação, ou foi a culminação pública de comportamentos familiares em relação à mulher que dividia o lar com ele? Em 1867, ele recebeu uma correspondência do presidente do seu local de trabalho perguntando por que suas aulas haviam sido interrompidas tão no início do semestre, em 14 de abril. Goodwin não estava na sala; ele havia saído.

Em um jornal datado do dia 12 de maio de 1869, encontrei o seguinte relato:

> O professor Purcell O'Leary, do Queen's College, estava passando a noite de ontem em um hotel da cidade, e seu criado o chamou por volta das onze horas. Quando passavam pela Prince's Street, três homens os encontraram. Não se sabe o que os três homens disseram ou fizeram, mas o professor sacou seu revólver e o apontou para eles, o que provocou um grito de polícia. O professor, então, abaixou a arma e se aproximou dos três homens, aos quais começou a explicar a marca e o formato superiores da arma e as habilidades de recuo dela. Enquanto isso, duas ou três pessoas foram atraídas para o local e, enquanto o professor segurava o revólver, ele foi agarrado por trás e a arma foi arrancada de sua mão. Seguiu-se uma briga, na qual o professor foi atingido e derrubado, mas não conseguiu recuperar a posse do revólver.

O temperamento de Goodwin oscilava entre essas estranhas explosões e exibições de grande clareza intelectual.

Em 1870, o *Cork Examiner* detalha uma palestra proferida ao ilustre membro da Sociedade Literária e Científica:

> A palestra foi considerada, de modo geral, uma das mais brilhantes e interessantes já proferidas no teatro da Instituição; os detalhes técnicos, que foram expostos com muita lucidez, foram animados por ocasionais lampejos de inteligência e humor, por graciosos voos de fantasia e passagens de eloquência singular, que provocaram aplausos altos e frequentes.

Em 1873, o *Cork Constitution* relata um recital musical na cidade, com uma apresentação de "Música, 'The Colleen Dhu' — Palavras do Dr. Purcell O'Leary". "Dhu" é uma abreviação de "Dubh". Naquele mesmo ano, o *The Bradford Observer* publicou a manchete "ASSUNTO EXTRAORDINÁRIO EM QUEENSTOWN":

> O professor Purcell O'Leary, que andou como um maníaco pelas ruas de Queenstown na segunda-feira, vestido para representar o Xá da Pérsia, com um terno amarelo e calça de camurça até o joelho, armado com uma espada, arco, flecha e um grande porrete, e usando uma coroa de ouro como chapéu, foi preso no final da noite e levado perante os senhores Macleod, oficial da Marinha Real, e Beamish, Juiz de Paz, acusado de apontar um revólver para uma de suas empregadas e disparar o mesmo contra a cabeça dela. O infeliz cavalheiro ficou andando pela cidade o dia todo, seguido por multidões, especialmente por vários emigrantes, que pensavam que ele era algum tipo de índio selvagem e, em vários casos, os fez voar em todas as direções com sua clava e flechas. O Coronel Lloyd foi

> atacado por ele perto do Clube Náutico Royal Cork, teve seu chapéu arrancado e foi obrigado a se refugiar na sede do Clube Cork. Em seguida, voltou para casa de trem e encontrou uma jovem vendendo morangos em sua casa. Ele foi de encontro a ela com uma pistola carregada, disparou por cima de sua cabeça e praticamente deixou a pobre criatura fora de si; depois disso, reduziu alguns dos móveis de sua casa a lascas com uma espada. Ele ficou em prisão preventiva na Central Bridewell por oito dias.

De onde vieram os móveis descritos como "dele"? Será que foram herdados? Herança: a fúria impulsiva, a raiva, o rancor e a impetuosidade — essas características não são desconhecidas na arquitetura emocional mais ampla dessa família. A cada notícia de jornal que encontro, sinto pena de Helena. Ao ler o *Sligo Champion* do dia 5 de julho de 1873, me arrepio:

> Na noite de segunda-feira, o Dr. Purcell O'Leary, professor do Queen's College, Cork, foi preso em Queenstown com base em um mandado. A sra. O'Leary e sua empregada, Ellen Daly, fizeram denúncias acusando-o de repetidos atos de violência. Ele sacou um revólver contra a empregada e pegou a esposa pela garganta. Sua violência foi tão grande que foram obrigadas a fugir da casa.

Em 1875, ele havia renunciado ao cargo de professor e ido para a Inglaterra para ficar com o irmão da mãe, o tio com quem compartilhava o nome. O Reverendo Goodwin Purcell dedicou sua vida à congregação no vilarejo de Charlesworth, Derbyshire. Lá, arrecadou dinheiro para construir uma capela modesta, uma escola e um vicariato. Foi nesse vilarejo, com suas colinas íngremes e um conjunto de construções de arenito, que Goodwin Purcell O'Leary, neto de Eibhlín Dubh, morreu em uma manhã de domingo de verão, às 9h30 do dia 9 de julho de 1876. Tinha cinquenta e nove anos. Seu obituário no *The Lancet* nos dá um vislumbre do tempo que passou na Inglaterra.

> Sofrendo há dois anos de tísica, ele havia se retirado para Charlesworth na esperança de recuperar a saúde; e poucos, além de seus próprios parentes, conheciam a reputação distinta que havia conquistado ou os talentos que ocultava com seu jeito calmo e discreto.

Descobri que "tísica" é um termo arcaico para tuberculose. O tio de Goodwin recebeu cartas de administração de seu patrimônio, mas o testamento foi anexado e os bens do professor listados como "menos de 100 libras". Entretanto, quando Helena morreu em 1889, ela deixou uma fortuna de 3.769 libras, 9 xelins e 4,5 pêni.

O *The Nation* publicou um relato do funeral de Goodwin saindo de Manchester

> em um conjunto de três caixões... Às 7h30, o funeral chegou à Abadia de Kilcrea. A procissão passou pela bela avenida sob a sombra dos altos olmos que a margeiam em ambos os lados, o Sr. Aldworth leu o sermão da Igreja Anglicana, o grupo de enlutados aguardando sob a torre da ruína cinzenta, enquanto o sol da tarde iluminava a nave, os claustros e a capela principal desse local histórico. Ao final da cerimônia, o corpo foi colocado no túmulo em meio às cinzas de seus ancestrais, e a abóbada foi então lacrada para o tempo.

Fim. Outro de seus obituários começa com: "Um homem notável nos deixou, cujo nome e brilhantes conhecimentos merecem mais do que uma notícia passageira", e termina com a seguinte frase: "O avô do Dr. O'Leary era casado com a srta. O'Connell, irmã do avô do falecido Daniel O'Connell, membro do parlamento de Derrinane Abbey, Condado de Kerry". Lá está ela, enfim, nossa Eibhlín Dubh, marcada novamente como mãe e irmã. Procurei e procurei por toda a vida de Goodwin, ansiando por qualquer vestígio dela, e então, no último momento, *Ta-dá!*, ela aparece, lançada mais uma vez na periferia da vida dos homens.

Outro final chegou até mim e, mais uma vez, o encaro com relutância. Eu me afeiçoei a esse professor, pois, por meio dele, testemunhei como o temperamento pode se propagar por gerações. Ao estudar a vida de Goodwin, senti um pouco da ferocidade e da impulsividade de Art, mas também senti um pouco de Eibhlín Dubh: o orgulho, a raiva e a inteligência dela, à medida que essas características ricocheteavam em outra vida.

Passar períodos tão longos enfrentando os textos do passado pode ser vertiginoso, e nem sempre é uma viagem da razão; quanto mais tempo se passa perseguindo o passado, mais incomuns são as coincidências que se observam. Como uma amadora remando em um vasto oceano de pesquisa histórica, duvido de mim mesma a cada informação que encontro. Todos os estudos que encontro sobre o segundo filho de Eibhlín Dubh sugerem que Fear, ou Ferdinand, tornou-se padre e desapareceu, mas não acredito que isso seja verdade, porque o encontro, o encontro de fato, e não por habilidade, mas por acidente.

Da primeira vez que ele me surpreende, estou examinando um livro de registros de casamentos antigos em busca da confirmação da união de seus pais. Em vez disso, quando encontro o L de *Leary*, o filho deles salta aos meus olhos. *Ferdinand!*, penso, *O que você está fazendo aqui?* Passo o dedo sobre o nome dele e descubro que estou rindo baixinho para mim mesma. Decerto não pode ser ele, penso, decerto outra pessoa teria encontrado esse registro muito antes de mim e, ainda assim, uma nova esperança começa a pulsar em mim, vermelha e musculosa feito um coração. Se esse for o filho de Eibhlín Dubh, ele pode conter um tipo diferente de pista sobre a vida dela. Passo o dedo pelos outros pares de nomes masculinos e femininos e, toda vez que chego ao registro de Ferdinand, sinto arrepios percorrerem o fio da minha espinha.

Leake, George e Ann Purcell 1763
Leake, Samuel e Joane Stephens 1680
Leary, Ferdinand e   1797
Leary, Timothy e Jane Kilpatrick 1720
Lease, Thomas e Mary Mara 1779
Leaves, Ann e Robert Law 1796
Lebat, Margaret e John Reeves 1777

Nessa busca, nunca encontrei uma resposta simples; cada pista é sempre um prelúdio para mais perguntas. Até mesmo esse documento contém um mistério — a linha de Ferdinand é a única com uma lacuna onde deveria estar o nome da mulher. Para onde quer que me volte, outro apagamento me recebe.

Penso no fato de que Eibhlín Dubh se refere a ele como um bebê no *Caoineadh* e calculo em retrospecto para estimar seu ano de nascimento como aproximadamente o de 1772.

Isso me leva a concluir que esse vínculo matrimonial teria sido redigido quando ele tinha (talvez) vinte e poucos anos. Entretanto, se houve um casamento depois disso, não consigo encontrar evidências. Tropeço, entretanto, em evidências de outro relacionamento.

Essa descoberta acontece enquanto estou empenhada em encontrar seu irmão mais velho, franzindo o cenho de concentração para os registros da igreja em busca de um registro de batismo de Con. Acabo encontrando um Cornelius Leary, mas as datas não coincidem com a encarnação que procuro: outro beco sem saída. Estou prestes a começar de novo quando noto que o pai desse bebê se chama Ferdinand. A coincidência de encontrar esses dois nomes tão próximos me atrai para mais perto. Sigo o nome desse pai pelos registros, passando um pente fino em página após página digitalizada, o tempo todo sussurrando "Ferdinand O'Leary, Ferdinand O'Leary", repetindo-o como uma convocação ou como um feitiço, sem sucesso. Não há nada ali. Mesmo assim, pressiono as teclas: *Pesquisar. Voltar. Pesquisar. Voltar.* Por fim, volto ao registro original e anoto o nome da mãe desse Cornelius: Cathe, ou Catherine Mullane, e começo a segui-la, andando na ponta dos pés atrás dela enquanto entrava e tornava a entrar na igreja, cada vez com um novo bebê nos braços. Ela está na pia batismal em 1818, 1820, 1823, 1825, 1828, 1830, 1831 e 1836 e, a cada novo batismo, o nome de seu companheiro aparece de forma diferente nas transcrições digitais: ora Osmond, ora Terdmand, ora Frederick. Minhas suspeitas são elétricas o suficiente para me levar a fazer referências cruzadas de cada um desses documentos para julgá-los em comparação às complexas placas de cobre dos antigos registros da igreja. Passo a pálida cicatriz de bisturi na ponta do meu dedo ao longo desses nomes escritos à mão e ali, a cada novo batismo, o nome do pai é o mesmo.

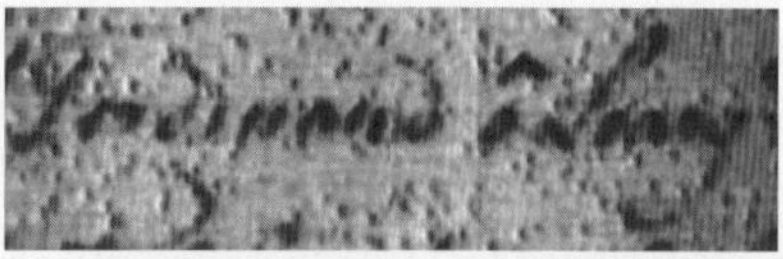

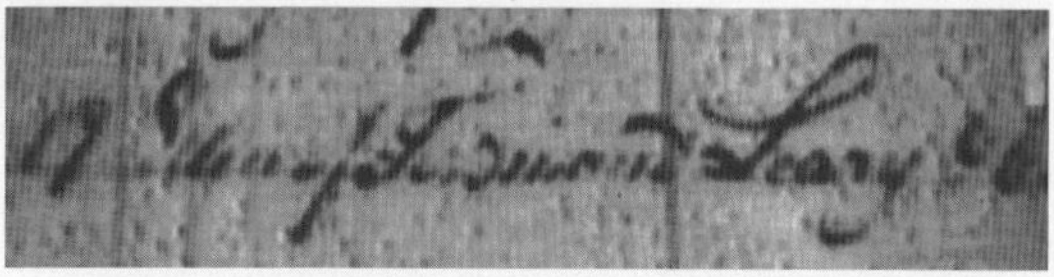

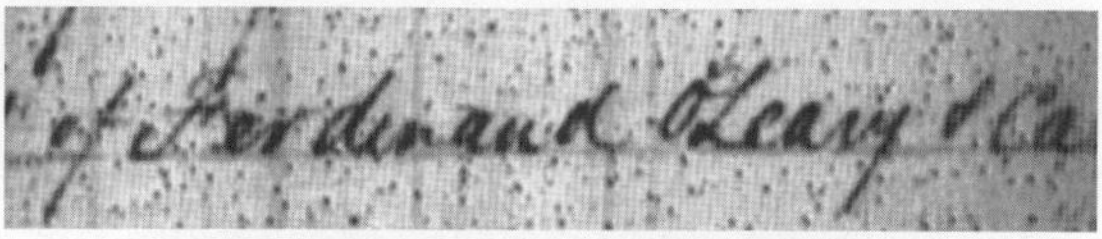

Apesar da minha empolgação, estou dolorosamente ciente de que não sou uma estudiosa, que minhas suposições podem ser um salto muito grande e que esse pode não ser o filho de Eibhlín Dubh. Minhas evidências são apenas as evidências do corpo — choro quando vejo que sua primeira filha se chamava Ellen, e dois de seus filhos, Arthur e Cornelius. Essa descoberta me traz à mente mais uma vez as cartas polêmicas entre seus tios, discutindo a bolsa de estudos para Paris: "mas, Maurice, Connor me diz que você e seus Irmãos indicaram um Irmão mais novo dele para a primeira vaga".

Ferdinand se casou com Catherine O'Mullane na Igreja Santa Maria na cidade de Cork, no dia 9 de julho de

1817. Quanto mais leio o nome da esposa, mais fico perplexa, porque nele sinto um eco cuja origem não sou capaz de identificar. Demora semanas até que perceba por que ele soa tão familiar. Certa vez, li sobre outra aliança por casamento entre os O'Connell de Derrynane e os O'Mullane de Whitechurch, quando o irmão de Eibhlín Dubh, Morgan, se casou com uma filha daquela família. O fato de seus filhos incluírem o político Daniel O'Connell significa que muitos acadêmicos já estudaram essa linhagem familiar, tornando mais fácil para mim encontrar a mãe, Catherine. Ela morreu em meados dos anos 1860, tendo sobrevivido ao marido por quase uma década. Em vez de se juntar a ele no jazigo da família O'Connell, ela preferiu ser enterrada no próprio cemitério ancestral em Newberry, sob uma placa na qual seu nome estava gravado como Catherina. Eu me pergunto se Eibhlín Dubh poderia ter escolhido um enterro entre os parentes na Abbey Island, e me vejo desejando mais uma vez a Bíblia na qual seu filho escreveu a história da família.

Demora mais de um ano, mas, por fim, encontro a Bíblia, ou a Bíblia me encontra. Estou sentada no último andar da biblioteca da cidade quando isso acontece, entre livros tão antigos que têm de ser trancados em armários de vidro, com dois homens que observam enquanto os visitantes leem. Voltei para verificar uma data mencionada pelo historiador John T. Collins, quando noto que ele publicou posteriormente um adendo ao artigo original sobre a morte de Art. Como não tinha percebido isso? É nesse adendo que encontro a Bíblia, finalmente, transcrita da mão de Con para a máquina. Leio cada palavra, perseguindo o momento em que mencionará a mãe, quando todas as minhas perguntas serão respondidas e poderei encontrar paz. Meus olhos percorrem o texto do começo ao fim, e então minha cabeça cai na mesa com um baque. Na frente de dois homens que me observam em silêncio, começo a chorar.

Eu, Cornelius O'Leary, casei-me com Mary Purcell em St. Anne's Shandon no dia 25 de abril de 1814 diante do Rev. Richard Lee, Vigário da referida Igreja. Cornelius Ferdinand Purcell O'Leary nasceu no dia 6 de outubro de 1815 e foi batizado pelo Rev. Richard Lee no dia 11 de fevereiro de 1816, por ordem minha. Ele foi batizado em particular no dia de seu nascimento em Glade Cottage, Glanmire, a propriedade da srta. Lily, onde residimos do dia 3 de outubro de 1815 ao dia 25 de março de 1816, tendo residido anteriormente em (Grand) Parade Cork número 2. Ele fez a confirmação na Igreja de Newmarket pelo reverendo Dr. Warburton, bispo de Cloyne, no dia 19 de setembro de 1824. (Morreu em Upper Dromore em 21 de junho de 1846.)

Goodwin Richard Purcell O'Leary nasceu em Clashmorgan Cottage no dia 19 de março de 1817. Eu o batizei uma hora após seu nascimento. Ele foi batizado pelo Rev. Arthur Herbert, Reitor da Abadia de Mourne, em Clashmorgan, em 12 de julho de 1817, estando presentes sua tia, a sra. James Purcell, e suas duas primas, Susan e Anne Purcell. Foi um batismo particular. 25 de julho de 1817. C. O'Leary.

Nasci em Rathleigh, na paróquia de Tohnadroman, no baronato de West Muskerry, no dia 28 de agosto de 1768 (segundo me disseram), e meu pai, Ilmo. Sr. Arthur O'Leary, da referida Rathleigh, foi baleado em Carriganimy no dia 4 de maio de 1773. Minha esposa, Mary O'Leary, também conhecida como Purcell, nasceu em Springrove no dia 18 de março de 1774. Escrito em Paris.

Outubro de 1827, Cornelius O'Leary. (Por. outro lado) Ela morreu em Sunday's Well, Cork, no dia 1º de janeiro de 1830.

(O referido Cornelius O'Leary, Primeiro, faleceu em Upper Dromore, com 77 anos, 11 meses e 23 dias, no dia 26 de agosto de 1846.)

Eu me obrigo a ler o terceiro parágrafo várias vezes, como se a releitura pudesse, de alguma forma, extrair o nome dela das palavras dele. Lá está ela, nossa Eibhlín, como sempre está: desaparecida. Outro apagamento em outro texto masculino. Se não posso encontrá-la aqui, pelas mãos do próprio filho, então não a encontrarei em lugar algum. A parte razoável do meu cérebro insiste para desistir agora, mas ainda não consigo parar. O que será necessário para me fazer desistir?

Tantos arquivos já foram digitalizados e abertos ao acesso público on-line quando embarquei nessa aventura que minha curiosidade não se restringe a nenhum horário de funcionamento. Às quatro horas da manhã de uma terça-feira, sou a única acordada, enrolada em um cobertor, seguindo o irmão de Art enquanto dispara novamente pela nossa cidade e entra em um barco. Eu o sigo até os Estados Unidos, onde seu nome aparece em uma compilação de Farley Grubb dos vários criados, condenados e aprendizes fugitivos anunciados em edições antigas da *Pennsylvania Gazette*. Depois, o acompanho até a porta da capela onde se casará, observando o nome dele aparecer no livro de registro de casamentos, letra por letra. Eu o acompanho durante os anos de vacas magras até a morte, tão longe de casa. Quantas cartas poderiam ter atravessado o oceano, dos aposentos de Raleigh até a mão dele? Quantos textos podem ter voado dos pensamentos daqueles que ele conhecia para aterrissar nos seus?

Em um momento de silêncio, ao se virar para a janela, ele já sentiu uma sombra se agigantar sobre a pele e se perguntou se estava sendo caçado ou assombrado? Nunca haveria ninguém lá quando erguesse os olhos, nenhum irmão fantasma, nenhum magistrado, nenhum mercenário em busca de recompensa; se sentisse os olhos nele, seria apenas eu, apenas eu. Segui-o como segui todos eles. Segui Eibhlín Dubh até ela desaparecer na escuridão. Segui seu filho Con por três casamentos e dois filhos, depois segui cada um desses filhos do nascimento até a morte. Segui Ferdinand e Cath até a pia batismal várias vezes, sempre parando para ver um pequeno rio serpentear pelos cabelos dos bebês. Dediquei meses da minha vida ao esforço de rastejar atrás desses estranhos, *e para quê?* Lembro de quando pensei que essa tarefa me colocaria, de alguma forma, a serviço de uma mulher que admirava, mas minhas habilidades modestas, autodidatas e descuidadas, falharam. Fui o mais longe que pude.

Talvez, penso, desapegar seja a primeira gentileza verdadeira que demonstrei a Eibhlín Dubh. Falho até nisso. Digo a mim mesma repetidas vezes que devo libertá-la, mas quando me deito para dormir, agarro sua mão imaginária com tanta força que acordo com quatro luas vermelhas impressas na palma.

XVI. abelhas selvagens e sua curiosidade efervescente

Cion an chroí seo agamsa

Todo o carinho do meu coração

— Eibhlín Dubh Ní Chonaill

I. GATA MALHADA MALVADA

Uma senhora idosa morre e chego na casa dela com um carro cheio de crianças e as chaves na bolsa. A casa dela agora é nossa — assim como todos os zeros nos nossos documentos da hipoteca —, mas os cômodos ainda parecem ser dela. Depois que a placa de VENDE-SE foi removida, me apego a todos os pequenos vestígios que encontro da vida dessa desconhecida — os prendedores de plástico tremendo no varal, as xícaras de chá enfiadas umas nas outras, arrumadas feito sonhos, o cesto de paninhos de tirar pó macios embaixo da pia. Além dos cabides, o papel de parede que pôs no interior dos armários dá a eles a aparência de cômodos distintos dentro dos cômodos. Cuido com carinho de cada uma das suas máquinas, esfregando-as e fazendo-as rodopiar mais uma vez, ressuscitando o mecanismo da secadora de roupas, do micro-ondas, da máquina de lavar roupas e da máquina de lavar louças, até que todas estejam girando novamente. Ripa por ripa, nossa cama de casal é montada onde a dela ficou por cinquenta anos; espero que em breve tenha um novo bebê aqui. Girando a chave Allen no sentido horário para apertar a cabeceira da cama, pergunto-me se herdarei seus sonhos.

No jardim há uma gatinha abandonada, magricela e selvagem. Coisinha mais fofa, penso, tirando-a, toda unhas e chiados, de sua selva de arbustos. Eu a pressiono contra o peito. Quanto mais se debate, mais a aperto. *Minha*, penso. Ela cospe. Li que é uma gentileza castrar animais abandonados, mas quando comecei a pesquisar os veterinários locais no Google, fiquei surpresa com o preço. Mesmo assim, marco uma consulta e compro um saco de ração para gatos e uma caixa de transporte de plástico. Se essa gata me custa dinheiro, também me custa a ira do meu marido. Não é que deteste gatos, ele diz, ou não é *só* isso, é o fato de continuar a nos impor mais responsabilidades sem nunca parar para perguntar: mais bebês, mais planos e mais animais de estimação. Dou de ombros. Que fique com raiva, ela vale o preço. Feroz e de olhinhos verdes, me deleito quando ela se deleita. Quando a vejo arremessando com as patas o horrível cadáver de um camundongo, fazendo-o voltar à vida como se fosse um marionete, penso em como somos parecidas, tão parecidas. Ela também se afeiçoa a mim e passa a dormir na nossa cama, esfregando a carinha no meu queixo todas as noites até que fique embriagada com o uísque dourado da minha própria benevolência. Meu marido dá chutes enquanto dorme.

O calendário nos conduz até o dia em que o veterinário vai realizar a castração da gata. Eu a tranco na caixa de transporte de plástico e pago para que a corte e roube todos os seus futuros filhotes. Ela estava certa em ficar desconfiada.

Quando acorda, ela se afasta de mim com rapidez, cambaleando grogue pelo jardim. Eu a persigo com os braços bem abertos. *Aqui, gatinha, aqui, gatinha, gatinha.*

II. GIRAR E BORBULHAR

Amo o jardim e o jardim me ama, mas não é meu, não de fato. Eu sempre o compartilharei com a mulher que o começou, que chegou a uma casa popular recém-construída usando um vestido de verão e cuidou desse jardim durante a vida inteira. Não sei onde está agora, mas seus bulbos estão enterrados aqui. Na primeira manhã em que caminhei pelo jardim dela, os cumprimentos bajuladores dos narcisos eram facilmente traduzíveis: eles assentiram. Assenti de volta.

Trabalhar esse solo é examinar em minúcias uma arqueologia do pensamento de uma estranha. Cada vez que encontro um bulbo antigo ou as lascas de um copo quebrado plantado para drenagem, sou grata pelo trabalho dela. A cada mês, mais flores dela levantam a cabeça do solo, acenando cumprimentos educados em cor-de-rosa, amarelo e azul. Não sei seus nomes, mas penso nela em cada pequeno ato de revolver a terra e podar, de regar e fertilizar. Dou tapinhas na terra com delicadeza. Minhas unhas vivem sujas, as palmas das mãos com bolhas por causa da pá, os joelhos encharcados, mas não me importo. Sou feliz aqui. Ao mapear os próprios acréscimos que faço a esse pequeno terreno, escolho com cuidado, porque tenho um desejo específico para esse lugar: quero atrair as abelhas para mim.

Aquelas bandejas de plástico para sementes logo se proliferam em todos os parapeitos das nossas janelas, cada quadrado de solo repleto de uma escuridão aveludada da qual pequenas mudas espreitam. Adoro o brotar dos seus membros infantis, como usam as caixas de sementes como gorros elegantes. Do lado de fora, meu marido segue o ritmo lento de um metrônomo, erguendo a picareta para trás e batendo e para trás e batendo, abrindo uma margem de terra nova. Quando paramos para tomar café, ele está mais quieto do que o normal, mas se não lhe dou muita atenção, é só porque estou ocupada pensando nas abelhas.

Das muitas espécies de abelhas da Irlanda, li que um terço pode estar extinto em uma década. A gata fica olhando de cima do muro quando começo a trabalhar, jardineira desajeitada que cava não com uma pazinha ou com uma enxada, mas com uma colher de sopa amassada. Cavo todo dia, grunhindo e passando o ancinho, tirando adubo do galpão, plantando braçadas de plantas e bulbos e firmando-os na terra com tapinhas suaves. Cada nova planta que escolho é rica em néctar e pólen, cada grupo de cores foi projetado para florescer feito uma isca. Aqui vou plantar girassóis e campânulas brancas, digo ao meu marido, segurando a mão dele com força, e ali, alfazema e brinco-de-princesa. Os contornos vão abrigar sebes de espinheiro e aveleira, vou seduzir as abelhas com madressilvas ao longo dos muros e vamos deixar uma grande faixa de natureza intocada, na qual florescerão espinheiros e dentes-de-leão. Vai ficar tão bonito, digo, e pressiono os lábios sorridentes contra os dele com entusiasmo. Estou determinada a reescrever o ar daqui até que cante as canções de muito tempo atrás; eu o quero renovado e ronronante de abelhas.

Podemos imaginar que somos capazes de imaginar o passado, mas isso é uma impossibilidade. Quando criança, a história me fascinava a tal ponto que às vezes me sentava à beira de um riacho e tentava sonhar acordada com o passado. Ao som do murmúrio apressado da água, minha mente começava a trabalhar, tolerando primeiro o zumbido distante do tráfego e, depois, por meio de atos desajeitados de exclusão adicional, tentando subtrair todas as outras ressonâncias da modernidade. Isso, dizia aos meus ouvidos, essa paisagem sonora, sim, mas menos os carros, menos os tratores, menos os aviões, menos o triste uivo das vacas da agricultura industrial, menos tudo isso, até que só restassem o murmúrio do riacho e o chilrear dos pássaros. Bom, dizia a mim mesma, assim, devia ser *assim* o som real do passado. Estava errada. Há muitos anos, o ar não era jamais tão silencioso quanto supunha. Estava vivo, dedilhando a melodia daquelas irmãs tão acostumadas ao trabalho pesado, o coro daquelas que sempre cantarolam enquanto trabalham.

III. UMA ABERTURA SE ABRINDO

À medida que as novas plantas se abriam para a luz do sol, as abelhas começaram a chegar. Arrastei uma cadeira de jardim cheia de teias de aranha da garagem e fiquei espiando seus traseiros ocupados enquanto examinavam os presentes que havia cultivado para elas. A gata se aproximou para cheirar minha canela. Observei as abelhas e pensei na poeta Paula Meehan. Tinha ouvido ela descrever como as abelhas eram apreciadas na Irlanda medieval, quando trechos inteiros de nossas leis Brehon forneciam uma estrutura legal para o comportamento delas. Em uma página de pergaminho enrolado do volume *Senchus Mór*, do século XIV, no Trinity College, algumas dessas antigas diretrizes de Bechbretha sobreviveram. Se uma pessoa encontrasse uma nuvem errante de abelhas, dizia o texto, poderia adotá-la legalmente.

Se um enxame fosse encontrado invadindo uma propriedade, teria direito a algumas estações para passear livremente, mas se esse roubo de pólen continuasse até o quarto ano, o vizinho teria direito a um enxame próprio como compensação. As abelhas passaram voando pela lei e entraram para o folclore. Ouvi a canção delas em uma das minhas histórias favoritas dos arquivos da *Coleção Escolar*, transcrita em Waterford na década de 1930. Siobhán Ní Lonáin tinha treze anos quando copiou essa história da voz da mãe para o papel, um texto feminino em pleno voo. Eu o traduzo da seguinte forma:

> Há muito tempo, nas profundezas dos penhascos de An Rinn, havia um forte circular. Um dia, um homem desceu, sem saber o que havia lá dentro. De repente, o penhasco se abriu e centenas de abelhas voaram para fora. Então, um homem pequeno surgiu e o levou para dentro do penhasco e desceu uma escada alta. No fundo, havia uma sala onde encontrou muitas fadas, todas cantando e dançando. Durante três anos, ele ficou preso lá e, quando finalmente saiu, elas lhe deram um pote de ouro. Essa história foi contada por minha mãe. 40 anos de idade.

Sempre que volto a essa fábula, sinto que ela inunda um receptáculo de som. Rebobine-a. Ouça de novo, agora: ouça a agitação e a dor do mar, o gotejamento frio do penhasco manchado de respingos pálidos, a respiração de um homem, rasgada e dilacerante enquanto desce pela pedra, todo grunhidos e força e grunhidos e força, e, além desse som do esforço humano, além dos guinchos furiosos das aves marinhas, além do pequeno som dos seixos, outro som está começando. Ele vem de dentro — não — ele *zumbe* de dentro, da distância insondável que existe nas profundezas do penhasco, em todas as suas cavernas e câmaras ocultas. O homem sente o som antes de ouvi-lo. Sente o ar oscilar na ponta dos dedos, um súbito estrondo no peito e uma ressonância atrás do esterno. Mesmo assim, ele se agarra à pedra. Agora, o penhasco está se abrindo com um movimento brusco, e ele observa, atônito, a fenda crescer, uma abertura, uma abertura. Lá dentro, apressada, mais apressada que a garoa, uma cidade de abelhas está em movimento. O zumbido exuberante de uma única abelha é um som que podemos conjurar facilmente, mas precisamos ampliar esse som agora, por meio da multiplicação repetida. Mais. Mais. Ouça: aí vêm elas.

O homem entra.

O penhasco se fecha.

Todos os anos em que fica trancado dentro daquela arquitetura de colmeia e favo de mel permanecem inarticulados. As estações passam sem ele. Quando finalmente consegue escapar daquelas salas de dança, música e abelhas encantadas, seu presente de despedida é — o que mais? — ouro. Ele coloca esse brilho encantador sob a axila enquanto sai do penhasco e dessa história, para alguma trama futura que nós, ouvintes, não conhecemos. As palavras finais desse texto surgem em um enunciado que é ao mesmo tempo simples e que ainda assim tem um enorme poder: "Essa história foi contada por minha mãe".

Há muito mais nessa história antiga que eu gostaria de saber. Em primeiro lugar, o que o homem estava fazendo em um penhasco? Para onde foram as abelhas? Os parentes dele ainda contam essa história ou ela foi esquecida? Será que as ancestrais dessas abelhas ainda perambulam por esse mesmo penhasco, se debatendo em meio a sinos de madressilva?

O pequeno enredo das abelhas é muito mais interessante para mim do que a conquista triunfante do ouro pelo homem e, ainda assim, elas são rapidamente abandonadas como personagens periféricos em favor da narrativa humana. A primeira pergunta que faria à mãe de Siobhán seria: "O que aconteceu com as abelhas?" Consigo imaginar a resposta exasperada dela, enquanto corre apressada para a próxima tarefa. "São só abelhas."

São só abelhas, é verdade. Na ausência dos floreados neurológicos que tornam os humanos seres morais, presumimos que a vida das outras criaturas — seus imperativos e enredos únicos — são, de alguma forma, menores em comparação com a nossa. Uma abelha, entretanto, sendo uma abelha, vai aceitar a própria morte para deixar as irmãs abelhas viverem, uma decisão com a qual qualquer ser humano com certeza teria dificuldades. Esse é o oposto do egoísmo — se pica, é para proteger os outros do perigo, sabendo que logo vai cair se estrebuchando na terra, doando a vida para que outras possam sobreviver.

Como me sentiria solitária se as abelhas abandonassem a loja de doces que construí para elas. Fiz tudo o que pude para estimulá-las, cantarolando para elas, lhes dando alimento, abrigo e amor. Quero mantê-las aqui a todo custo — mesmo que isso signifique mentir para elas. "Fale para as abelhas", as pessoas costumavam dizer, "fale de qualquer luto, qualquer mudança na família, você deve falar para as abelhas ou elas vão voar para longe". Tinha um segredo que sabia que deveria falar para as abelhas, mas o guardei para mim mesma, porque nada me deteria nisso de impedi-las de partir.

O que não conseguia suportar falar para elas era que meu marido estava decidido a acabar com o crescimento da nossa família. Queria uma vasectomia. Se conseguisse o que queria, todos os futuros bebês que eu desejava seriam eliminados. Seus motivos eram muitos e complexos. Os meus, por outro lado, pareciam tão superficiais que me encolhia ao ouvi-los em voz alta e, ainda assim, fazia a mesma pergunta várias vezes, sempre com a cabeça inclinada de um jeito triste. "Mas e eu? Quero outro bebê", eu dizia, dirigindo a pergunta gananciosa ao rosto pálido e ao olhar exaurido e com círculos escuros dele. Ele sempre sacudia a cabeça. Eu ficava de mau humor na cama com a gata ronronando no meu peito, tentando imaginar alguma maneira de dissuadi-lo.

Esse era um homem que desmaiava ao fornecer uma amostra de sangue; a simples menção de uma agulha o fazia cerrar os punhos. Eu o via se contorcer sempre que esses procedimentos eram mencionados na TV. Eu o via cruzar as pernas; eu o via estremecer. Tentei usar esses medos para enfraquecer sua determinação, perguntando várias vezes seguidas se pensara na realidade sangrenta do procedimento, mas ele me conhecia muito bem, percebeu meus esquemas e simplesmente deu de ombros. "Você está sendo tão egoísta", eu disse. "Estou?", ele respondeu. "Pense nisso."

Pensei. Pude ver como ele tinha se casado com uma mulher que amava a droga do parto, que rotineiramente se afogava no amor de uma criança, uma mulher que se ajoelhava nas tarefas domésticas e fazia alegremente de si mesma uma sombra diante da tirania das listas. Quando olhava para nossa família, ele via uma mãe exausta, já sobrecarregada, e um bando de filhos que precisavam mais dos pais, não menos nem menos de menos. *Pense nisso*, ele disse, e quanto mais pensava, mais entendia o argumento. Pode ser desagradável quando alguém afirma entender as necessidades de uma pessoa melhor do que ela própria, mas é excruciante se dar conta de que essa pessoa está correta em sua avaliação e que quer ajudar, mesmo que isso signifique fazer um procedimento cirúrgico em si mesma. Os olhos dele se iluminaram de amor quando explicou que, ao escolher esse procedimento, ele poderia nos livrar da exaustão, que, pela primeira vez em uma década, não teríamos o sono interrompido pelo leite, não teríamos mais crises de febre graças à dentição e não teríamos mais fraldas. Queria perguntar o que é que faria sem um bebê do qual cuidar, mas não consegui interrompê-lo. Ele tinha me visto dar à luz quatro filhos com bisturi e agora estava pedindo que a lâmina fosse colocada no próprio corpo. *De uma vez por todas*, ele tinha dito. *De uma vez por todas*. Estava começando a entender o que ele queria dizer — se a decisão era egoísta, também era altruísta.

V. CORTAR-CORTAR/MANCAR-MANCAR

A caminho da clínica, meus suspiros se tornam frequentes. Meu marido estaciona e me beija enquanto nossa filha ronca na cadeirinha do carro. Olho para ele. "Tem certeza?", pergunto. "Sim. Sim! Espere aqui. Volto logo." Ele sorri e, com isso, vai embora.

Fico de mau humor, rasgando a folha roxa de um Twirl e dando pancadas na embalagem interna prateada do chocolate, mastigando irritada enquanto passo o dedo no celular. Eu me empanturro de referências sobre vasectomia até conseguir elaborar uma visão do que pode estar ocorrendo naquela sala. Imagino um médico de um sorriso terapêutico, jaleco branco e bigode vistoso, que gira em cada extremidade. Eu o posiciono aplicando a anestesia no saco escrotal do meu marido, depois coloco uma tesoura de prata em uma das mãos dele e uma agulha na outra. Ele corta a pele enquanto meu marido desvia os olhos, evitando a visão de uma abertura. Então, com um beliscão hábil e experiente, ele encontra um tubo minúsculo sob a pele e o extrai de forma correta das bolas, desenrolando-o com a mesma firmeza com que uma costureira puxa a linha. Pouco antes de o clínico cortar o fio que nos unia a todos os nossos futuros filhos, meu marido pode sentir uma pequena pulsação no ar na ponta dos dedos do médico. *Clic* faz a tesoura maligna, *clic-clic*, e o médico acena com a cabeça e conserta aquilo com um pequeno clipe cirúrgico. Ainda há pontos, curativos e prestação de contas a serem imaginados, mas fui muito lenta nas minhas fantasias, porque vem *mancando* meu marido, *mancando-mancando* até o estacionamento onde estou sentada, ainda limpando o chocolate dos lábios e me sentindo repentinamente carinhosa com esse ladrão de crianças. Observando seu retorno lento e ferido, ele parece quase flutuar. Se o altruísmo pode ser interpretado como priorizar o bem-estar dos outros em detrimento do próprio conforto físico, então estou vendo-o em movimento agora, puro e sagrado, desviando de um pacote de batatas fritas vazio, fazendo uma careta na minha direção.

Nesse momento, sou uma destinatária muito relutante do presente de outra pessoa. Não quero isso, esse gesto dele, não quero ter nada a ver com esse final. Mas, apesar do quanto me revoltei contra isso, acho que não consigo mais me ressentir. Essa decisão e a dor física que ele suportou ao tomá-la são um tipo estranho de presente. Ele não está apenas se libertando, mas também está me libertando. Se não puder ter outro bebê, talvez comece a desenvolver outra coisa — algo que ainda não consigo imaginar.

VI. CONTAR

Não consegui guardar o segredo por muito tempo, não das minhas preciosas abelhas. Por mais que o amasse, sabia que teria de me queixar dele pelo que havia feito. Encontrei-as tropeçando pelos salões roxos das dedaleiras. Lá, ensaiei o que diria: que o meu marido havia escolhido um bisturi em vez de nós, e que a nossa família nunca ia crescer, agora, como esperava, que o amava mais do que nunca, mas também estava muito triste. Meus lábios tremeram um pouco com uma autopiedade terrível quando me preparei para falar, mas então vi que as abelhas não teriam simpatia por mim. Deveria ter ouvido com mais atenção o zumbido das viagens de ida e volta delas. Esses são os julgamentos misteriosos delas — adivinharam minha mensagem antes que falasse e simplesmente assentiram. Elas ficaram.

XVII. como o tojo estava difuso

dúnta suas go dlúth
mar a bheadh glas a bheadh ar thrúnc
's go raghadh an eochair amú.

mantendo-o selado com tanta força
como uma fechadura fecha um baú
cuja chave dourada se perdeu de mim.

— Eibhlín Dubh Ní Chonaill

Assim como um coração tem suas câmaras, assim como um poema tem seus versos, uma casa tem seus cômodos. No seu interior, uma presença pulsante vem e vai. Em um cômodo, há um espelho no qual o reflexo de uma mulher está esfregando uma pia. Ela faz uma pausa e depois se inclina para observar o cômodo mais querido de todos. Talvez seja o papel de parede antigo que dá a esse armário o ar distinto de um cômodo dentro de outro cômodo, um eco de um anterior que ela conheceu, reproduzido novamente aqui em miniatura, pois, além daquela porta, há uma bomba de tirar leite numa bolsa amassada. Pequeno motor, pequena pulsação, carinhosamente desmontado e embalado, repousa aqui em silêncio, com o fio há muito desconectado da tomada. Olhar para ela é voltar a evocar o antigo ronronar e assobiar: um refrão relembrado. A coisa certa a fazer seria entregá-la a alguém que faria melhor uso dela, mas não consigo me imaginar sem sua presença, assim como não consigo imaginar minha vida sem Eibhlín Dubh.

Quando dediquei meus dias em busca dos dias dela, esperava poder honrá-la colocando-me a seu serviço. Só agora vejo o quanto ela me deu em troca. Antes de minha vida colidir com a dela, eu passava tantas horas oscilando entre as exigências idênticas do leite e das listas que não havia percebido o quanto o tojo estava todo difuso ao meu redor. Agora me deleito com as pétalas amarelas balançando na brisa, com cada pontinha de espinho e até mesmo com os espaços vazios entre os arbustos. Algumas partes da vida de Eibhlín Dubh, sei agora, sempre permanecerão ocultas para mim, não importa o quanto olhe de perto. Em vez de me ressentir das muitas lacunas onde não consegui encontrá-la, minha mão aprendeu a pairar sobre essas lacunas com admiração. Minha tentativa de conhecer outra mulher encontrou seu fim não na satisfação de uma descoberta clara, mas na persistência do mistério.

Esses anos me mostraram um tipo indireto de abraço — eu a segurei e a abracei, apenas para descobrir que ela também me abraça, tão próxima quanto tinta no papel e firme feito uma pulsação. Só agora vejo que não posso continuar a agarrá-la assim, em um egoísmo silencioso. Se pudesse encontrar uma maneira de comunicar tudo o que aprendi sobre os dias dela, talvez outras pessoas descobrissem as pistas que me escaparam, e poderia aprender mais sobre ela com elas. Para fazer isso, teria que doar algo muito precioso. Também teria que me render a um final.

No meu último fim de tarde ensolarado em Kilcrea, minha filha galopa à minha frente, escalando por entre as pedras, correndo rápido até desaparecer de vista e eu ficar mais uma vez sozinha, perseguindo o som de sua voz.

Passo da nave para a capela principal e a alcanço ali perto, levando-a a reboque nas costas até o túmulo onde os homens de Eibhlín jazem juntos: marido, filho, netos; crânio, crânio, crânio, crânio. Será que ela poderia estar aqui também, os ossos dos dedos dela entre os deles, todos mantidos na mesma escuridão desarticulada? Talvez sim. Talvez não. Eu me lembro por que vim. Fecho os olhos para ver. Digo o nome dela. Agradeço a Eibhlín Dubh. Digo tudo o que precisa ser dito, sentindo cada palavra flutuar para longe de mim na brisa.

Minha filha dá risadinhas quando se desvencilha do meu aperto e então sai de novo, pulando e guinchando. Não quero ir embora, ainda não, mas me preocupo que esse berro exuberante possa perturbar algum enlutado invisível, então suspiro, balanço-a bem alto e nos direciono rumo ao carro. Ela atira a cabeça para trás, os punhos batendo no meu esterno, a voz alta e quente no meu ouvido, berrando, "NÃO VAI. FICA. FICA.". Passando pelo portão e pela avenida antes delimitada por caveiras, ela continua a gritar. Pressiono o botão e em algum lugar além do muro de contenção o carro se destrava através da ponta do meu dedo cheio de cicatrizes. Abrindo a porta com os joelhos e os ombros, coloco-a na cadeirinha do carro, a voz fria. "Já chega. Estamos indo embora, então fique quieta. Boa menina."

Saindo de Kilcrea, lamento minhas palavras severas e meu olhar procura o dela no espelho retrovisor. Sob nossas sardas, nossas bochechas estão brilhantes como brasa, mas as pálpebras dela se fecharam. Embora seu rugido ainda surja nos meus pensamentos, ela já está em outro lugar.

Não quero ir. Dirijo devagar. Quando chegar em casa, penso, talvez tente me animar abrindo um novo caderno do estoque. Dessa vez, não vou me permitir começar escrevendo Aspirador, Lençóis, Esfregão ou Bomba de Leite. Em vez disso, vou pensar em novas palavras e depois segui-las. Ao virar a curva em direção à casa, descubro que já sei o eco com o qual essa primeira página começará.

Este é um texto feminino.

caoineadh airt uí laoghaire

lamento em louvor a art ó laoghaire

i.
Mo ghrá go daingean tú!
Lá dá bhfaca thú
ag ceann tí an mhargaidh,
thug mo shúil aire duit,
thug mo chroí taitneamh duit,
d'éalaíos óm charaid leat
i bhfad ó bhaile leat.

ii.
Is domhsa nárbh aithreach:
chuiris parlús á ghealadh dhom,
rúmanna á mbreacadh dhom,
bácús á dheargadh dhom,
brící á gceapadh dhom,
rósta ar bhearaibh dhom,
mairt á leagadh dhom;
codladh i gclúmh lachan dhom
go dtíodh an t-eadartha
nó thairis dá dtaitneadh liom.

iii.
Mo chara go daingean tú!
Is cuimhin lem' aigne
an lá breá earraigh úd,

i.
Ó meu amado, inabalável e verdadeiro!
No dia em que o vi pela primeira vez
sob o telhado de colmo do mercado,
como meus olhos se encantaram com você,
como meu coração encontrou deleite em você,
fugi de meus acompanhantes com você,
para fugir para bem longe de casa com você.

ii.
E nunca me arrependi disso,
pois você preparou uma sala resplandecente para mim,
quartos iluminados para mim,
um forno aquecendo para mim,
pães roliços crescendo para mim,
carnes girando no espeto para mim,
bife carneado para mim,
e cochilos com colcha de penas de pato para mim
até a ordenha do meio-dia, ou depois
se eu quiser.

iii.
Ó meu companheiro, inabalável e verdadeiro!
Minha mente evoca novamente
aquela tarde de primavera:

gur bhreá thíodh hata dhuit
faoi bhanda óir tarraingthe;
claíomh cinn airgid,
lámh dheas chalma,
rompsáil bhagarthach —
fír-chritheagla
ar namhaid chealgach —
tú i gcóir chun falaracht
is each caol ceannann fút.
D'umhlaídís Sasanaigh
síos go talamh duit,
is ní ar mhaithe leat
ach le haon-chorp eagla,
cé gur leo a cailleadh tú,
a mhuirnín mh'anama …

iv.
A mharcaigh na mbán-ghlac!
Is maith thíodh biorán duit,
daingean faoi cháimbric,
is hata faoi lása.
Tar éis teacht duit thar sáile,
glantaí an tsráid duit,
is ní le grá dhuit,
ach le han-chuid gráine ort.

Que bonito, seu chapéu
com o detalhe dourado,
a empunhadura de prata
no seu punho firme,
sua arrogância tão ameaçadora
que fazia os inimigos tremerem
quando o oponente se aproximava,
ah, e abaixo, o fulgor
de sua égua esguia resplandecia.
Até mesmo os ingleses se curvavam diante de você,
prostravam-se no chão —
movidos não por respeito,
mas por um terrível pavor — e ainda assim,
e ainda assim, por eles, você logo seria morto,
ó doce amado de minha alma.

iv.
Ó, meu cavaleiro de mãos brilhantes,
como lhe caía bem o alfinete
atado com firmeza em cambraia, bem fixo,
e seu chapéu, com um detalhe em fita.
Quando você voltou do exterior,
as ruas ficaram livres para você no mesmo instante,
todos os inimigos fugiram, e não por afeição,
mas em profunda animosidade.

v.
Mo chara thú go daingean!
Is nuair thiocfaidh chugham abhaile
Conchubhar beag an cheana
is Fear Ó Laoghaire, an leanbh,
fiafróid díom go tapaidh
cár fhágas féin a n-athair.
'Neosad dóibh fé mhairg
gur fhágas i gCill na Martar.
Glaofaidh siad ar a n-athair,
is ní bheidh sé acu le freagairt …

vi.
Mo chara is mo ghamhain tú!
Gaol Iarla Antroim,
is Bharraigh ón Allchoill,
is breá thíodh lann duit,
hata faoi bhanda,
bróg chaol ghallda,
is culaith den abhras
a sníomhthaí thall duit.

vii.
Mo chara thú go daingean!
Is níor chreideas riamh dod mharbh

v.

Ó, meu companheiro inabalável!
Quando voltarem para casa para mim,
o nosso pequeno Conchubhar
e Fear Ó Laoghaire, o irmãozinho,
eu sei que eles vão me perguntar bem depressa
onde deixei o Papai deles.
Infelizmente, vou lhes dizer
que o deixei em Kilnamartra,
mas não importa o quanto urrem
o pai nunca lhes responderá…

vi.

Ó, meu companheiro, meu bezerro!
Parente do conde de Antrim
e dos Barry de Alkill,
como a espada ficou bem em você
com esse chapéu de fita,
as botas finas de couro estrangeiro,
e o traje de alta-costura
fiado e costurado no exterior para você.

vii.

Ó, meu companheiro inabalável!
Nunca poderia ter acreditado na sua morte,

gur tháinig chugham do chapall
is a srianta léi go talamh,
is fuil do chroí ar a leacain
siar go t'iallait ghreanta
mar a mbítheá id shuí 's id sheasamh.
Thugas léim go tairsigh,
an dara léim go geata,
an triú léim ar do chapall.

viii.
Do bhuaileas go luath mo bhasa
is do bhaineas as na reathaibh
chomh maith is a bhí sé agam,
go bhfuaras romham tú marbh
cois toirín ísil aitinn,
gan Pápa, gan easpag,
gan cléireach, gan sagart
do léifeadh ort an tsailm,
ach seanbhean chríonna chaite
do leath ort binn dá fallaing –
do chuid fola leat 'na sraithibh;
is níor fhanas le hí ghlanadh
ach í ól suas lem basaibh.

até que ela veio até mim, sua potranca,
com as rédeas arrastando as pedras,
e o sangue de seu coração manchado da cara
à sela, onde você se sentava
e até mesmo ficava em pé, meu destemido.
Dei três saltos — o primeiro até a soleira da porta,
o segundo até o portão,
o terceiro até sua égua.

viii.
Depressa, bati palmas,
e depressa, depressa, galopei,
o mais depressa que pude,
até que o encontrei diante de mim, assassinado
junto a uma pequena urze encurvada
sem Papa, sem bispo,
nenhum clero, nenhum homem santo
para recitar os salmos da morte,
apenas uma velha feia e enrugada
que o envolveu em seu xale.
Amor, seu sangue jorrava em cascatas,
e não consegui enxugá-lo, não consegui limpá-lo, não,
não, minhas palmas viraram taças e, ah, o bebi.

ix.
Mo ghrá thú go daingean!
Is éirigh suas id' sheasamh
is tar liom féin abhaile,
go gcuirfeam mairt á leagadh,
go nglaofam ar chóisir fhairsing,
go mbeidh againn ceol á spreagadh,
go gcóireod duitse leaba
faoi bhairlíní geala,
faoi chuilteanna breátha breaca,
a bhainfidh asat allas
in ionad an fhuachta a ghlacais.

x.Deirfiúr Art:
Mo chara is mo stór tú!
Is mó bean chumtha chórach
ó Chorcaigh na seolta
go Droichead na Tóime,
do thabharfadh macha mór bó dhuit
agus dorn buí-óir duit,
ná raghadh a chodladh 'na seomra
oíche do thórraimh.

ix.
Ó meu amado, inabalável!
Levante-se agora, vamos, fique de pé,
venha para casa comigo, de mãos dadas,
onde mandarei abater vacas,
e darei um banquete tão grande,
com música alta e rápida.
Terei uma cama vestida
com mantas brilhantes
e colchas adornadas,
para ver seu suor brilhando e vertendo
até que afaste o frio que lhe foi dado.

x. A irmã de Art:
Ó, meu querido, meu amigo,
muitas são as senhoras — de seios fartos e chiques —
da Cork das grandes velas
seguindo até Toomsbridge
que lhe trouxeram pastagens de gado
e ouro aos punhados,
e nenhuma dentre todas ousaria cochilar
na noite do seu velório, enquanto você jazia frio.

xi. Eibhlín Dubh
Mo chara is m'uan tú!
Is ná creid sin uathu,
ná an cogar a fuarais,
ná an scéal fir fuatha,
gur a chodladh a chuas-sa.
Níor throm suan dom:
ach bhí do linbh ró-bhuartha,
's do theastaigh sé uathu
iad a chur chun suaimhnis.

xii.
A dhaoine na n-ae istigh,
'bhfuil aon bhean in Éirinn,
ó luí na gréine,
a shínfeadh a taobh leis,
do bhéarfadh trí lao dhó,
ná raghadh le craobhacha
i ndiaidh Airt Uí Laoghaire
atá anso traochta
ó mhaidin inné agam?

xi. Eibhlín Dubh
Ó, meu amigo e meu cordeiro!
Não acredite naquela velha tagarelice,
nos sussurros ouvidos
e nas odiosas indignações
que dizem que eu estava cochilando.
Nenhum sono me atrapalhou, foi apenas
que seus filhos estavam tão angustiados,
e choravam querendo sua presença
para que lhes fornecesse conforto para descansar.

xii.
Ó nobre familiar, ouça,
existe em toda a Irlanda alguma mulher,
tendo passado o pôr do sol
esticada ao lado dele,
tendo carregado três bezerros para ele,
que não ficaria atormentada
depois de perder Art Ó Laoghaire,
aquele que jaz tão frio aqui agora
desde ontem cedo, quando foi derrubado?

xiii.
A Mhorrisín léan ort!-
Fuil do chroí is t'ae leat!
Do shúile caochta!
Do ghlúine réabtha!-
A mhairbh mo lao-sa,
is gan aon fhear in Éirinn
a ghreadfadh na piléir leat.

xiv.
Mo chara thú 's mo shearc!
Is éirigh suas, a Airt,
léimse in airde ar t'each,
éirigh go Magh Chromtha isteach,
is go hInse Geimhleach ar ais,
buidéal fíona id ghlaic –
mar a bhíodh i rúm do dhaid.

xv.
M'fhada-chreach léan-ghoirt
ná rabhas-sa taobh leat
nuair lámhadh an piléar leat,
go ngeobhainn é im' thaobh dheas
nó i mbinn mo léine,

xiii.
Morris, seu covarde; a você, desejo angústia! —
Que sangue ruim jorre de seu coração e
e de seu fígado!
Que seus olhos desenvolvam glaucoma!
Que os ossos de seus joelhos se estilhacem!
Foi você quem abateu meu bezerro,
e não há um homem em toda a Irlanda
que ouse atirar em você de volta.

xiv.
Ó meu amigo e meu coração!
Levante-se agora, querido Art,
suba em sua égua, sim,
trote até Macroom,
depois para Inchigeelagh e de volta
com uma garrafa de vinho na mão,
como você sempre fez em casa com seu pai.

xv.
Que dor, essa minha tristeza amarga,
Por não estar ao seu lado
quando aquela bala veio voando,
eu a teria agarrado aqui do lado direito,
ou aqui, nas pregas da minha blusa, qualquer coisa,

is go léigfinn cead slé' leat
a mharcaigh na ré-ghlac.

xvi. Deirfiúr Art:
Mo chreach ghéarchúiseach
ná rabhas ar do chúlaibh
nuair lámhadh an púdar,
go ngeobhainn é im' chom dheas
nó i mbinn mo ghúna,
is go léigfinn cead siúil leat
a mharcaigh na súl nglas,
ós tú b'fhearr léigean chucu.

xvii.
Mo chara thú is mo shearc-mhaoin!
Is gránna an chóir a chur ar ghaiscíoch
comhra agus caipín,
ar mharcach an dea-chroí
a bhíodh ag iascaireacht ar ghlaisíbh
agus ag ól ar hallaíbh
i bhfarradh mná na ngeal-chíoch.
Mo mhíle mearaí
mar a chailleas do thaithí.

qualquer coisa para deixá-lo galopar livre,
ó cavaleiro de garras brilhantes, meu querido.

xvi. A irmã de Art:
Esse profundo arrependimento é meu:
por não estar lá também, logo atrás
quando a pólvora explodiu.
Eu a teria agarrado aqui, do lado direito,
ou aqui, nas pregas profundas do meu vestido,
qualquer coisa para deixá-lo galopar livre,
ó cavaleiro do olhar cinzento,
instruído e cortês.

xvii.
Ah, meu amigo, meu tesouro amado!
Como é grotesco testemunhar
O caixão e o esgar da capa da morte
no meu cavaleiro de bom coração,
aquele que pescava nos riachos esverdeados
e bebia em grandes mansões
com damas de seios luminosos.
Ó, minhas mil perplexidades,
Estou tonta com a perda de sua presença.

xviii.
Greadadh chughat is díth
a Mhorris ghránna an fhill
a bhain díom fear mo thí,
athair mo leanbh gan aois:
dís acu ag siúl an tí,
's an triú duine acu istigh im chlí,
agus is dócha ná cuirfead díom.

xix.
Mo chara thú is mo thaitneamh!
Nuair ghabhais amach an geata
d'fhillis ar ais go tapaidh,
do phógais do dhís leanbh,
do phógais mise ar bharra baise.
Dúraís, 'A Eibhlín, éirigh id' sheasamh
agus cuir do ghnó chun taisce
go luaimneach is go tapaidh.
Táimse ag fágáil an bhaile,
is ní móide go deo go gcasfainn.'
Níor dheineas dá chaint ach magadh,
mar bhíodh á rá liom go minic cheana.

xviii.
Severas punições e desolações sobre você,
sinistro Morris da traição,
você que roubou meu homem de mim,
o pai dos meus bebês,
o par que caminha pela nossa casa com firmeza,
e o terceiro, ainda dentro de mim,
que temo que nunca vá respirar.

xix.
Ó, meu amigo e meu prazer!
Pelo portão, você estava saindo
voltou depressa
e beijou seus dois bebês.
No coração da palma da mão, o beijo dele soprado para mim,
e quando você disse: "Levante-se, Eibhlín,
cuide dos seus afazeres com capricho,
mostre firmeza, mexa-se rápido.
Devo deixar a casa da nossa família,
e talvez nunca mais volte a vós",
ah, só ri com jeito de troça,
já que você proferia esses avisos tantas vezes.

xx.

Mo chara thú is mo chuid!
A mharcaigh an chlaímh ghil,
éirigh suas anois,
cuir ort do chulaith
éadaigh uasail ghlain,
cuir ort do bhéabhar dubh,
tarraing do lámhainní umat.
Siúd í in airde t'fhuip;
sin í do láir amuigh.
Buail-se an bóthar caol úd soir
mar a maolóidh romhat na toir,
mar a gcaolóidh romhat an sruth,
mar a n-umhlóidh romhat mná is fir,
má tá a mbéasa féin acu —
's is baolach liomsa ná fuil anois …

xxi.

Mo ghrá thú is mo chumann!
's ní hé a bhfuair bás dem chine,
ná bás mo thriúr clainne;
ná Domhnall Mór Ó Conaill,
ná Conall a bháigh an tuile,
ná bean na sé mblian 's fiche
do chuaigh anonn thar uisce
'déanamh cairdeasaí le ríthe —

xx.

Ó, meu amigo e meu amante!
Querido cavaleiro da espada brilhante,
levante-se agora,
vista seu uniforme
de tecido nobre e deslumbrante
e a pele escura de castor,
depois ajeite suas luvas.
Veja, seu chicote está pendurado acima.
Sua égua o aguarda.
Pegue aquela estrada estreita para o leste
onde cada árvore irá se ajoelhar para você,
cada riacho irá se estreitar para você,
e todos os homens e mulheres irão se curvar diante de você,
se eles se lembrarem dos velhos costumes,
embora eu tema que eles não se lembrem mais…

xxi.

Ó, meu amigo, meu companheiro,
nem meus finados parentes,
nem os três entes queridos já falecidos de minha família
—
nem Domhnall Mór Ó Conaill,
nem Conall, que se afogou em uma enchente,
nem mesmo a senhora de vinte e seis anos
que foi para o exterior
para se tornar uma companheira da realeza.

ní hiad go léir atá agam dá ngairm,
ach Art a bhaint aréir dá bhonnaibh
ar inse Charraig an Ime!
Marcach na lárach doinne
atá agam féin anso go singil —
gan éinne beo 'na ghoire
ach mná beaga dubha an mhuilinn,
is mar bharr ar mo mhíle tubaist
gan a súile féin ag sileadh.

xxii.
Mo chara is mo lao thú!
A Airt Uí Laoghaire
Mhic Conchubhair, Mhic Céadaigh,
Mhic Laoisigh Uí Laoghaire,
aniar ón nGaortha
is anoir ón gCaolchnoc,
mar a bhfásaid caora
is cnó buí ar ghéagaibh
is úlla 'na slaodaibh
'na n-am féinig.
Cárbh ionadh le héinne
dá lasadh Uíbh Laoghaire
agus Béal Átha an Ghaorthaigh
is an Guagán naofa
i ndiaidh mharcaigh na ré-ghlac

ó, já não há mais ninguém que eu lamente agora,
a não ser meu próprio Art, abatido ao anoitecer
e arrancado de nós!
Somente pelo cavaleiro da égua marrom
eu ainda choro, ele, sozinho —
e agora ninguém vai se aproximar,
apenas as mulheres do moinho de xales escuros,
e para multiplicar meus mil cataclismos,
nenhuma delas vai derramar uma lágrima por ele.

xxii.
Ó, meu amigo e meu bezerro!
Querido Art Ó Laoghaire,
filho de Conor, filho de Keady,
filho do velho Laoiseach Ó Laoghaire
do Oeste, d'O Gearagh,
daqueles que vieram para o leste de picos íngremes
onde as ovelhas crescem gordas e os galhos
ficam pesados com amontoados de nozes,
onde as maçãs se derramam exuberantes
quando a doce estação do ano lhes dá vida.
Que maravilha, agora, para qualquer um
se todos germinassem, e todas as pessoas
de Iveleary, Ballingeary,
e aqueles dos riachos sagrados de Gougane Barra,
uivando de tristeza por nosso cavaleiro de mão firme,

a mbíodh an fiach á thraochadh
ón nGreanaigh ar saothar
nuair stadaidís caol-choin?
Is a mharcaigh na gclaon-rosc —
nó cad d'imigh aréir ort?
Óir do shíleas féinig
ná maródh an saol tú
nuair cheannaíos duit éide.

xxiii. Deirfiúr Art:
Mo chara thú is mo ghrá!
Gaol mhathshlua an stáit,
go mbíodh ocht mbanaltraí déag ar aon chlár,
go bhfaighidís go léir a bpá —
loilíoch is láir,
cráin 's a hál,
muileann ar áth,
ór buí is airgead bán,
síodaí is bheilbhit bhreá,
píosaí tailimh eastáit,
go nídís cíocha tál
ar lao na mascalach mbán.

aquele que esgotou a caça
naquele dia em Grenagh, quando seus esforços foram tais
que até os mais robustos cães de caça desistiram?
E então, meu cavaleiro de olhar firme,
o que deu errado na noite passada?
Nunca imaginei
quando escolhi suas roupas — tão elegantes e finas —
que você poderia ser arrancado desta vida.

xxiii. Irmã de Art:
Ó, meu amigo, ó, meu irmão!
Parente da nobreza,
você manteve dezoito amas de leite trabalhando
e cada uma delas ganhou seu salário,
pagas em novilhas e éguas,
em porcas e leitões,
em moinhos que atravessavam rios,
em ouro e prata brilhantes,
em sedas e veludos,
em vastas pastagens —
todo aquele pessoal de aleitamento
que trabalhou para servir nosso belo bezerro.

xxiv.

Mo ghrá is mo rún tú!
'S mo ghrá mo cholúr geal!
Cé ná tánag-sa chughat-sa
is nár thugas mo thrúip liom,
níor chúis náire siúd liom
mar bhíodar i gcúngrach
i seomraí dúnta
is i gcomhraí cúnga,
is i gcodladh gan mhúscailt.

xxv.

Mara mbeadh an bholgach
is an bás dorcha
is an fiabhras spotaitheach,
bheadh an marc-shlua borb san
is a srianta á gcrothadh acu
ag déanamh fothraim
ag teacht dod' shochraid
a Airt an bhrollaigh ghil …

xxvi.

Mo ghrá thú is mo thaitneamh!
Gaol an mharc-shlua ghairbh
a bhíodh ag lorg an ghleanna,

xxiv.
Ó meu amor e meu querido!
Ó meu amor e minha pomba brilhante!
Embora não pudesse vir em seu auxílio
nem trazer tropas em sua direção,
isso não é motivo de vergonha —
pois estavam todos confinados
no seu lugar escuro, trancados
em caixões e hermeticamente fechados
pelo sono impenetrável.

xxv.
Se não fosse pela varíola,
a Peste Negra
e a febre maculosa,
essas hordas de rudes teriam certamente chegado,
balançando as rédeas
e levantado um tumulto grandioso
ao chegarem ao seu funeral,
querido Art, cujo peito já foi glorioso…

xxvi.
Ó, meu amado, meu prazer!
Parente da horda rude
que caçava no desfiladeiro,

mar a mbainteá astu casadh,
á mbreith isteach don halla,
mar a mbíodh faobhar á chur ar sceanaibh,
muiceoil ar bord á gearradh,
caoireoil ná comhaireofaí a heasnaí,
coirce craorach ramhar
a bhainfeadh sraoth as eachaibh —
capaill ghruagach' sheanga
is buachaillí 'na n-aice
ná bainfí díol ina leaba
ná as fásach a gcapall
dá bhfanaidís siúd seachtain,
a dhearthháir láir na gcarad.

xxvii.
Mo chara is mo lao thú!
Is aisling trí néallaibh
do deineadh aréir dom
i gCorcaigh go déanach
ar leaba im' aonar:
gur thit ár gcúirt aolda,
gur chríon an Gaortha,
nár fhan friotal id' chaol-choin
ná binneas ag éanaibh,
nuair fuaradh tú traochta
ar lár an tslé' amuigh,

como você os liderou em voltas e reviravoltas,
e depois os conduziu de regresso ao pavilhão,
onde as lâminas estavam sendo afiadas
sobre a carne de porco pronta para ser assada,
com inúmeras costelas de carneiro,
e aveia tão saborosa
que iria minar a velocidade de cada montaria,
os garanhões, esguios e de crinas grossas,
todos atendidos com cuidado pelos rapazes da estrebaria,
e nem uma alma cobrava pelas camas,
por despesas ou para alojar seus cavalos,
mesmo que ficassem por uma semana de descanso,
ó querido irmão de muitos amigos.

xxvii.
Ah, meu amigo e meu bezerro!
Ontem à noite, tantos devaneios nebulosos
apareceram para mim, à meia-noite
em Cork, enquanto ficava acordada até tarde.
Sozinha, sonhava
nossa casa branca brilhante desabando,
o Gearagh todo murchando,
sem um rosnado de seus cães de caça
nem o doce chilrear dos pássaros,
como quando eu o encontrei
naquele terreno montanhoso,

gan sagart, gan cléireach,
ach seanbhean aosta
do leath binn dá bréid ort
nuair fuadh den chré thú,
a Airt Uí Laoghaire,
is do chuid fola 'na slaodaibh
i mbrollach do léine.

xxviii.
Mo ghrá is mo rún tú!
'S is breá thíodh súd duit,
stoca chúig dhual duit,
buatais go glúin ort,
Caroilín cúinneach,
is fuip go lúfar
ar ghillín shúgach —
is mó ainnir mhodhúil mhúinte
bhíodh ag féachaint sa chúl ort.

xxix.
Mo ghrá go daingean tú!
'S nuair théitheá sna cathracha
daora, daingeana,
bhíodh mná na gceannaithe
ag umhlú go talamh duit,

sem padre nem clero
para lhe fazer companhia, apenas a velha senhora enrugada
que dobrou o xale sobre seu corpo.
Aquela terra se agarrou a você ferozmente
querido Art Ó Laoghaire,
enquanto seu sangue em fluxos escorria
através de sua camisa, de uma forma tão sombria.

xxviii.
Ó, meu amor e meu querido!
Você estava tão deslumbrante
em suas meias de cinco dobras,
com suas botas de cano alto,
e seu chapéu de três pontas.
Sempre que você vibrava seu chicote,
ágil e rápido em um lépido cavalo castrado,
muitas damas bem-educadas
percebiam que seus olhos o seguiam timidamente.

xxix.
Ó meu amado, inabalável e verdadeiro!
Quando você passeava
por aquelas belas avenidas da cidade,
as esposas dos comerciantes sempre
fizeram profundas reverências para você.

óir do thuigidís 'na n-aigne
gur bhreá an leath leaba tú,
nó an bhéalóg chapaill tú,
nó an t-athair leanbh tú.

xxx.
Tá fhios ag Íosa Críost
ná beidh caidhp ar bhathas mo chinn,
ná léine chnis lem thaoibh,
ná bróg ar thrácht mo bhoinn,
ná trioscán ar fuaid mo thí,
ná srian leis an láir ndoinn,
ná caithfidh mé le dlí,
's go raghad anonn thar toinn
ag comhrá leis an rí,
's mara gcuirfidh ionam aon tsuim
go dtiocfad ar ais arís
go bodach na fola duibhe
a bhain díom féin mo mhaoin.

xxxi.
Mo ghrá thú is mo mhúirnín!
Dá dtéadh mo ghlao chun cinn
go Doire Fhíonáin mór laistiar
is go Ceaplaing na n-úll buí,

Quão bem podiam ver
Que companheiro de cama generoso você podia ser,
que homem com quem compartilhar uma sela,
que homem com quem gerar uma criança.

xxx.
Jesus sabe
Não permitirei que nenhum chapéu me coroe
Nenhum vestido de seda me cubra,
nenhum sapato me calce
nem um fragmento de mobiliário doméstico
nem mesmo uma rédea para a égua castanha, não.
Em vez disso, gastarei cada centavo com homens da lei.
Vou até para o exterior
para enfrentar a realeza,
e se o rei não quiser me receber,
vou me voltar mais uma vez, frenética
para o canalha de sangue negro
que roubou meu tesouro de mim.

xxxi.
Ó meu amor e meu querido!
Se meu uivo chegar tão longe
até a grande Derrynane
e a Ceaplaing das maçãs amarelas,

is mó marcach éadrom groí
is bean chiarsúra bháin gan teimheal
a bheadh anso gan mhoill
ag gol os cionn do chinn
a Airt Uí Laoghaire an ghrinn.

xxxii.
Cion an chroí seo agamsa
ar mhnáibh geala an mhuilinn
i dtaobh a fheabhas a níd siad sileadh
i ndiaidh mharcaigh na lárach doinne.

xxxiii.
Greadadh croí cruaidh ort
a Sheáin Mhic Uaithne!
Más breab a bhí uaitse
nár tháinig faoim thuairim,
’s go dtabharfainn duit mórchuid:
capall gruagach
’dhéanfadh tú fhuadach
trí sna sluaitibh
lá do chruatain;
nó macha breá ’bhuaibh duit,
nó caoire ag breith uan duit,
nó culaith an duine uasail
idir spor agus buatais —

fortes, os esbeltos cavaleiros
e as mulheres de pele clara
chegariam trovejando,
e seus lamentos não teriam limites
por Art, nosso doce encrenqueiro.

xxxii.
Todo o carinho do meu coração
para as brilhantes mulheres do moinho,
tão habilidosa era sua lamentação
pelo cavaleiro da égua castanha.

xxxiii.
Desejo que seu coração seja partido,
John Cooney, seu vilão!
Se era um suborno que estava procurando,
deveria ter vindo direto a mim,
pois teria lhe dado muito:
um cavalo de crina grossa
para afastá-lo
das multidões selvagens
que aguardam o dia do julgamento;
pastagens de gado
ou ovelhas gordas muito jovens,
ou talvez até mesmo o terno do meu galante homem,
com um par de esporas brilhantes e suas belas botas também,

cé gur mhór an trua liom
í fheiscint thuas ort,
mar cloisim á luachaint
gur boidichín fuail tú.

xxxiv.
A mharcaigh na mbán-ghlac,
ó leagadh do lámh leat,
éirigh go dtí Baldwin,
an spreallairín gránna,
an fear caol-spágach,
is bain de sásamh
in ionad do lárach
is úsáid do ghrá ghil.
Gan an seisear mar bhláth air!
Gan dochar do Mháire,
agus ní le grá dhi,
ach is í mo mháthair
thug leaba 'na lár di
ar feadh trí ráithe.

xxxv.
Mó ghrá thú agus mo rún!
Tá do stácaí ar a mbonn,
tá do bha buí á gcrú;

embora fosse uma punhalada de dor
ver você usá-las em seu lugar,
já que o senhor é um sujeito cortante bem irritadiço,
pelo menos foi o que ouvi dizer.

xxxiv.
Ó meu cavaleiro de garras brancas,
Já que sua mão foi abatida,
por que não se insurgir contra Baldwin agora,
aquele palhaço que fala merda,
aquele covarde patético, todo carrancudo,
para exigir satisfação
pela perda de sua égua
e pela dor no coração de sua amada.
Que nenhum de seus seis filhos floresça para ele!
Só não deixe que nenhum mal recaia sobre Mary,
e não por muito amor fraternal,
mas apenas porque minha própria mãe
lhe fez a primeira cama dentro dela,
onde passamos três estações juntas.

xxxv.
Ó, meu amor e meu querido!
Sua cevada cresceu espessa e dourada,
suas belas vacas estão bem ordenhadas,

is ar mo chroí atá do chumha
ná leigheasfadh Cúige Mumhan
ná Gaibhne Oileáin na bhFionn.
Go dtiocfaidh Art Ó Laoghaire chugham
ní scaipfidh ar mo chumha
atá i lár mo chroí á bhrú,
dúnta suas go dlúth
mar a bheadh glas a bheadh ar thrúnc
's go raghadh an eochair amú.

xxxvi.
A mhná so amach ag gol
stadaidh ar bhur gcois
go nglaofaidh Art Mhac Conchubhair deoch,
agus tuilleadh thar cheann na mbocht,
sula dtéann isteach don scoil —
ní ag foghlaim léinn ná port,
ach ag iompar cré agus cloch.

mas essa dor tão grande ainda aperta meu coração
que nem toda província de Munster pode me dar um remédio,
nem mesmo os mais talentosos mestres das palavras de Fair Island.
A menos que Art Ó Laoghaire volte para mim
essa dor nunca será aliviada,
ela pesa em meu coração tão brutalmente,
mantendo-o selado com tanta força
como uma fechadura fecha um baú
cuja chave dourada se perdeu de mim.

xxxvi.
Ah, vocês mulheres que choram lá fora,
sosseguem um pouco os pés,
deixem Art, o filho de Conor, pedir um drinque
e muitos mais para as outras pobres almas,
pois em breve, todos entrarão juntos naquela escola —
em busca de uma canção ou verso não aprendido,
mas apenas para evocar pedras frias e terra.

agradecimentos

Sou grata à Fundação Lannan por sua extraordinária generosidade, que me sustentou durante a conclusão deste trabalho, e ao Conselho de Artes da Irlanda, cuja concessão de uma bolsa de estudos em literatura, em um momento crucial permitiu que eu tivesse tempo para sonhar com este livro da semente à muda. Nos anos em que escrevi estas páginas, tive o apoio de Lorraine Maye e do Cork Midsummer Festival, e das mulheres maravilhosas que cuidaram dos meus filhos enquanto eu saía na ponta dos pés para escrever: Rose, Michelle e Marian. Minha gratidão também a Clíodhna Shaffrey e Michael Hill da Temple Bar Gallery, à Words Ireland, ao Clare Arts Office e a Joanna Walsh pelo generoso incentivo. Há muito tempo admiro o trabalho de Lisa Coen, Sarah Davis-Goff e Laura Waddell da Tramp Press, e era meu sonho que publicassem este livro — obrigada. *Mo bhuíochas leo siúd a spreag misneach ionam* — àqueles que me incentivaram a continuar escrevendo sobre Eibhlín Dubh, especialmente quando duvidei de mim mesma: Cal Doyle, Clara Dupuis-Morency, Anakana Schofield, Patricia Coughlan, Clair Wills, Linda Connolly e Sarah-Maria Griffin. *Mo bhuíochas freisin le* Eoin Seartal, John Fitzgerald, Seán Ua Súilleabháin, Seán Cronin, Timmy O'Connor, Tadhg O'Sullivan, Dr. Aoife Bhreatnach, *agus* (e) Maureen Kennelly *as ucht a gcuid nodanna* (por seus acenos). Sou grata a Brendan Barrington, da *The Dublin Review*, que publicou as primeiras versões de dois capítulos e, ao fazê-lo, ofereceu-me uma orientação editorial excepcional. Ao Dr. Dermot Mahony, em admiração. Ao Dr. Michael Crotty, em gratidão. À Dra. Suzanne O'Sullivan, uma heroína. A todos que trabalham em bancos de leite humano e em UTINS. Para Paula Meehan, conhecedora de abelhas. Aos generosos bibliotecários da cidade de Cork, que ergueram muitas e muitas braçadas de livros em meu nome. À Sara Baume, cuja amizade me anima todos os dias. À Amy e à Saoirse, que cuidaram de mim quando estava com medo. À Sinéad Gleeson, por sua gentileza. A Matthew Turner, por sua orientação. Aos meus pais: não deve ser fácil suportar o constrangimento de ter um escritora na família, mas vocês entendem que devo escrever minha própria vida, um presente pelo qual serei eternamente grata. À minha Nana Mae, uma mulher de grande coração e grande coragem, com quem aprendi um bocado. Todo o meu amor aos meus filhos, como sempre, e ao Tim, pelo corte. *Míle buíochas ó chroí libh go léir.*

outras leituras

Como base para minha tradução, segui de perto a versão publicada por Seán Ó Tuama em sua publicação de 1961, *Caoineadh Airt Uí Laoghaire*, e sou grata por sua impecável erudição. Muitos outros livros, traduções e trabalhos acadêmicos detalharam a era e a literatura exploradas neste livro. As publicações a seguir foram de especial interesse para mim na construção de minha própria compreensão desse assunto e também podem ser de interesse para os leitores que desejam saber mais.

Mrs Morgan John O'Connell (1892) *The Last Colonel of the Irish Brigade: Count O'Connell and Old Irish Life at Home and Abroad, 1745–1833*

Méadhbh Nic an Airchinnigh (2012) "Caointeoireacht na Gaeilge: Béalaireacht agus Literathacht", Tese de doutorado, Universidade Nacional da Irlanda

Eugene O'Connell (2009) "The House of Art O'Leary", *Cork Literary Review* Volume 13

Peter O'Leary (1998) "The Life and Times of Art Ó Laoghaire", palestra proferida em 13 de setembro de 1998 para a terceira reunião dos O'Leary em Inchigeelagh e posteriormente publicada no *Journal of the Ballingeary & Inchigeela Historical Society*

Eavan Boland (2011) *A Journey with Two Maps*

Peter Levi (1984) *The Lamentation of the Dead*

Seán Ó Tuama (1995) *Repossessions*

Angela Bourke (2017) "'A Bhean Úd Thall!' Macallaí Idirghaelacha i bhFilíocht Bhéil na mBan", *Scottish Studies* Volume 37

Angela Bourke (1993) "More in Anger than in Sorrow: Irish Women's Lament Poetry" em *Feminist Messages: Coding in Women's Folk Culture*

Angela Bourke (2002) *The Field Day Anthology of Irish Writing*, Volume IV, pp. 1372-84

Edward MacLysaght (1944) "Survey of Documents in Private Keeping: First Series – Conner Papers" *Analecta Hibernica* Volume 15, pp. 153, 155-159

James O'Leary (1993) "A Dead Man in Carriganorthane". in *A Time that Was in Clondrohid, Macroom, Millstreet, Kilnamartyra and Ballyvourney*

John T. Collins, "Arthur O'Leary, the Outlaw" e suplementos subsequentes no *Journal of the Cork Historical and Archaeological Society*, Volume 54 (1949), Volume 55 (1950) e Volume 61 (1956)